Danielle Steel

Am schönsten Tag

Roman

Aus dem amerikanischen Englisch von
Christian Trautmann

HarperCollins

Die Originalausgabe erschien 2023 unter dem Titel
The Wedding Planner bei Macmillan Publishers, New York.

1. Auflage 2025

Deutsche Erstausgabe

Valentinskamp 24 · 20354 Hamburg
info@harpercollins.de
Gesetzt aus der Adobe Garamond
von GGP Media GmbH, Pößneck
Druck und Bindung von CPI books GmbH, Leck
Printed in Germany
ISBN 978-3-365-00825-6
www.harpercollins.de

Für meine ganz besonderen und geliebten Kinder,
Beatie, Trevor, Todd, Nick, Samantha, Victoria,
Vanessa, Maxx und Zara,
»Leben ist das, was passiert, während man fleißig
dabei ist, andere Pläne zu schmieden …
Das Leben ist eine Überraschung«,
das fasst es ganz gut zusammen.
Möget ihr gute Überraschungen erleben und
euer Leben gesegnet sein, fruchtbar, glücklich,
sicher und friedvoll.
Möge euer Leben erfüllt sein
von Liebe und Freude!
Von ganzem Herzen und in Liebe,
Mom/D.S.

Niemandem wird es gestattet sein, den Zug zu verpassen.

1. Kapitel

Der Wecker klingelte um halb sechs, wie jeden Morgen. Faith Ferguson öffnete ein Auge, warf einen Blick auf den Wecker, schaltete ihn aus, und eine Minute später stand sie auf, um ihre Morgenroutine zu beginnen. Sie war eine äußerst disziplinierte Person. Mit zweiundvierzig hatte sie den Körper einer Zwanzigjährigen. Ballettübungen am Morgen, an sechs Tagen in der Woche, hielten sie in Form.

Sie putzte sich die Zähne, bürstete ihre schulterlangen blonden Haare und band sie zu einem festen Knoten zusammen. Sie sah aus wie eine Ballerina, nachdem sie ihre schwarze Gymnastikhose und die pinkfarbenen Ballettschuhe angezogen hatte. Als sie per Videocall ihre Ballettlehrerin anrief, war sie hellwach. Sie wünschten sich lächelnd einen guten Morgen und begannen die täglichen Übungen. Faith führte ein straff durchorganisiertes Leben. Schülerin und Lehrerin redeten während des vertrauten Trainings nicht miteinander.

Um Punkt sieben beendeten sie ihre gemeinsame Arbeit, wünschten sich einen schönen Tag, und Faith ging unter die Dusche. Es war ein dunkler stürmischer Januarmorgen, und vor ihr lag ein arbeitsreicher Tag. Der Januar gehörte zur betriebsamsten Zeit des Jahres. Sie war eine der gefragtesten Hochzeitsplanerinnen New Yorks. Die Leute kamen oft nach den Weihnachtsfeiertagen zu ihr, um ihre Hochzeit zu planen.

In dieser Woche hatte sie Termine mit drei neuen Kunden, denen sie von früheren zufriedenen Kunden empfohlen worden war. Manche Kunden hatten Interviews mit ihr gesehen oder ihre Bücher gelesen. Sie hatte drei erfolgreiche Bücher veröffentlicht. Die waren wie Bibeln für jeden, der heiraten wollte. Das erste war ein Bildband, voller Fotos der schönsten von ihr organisierten Hochzeiten und nützlicher Tipps, wie die auf den Fotos zu sehenden Effekte zu erzielen waren. Nur dass das natürlich nicht möglich war, ohne ihre Hilfe und ihr Fachwissen. Das zweite Buch war ein Hochzeitsplaner, der ausführlich beschrieb, wie man in den Monaten vor der Hochzeit alles in die richtigen Wege leitet. Es war *das* Geschenk für frisch verlobte Frauen. Das dritte Buch handelte von der Geschichte der verschiedenen Hochzeitstraditionen, der Etikette und den Dingen, die man wissen musste, um eine Hochzeit zu planen, von der Sitzordnung bis zu formellen Titeln oder was angemessen war und was nicht. Ihr Buch konkurrierte mit Amy Vanderbilts und Emily Posts Werken zum selben Thema. Sie hatte einen klaren und lesbaren Stil, war jedoch sehr eindeutig in ihren Ansichten, was der Etikette entsprach und was nicht. Ein weiteres Must-have für jede Braut.

Faith selbst war nie verheiratet, zweimal allerdings kurz davor. Beim ersten Mal war sie jung, und es war eine niederschmetternde Erfahrung. Sie war Redakteurin bei der *Vogue*, mit breit gefächerten Aufgaben von Schönheit bis zu Partys, über die das Magazin berichtete. Da sie aus einem vornehmen aristokratischen Elternhaus in New York stammte, war sie bestens geeignet für die Berichterstattung über Prominentenpartys und erlesene Veranstaltungen, gelegentlich sogar über Hochzeiten. Ihre Großeltern väter- sowie mütterlicherseits waren ähnlich edler, blaublütiger Abstammung.

Auf einer dieser Veranstaltungen, die sie besucht hatte, um eine gesellschaftlich bedeutende junge Braut zu fotografieren, lernte sie Patrick Brock kennen, einen gut aussehenden jungen Fotografen. Sie war fünfundzwanzig, Patrick ein Jahr älter, und sie hatten sich auf Anhieb verstanden. Sie waren fast ein Jahr zusammen, als er ihr einen Antrag machte. Ihre Verlobungszeit war wie im Flug vergangen. Faith, ihre Zwillingsschwester Hope und ihre Mutter Marianne planten die Hochzeit. Sie kauften ein wunderschönes filigran besticktes Spitzenkleid in der Brautmodenabteilung bei Bergdorf. Darin fühlte sie sich wie eine Märchenprinzessin, und noch mehr, als sie den Schleier anprobierte, der aus zartem französischen Tüll gefertigt war, der ihr Gesicht wie ein feiner Nebel verhüllte. Alles war für die Hochzeit im Metropolitan Club vorbereitet.

Ihre Eltern hatten sich scheiden lassen, da war sie zehn, und ihr Vater wollte mit seiner deutschen Frau aus Europa anreisen, einer Baronin. Ihre Eltern waren einander freundschaftlich verbunden geblieben. Faiths Schwester sollte Trauzeugin sein, und sechs Freundinnen vom College in Georgetown, Washington D.C., sollten als Brautjungfern fungieren. Hope war damals ein sehr erfolgreiches Model und hatte Fotoshootings mit Patrick gehabt. Sie hatte ihn gemocht. Faiths Eltern und Großeltern befürworteten die Eheschließung. Er stammte aus einer angesehenen Familie in Boston und hatte Talent sowie gute Manieren. Faith war verrückt nach ihm.

Alles war planmäßig verlaufen, bis ihr Verlobter eine Woche vor der Hochzeit in dem Apartment auftauchte, das sie sich mit ihrer Zwillingsschwester teilte. Kaum war er durch die Tür, als er in ihren Armen auch schon in Tränen ausbrach. Er brauchte eine Stunde, um ihr zu erklären, er habe vor ihrer gemeinsamen Zeit einige »Abstecher« gemacht, die für ihn zunächst nur ein Experiment gewesen seien, die aber, wie er sich inzwischen eingestanden habe, viel mehr gewesen seien als das. Er gestand, er habe gemerkt, dass er schwul sei und sich in einen russischen Balletttänzer verliebt habe. Bis dahin hatte es für sie keinerlei Zweifel an Patricks sexueller Orientierung gegeben. Er sagte, er könne sie nicht heiraten. Er liebe sie als Freundin, habe jedoch zunehmend das Gefühl, ihren Erwartungen an eine Ehe nicht gerecht werden zu können. Er müsse frei sein, um eine Beziehung mit dem russischen Tänzer auszuprobieren, für den er tiefe Liebe empfinde. Seine Familie war ebenso schockiert wie Faiths, als er es allen sagte.

Es folgte ein Mix aus Tränen, Verzweiflung und Demütigung. Hastig wurden schriftliche Absagen der Hochzeit gedruckt. Faith hatte sich zwei Wochen von der Arbeit freigenommen, um sich zu verkriechen, und als sie zurückkehrte, war sie immer noch völlig durcheinander. Ihre Schwester hatte sich um sie gekümmert, wie nach einem Unfall oder einer Krankheit. Faith war am Boden zerstört.

Sie sah Patrick nie wieder. Er verließ New York und zog mit dem Tänzer nach London. Ihr kam zu Ohren, die Beziehung der beiden sei leidenschaftlich, aber nicht von Dauer gewesen. Immerhin hatte er nun Gewissheit über seine Sexualität. Irgendwann kehrte er nach New York zurück, doch dankenswerterweise kreuzten sich ihre Wege nie mehr.

Eine Laune des Schicksals sorgte dafür, dass sie sechs Monate nach der abgesagten Hochzeit damit beauftragt wurde, exklusiv für die *Vogue* über Hochzeiten zu berichten, weil sie das so gut konnte. Sie war zu dem Zeitpunkt immer noch nicht über den Schock hinweggekommen, kurz vor dem Altar den Laufpass bekommen zu haben. Ihr Vater verstand nicht, weshalb sie so niedergeschlagen war. Er meinte, es sei doch ein Segen, dass sie es vor der Hochzeit erfahren habe, statt erst Jahre später. Ihre Mutter und ihre Schwester hingegen konnten nachvollziehen, wie traumatisiert sie war und dass für *Vogue* über Hochzeiten zu berichten eine Art Konfrontationstherapie oder Immunisierung für sie darstellte. Etwas verhärtete sich in ihr, während sie von Hochzeit zu Hochzeit zog und schwärmerisch darüber schrieb, nachdem sie vom Fotografen alle gewünschten Bilder für das Magazin bekommen hatte. Ein Jahr lang fühlte sie sich wie betäubt. Ihre Mutter hatte das Brautkleid an sich genommen und irgendwo verstaut. Die ganze Erfahrung war lange Zeit ein sensibles Thema.

Fast zehn Jahre später zog sie in Erwägung, es noch einmal zu probieren. William Tyler war ein starker, interessanter Mann und Architekt. Sie bewunderte seine Arbeit. Zu dem Zeitpunkt hatte sie das Magazin verlassen und sich als Hochzeitsplanerin selbstständig gemacht. Nachdem sie über Hunderte Hochzeiten für *Vogue* berichtet hatte, kannte sie sich damit schließlich am besten aus. Und sie hatte ihre Lektionen gelernt.

Anfangs schien William der perfekte Partner zu sein. Er war in seiner Arbeit ebenso diszipliniert und präzise wie sie in ihrer. Doch dann zogen dunkle Wolken auf, als er anfing, ihr vorzuschreiben, was sie tun und anziehen sollte, was sie sagen durfte und worüber sie nicht sprechen sollte. Er wohnte in einem Apartment in Chelsea, das er entworfen hatte. Faith und Hope hatten jede ihre eigene Wohnung. Faith lebte in SoHo, während Hope in einen Vorort gezogen war. William mochte ihre Freunde nicht und hatte selbst keine. Er erklärte ihr ganz genau, wie er sich ihre Hochzeit vorstellte und wo sie stattfinden sollte. Er hatte ein ausgeprägtes ästhetisches Empfinden, und die einzige Meinung, die er akzeptierte, war seine eigene.

Nachdem sie zwei Monate verlobt waren, glaubte Faith zu ersticken. Sie hatte das Gefühl, er beraubte sie ihrer Identität und versuchte sie nach seinen Vorstellungen umzugestalten, wie ein Gebäude, das er gekauft hatte, um es zu renovieren. Sie war bitter enttäuscht. Ständig machte er sie runter. Sie gab ihm den Ring zurück und ergriff die Flucht. Sie war älter und klüger als beim ersten Mal und fragte sich, wie sie erneut einen solch schweren Fehler hatte begehen können. Sobald sie sich von ihm getrennt hatte, fühlte sie sich frei und erleichtert.

Diesmal bedauerte sie die gelöste Verlobung nicht. Er verstand nie, was schiefgelaufen war. Er hatte sie auf Schritt und Tritt kontrolliert und wollte sogar ihre Gedanken lenken. Nach dem zweiten Mal erholte sie sich schneller, da sie diejenige war, die Schluss gemacht hatte. Als Vermächtnis hinterließ William in ihr die Erkenntnis, dass die Ehe wohl nichts für sie war. Hochzeiten waren ihr Job, ermöglichten ihr sogar eine Karriere, aber eine eigene war nicht länger ihr Traum. Sie konnte für jeden, der sie darum bat, eine außergewöhnliche Hochzeit organisieren, aber die Vorstellung, selbst zu heiraten, erfüllte sie mit Furcht. William hatte sie für immer von dem Wunsch kuriert, jemals eine Braut sein zu wollen.

Sechs Monate später verkündete ihre Zwillingsschwester Hope, dass sie heiraten werde, und alles, was Faith empfand, war Mitleid. Hope hatte ein spannendes freies Leben als Model gehabt und war nun der Überzeugung, in Angus Stewart ihren Seelenverwandten gefunden zu haben.

Hope und Faith waren zwar Zwillingsschwestern, sahen sich aber nicht ähnlich und waren charakterlich auch völlig verschieden. Faith war kleiner und zierlicher, blond und hatte grüne Augen. Hope dagegen war fast so groß wie ihr Vater, hatte dunkles Haar und braune Augen. Zwölf Jahre lang hatte sie ihren Spaß als Model in New York gehabt. Sie hatte faszinierende Leute kennengelernt, war durch die Welt gereist und bereit, das alles für einen Mann aufzugeben, dessen liebste Freizeitbeschäftigungen Wandern und Angeln, Skifahren und Bergsteigen waren. Angus zog mit ihrer Schwester nach Connecticut. Er war Schriftsteller, und sie bekamen drei Kinder in sieben Jahren. Hope behauptete, glücklich zu sein, was Faith sich kaum vorstellen konnte in einem ländlichen Vorort, umgeben von Lärm und Chaos. Die Kinder waren süß, aber lebhaft und unkontrollierbar, was Hope jedoch zu genießen schien. Sie benahmen sich nur, wenn die Nanny zugegen war. Hope schien sie nicht einmal dazu bringen zu können, für einen Moment stillzusitzen, was sie allerdings überhaupt nicht störte. Angus und sie hatten drei ungestüme Jungen: Seamus, sechs, Henry, drei und das Baby Oliver, inzwischen auch schon ein Jahr alt.

Faith und Hope hatten es als Kinder geliebt, Zwillinge zu sein, besonders da sie unterschiedlich aussahen und waren. Hope war lässiger und entspannter. Faith war stets nervöser und strebte nach Perfektion in allen Dingen. Es passte zu ihr, allein zu leben. Das Haus, das sie in der Stadt gekauft hatte und von dem aus sie ihr Unternehmen führte, war makellos schick und ordentlich wie Faith selbst und die Hochzeiten, die sie plante. Nichts war jemals unordentlich. Sie achtete auf jedes Detail. Eine Faith-Ferguson-Hochzeit war perfekt, genau wie Faith und das Zuhause, in dem sie wohnte. Hope war chaotischer. In ihrem Haus herrschte ständig ein Durcheinander, in dem Schuhe, Zeitschriften, Bücher und Sportsachen überall herumlagen. Faith liebte es, sie zu besuchen, aber sie war auch jedes Mal wieder froh, in ihr aufgeräumtes und friedliches Zuhause zurückzukehren, wo alles an seinem Platz war. Drei Jungen (großzuziehen) hätte Faith nicht geschafft. Sie liebte ihre Neffen, aber ihre Zwillingsschwester liebte sie noch mehr, mehr als irgendwen auf der Welt. Sie bereute es nicht, keine Kinder bekommen zu haben. Das gehörte alles zu dem Paket, gegen das sie sich entschieden hatte. Sie verhalf anderen dazu, aber nicht sich selbst.

Nachdem sie geduscht und sich angezogen hatte, bereitete sie sich einen Becher grünen Tee zu und setzte sich, um ihre Schwester anzurufen, wie jeden Morgen, ehe sie ihren Tag begann. Es war ihr liebstes Ritual. Sie rief sie um acht Uhr an, wenn ihr Schwager Angus, schottischer Abstammung, gerade die beiden älteren Jungen zur Schule brachte und die Nanny gekommen war, um das Baby anzuziehen. Faith und Hope konnten in Ruhe darüber plaudern, was ihnen in den Sinn kam oder was sie machten, oder sie konnten über interessanten Klatsch reden, den sie über alte Freunde gehört hatten. Genau wie Faith sah Hope jünger aus, als sie war. Sie besaß eine außerordentliche natürliche Schönheit. Ihre langen Haare sahen stets aus, als hätte sie vergessen, sie zu bürsten. Nur selten schminkte sie sich, und sie strahlte eine unbewusste Sinnlichkeit aus, als wäre sie gerade aus dem Bett gestiegen. Für gewöhnlich trug sie Jeans, dazu Reitstiefel oder Gummistiefel. Sie ritt beinahe jeden Tag in einem Gestüt in der Nähe. Sie bevorzugte Seemannspullover und trug häufig die Parkas und Jacken ihres Mannes, was ihr sehr gut stand.

»Was hast du vor in dieser Woche?«, erkundigte Hope sich, einen Latte Macchiato trinkend. Es war der zweite Versuch. Den ersten hatte ihr Sohn Seamus am Frühstückstisch verschüttet.

»Ich treffe drei neue, potenzielle Kunden«, berichtete Faith. Hope freute sich immer über ihren Erfolg. Nach zwölf Jahren des Modelns blieb sie gern zu Hause, vor allem da Angus in seinem gemütlichen Arbeitszimmer schrieb, das er sich über der Garage eingerichtet hatte. Es war angenehm, ihn in der Nähe zu wissen. Die Stadt fehlte ihr überhaupt nicht, und Faith musste sie jedes Mal anflehen, sie in der Stadt zu besuchen, zum Shoppen und einem gemeinsamen Lunch.

Hope hasste es zu shoppen, denn sie meinte, sie habe in ihrem Leben genug Kleidungsstücke anprobiert. Diese Einstellung hatte sie auch schon als Model gehabt, obwohl sie immer toll aussah auf dem Laufsteg bei Modeschauen. Einen Großteil ihrer Karriere hatte sie zu den gefragtesten Models der Branche gehört, und jetzt wollte sie nur noch zu Hause sein, als Ehefrau und Mutter. Ein solches Leben hätte Faith gelangweilt, doch Hope war glücklich und zufrieden damit. Angus war ein großartiger Mann, und er freute sich immer, Faith zu sehen, und ermutigte sie, ruhig öfter zu Besuch zu kommen. Aber Faith war sehr beschäftigt in New York. Die Zwillinge sprachen oft zwei- oder sogar dreimal am Tag miteinander, um zu hören, wie es der anderen ging oder um etwas zu erzählen, was sie getan oder erlebt hatten. »Alle drei werden gute Referenzen sein für mich«, berichtete Faith weiter über ihre neuen Kunden. »Um diese Jahreszeit ist immer viel los.« Hope wusste das und bewunderte ihre Schwester für ihr Talent und die erfolgreiche Karriere, die sie sich aufgebaut hatte. Die Hochzeiten, die sie organisierte, waren fantastisch. Faith hatte sich auch um Hopes Hochzeit gekümmert, und sämtliche Männer hatten Kilts mit den Karomustern ihrer Familien getragen.

Die Zwillinge wussten alles voneinander und vertrauten sich die geheimsten Gedanken an, wie sie es schon immer getan hatten. Sie standen auch ihrer Mutter nahe, sich gegenseitig aber noch näher. In der Kindheit waren sie beste Freundinnen, was die meiste Zeit bedeutete, dass andere Freunde ausgeschlossen waren. Sie verband eine sehr tiefe und besondere Beziehung. Als andere Mädchen in ihrem Alter, als Teenager, ständig mit ihren Schwestern zankten, waren sie einander in Liebe zugetan. Als Kinder stritten sie selten, und nie seit sie erwachsen waren. Ihre Mutter war eine freundliche, einfühlsame, intelligente Frau, die akzeptierte, dass die Beziehung der Zwillinge wenig Raum für andere ließ, selbst für sie nicht.

»Hast du in letzter Zeit mit Mom gesprochen?«, erkundigte sich Hope, und Faith empfand die Frage als milden Tadel.

»Nein, warum? Stimmt etwas nicht? Ich habe vor einer Woche mit ihr gesprochen. Hat sie sich beklagt oder gesagt, ich hätte mich nicht gemeldet?«

»Nein, sie weiß, dass du viel zu tun hast. Sie will dich nicht behelligen. Ich glaube, sie fühlt sich manchmal einsam.« Ihre Mutter hatte dreimal geheiratet, das erste Mal Faiths und Hopes Vater, Arthur Ferguson. Diese Ehe hatte zwölf Jahre gehalten. Die Mädchen waren schockiert, als sie sich scheiden ließen. Sie schienen sich immer gut verstanden zu haben und waren sehr höflich miteinander umgegangen. Die Zwillinge waren bei der Scheidung zehn. Ihr Vater war stets viel gereist und hatte sich weder für seine Frau noch für seine Kinder sonderlich interessiert.

Beata wurde seine zweite Frau, schon kurz nach der Scheidung. Marianne brauchte länger, um der Liebe ihres Lebens zu begegnen, in Gestalt eines brillanten, sehr bekannten Dramatikers, der als Genie galt, leider aber auch depressiv und Alkoholiker war. Ihre Ehe dauerte fünf steinige Jahre. Als die beiden heirateten, besuchten die Schwestern schon das College und machten einen großen Bogen um ihren unberechenbaren, launenhaften Stiefvater, während sie ihre Mutter bedauerten, weil sie mit ihm verheiratet war. Er war kein bösartiger Mensch, aber es war unmöglich, mit ihm auszukommen. Die Schwestern waren nicht überrascht, dass die Ehe (schon bald) mit der Scheidung endete. Beim dritten Mal heiratete sie einen italienischen Grafen, der den Zwillingen bedeutungslos erschien. Sie wohnten damals zusammen in ihrer eigenen Wohnung und kannten ihn kaum. Und er bemühte sich seinerseits auch nicht darum, sie kennenzulernen. Nach zwei Jahren verließ er Marianne wegen einer anderen Frau. Marianne war enttäuscht, aber nicht überrascht.

Sie lebte von dem, was sie von ihrer Familie geerbt hatte, und musste nie arbeiten. Sie besaß keine riesige Summe Geld, aber genug, um davon angenehm leben zu können. Ein paarmal pro Jahr verreiste sie, um Freunde zu besuchen, hauptsächlich in Palm Beach oder Newport im Sommer. Sie verfügte über ein Treuhandvermögen, welches es ihr ermöglichte, die Mädchen auf Privatschulen in Manhattan zu schicken, als Faith und Hope noch jünger gewesen waren. Im Sommer mietete sie ein Haus in den Hamptons. Sie hatten alles, was sie brauchten, ohne im Luxus zu schwelgen. Marianne war finanziell abgesichert und konnte ein sorgenfreies Leben führen. Sie hatte gerade genug Geld, um Männer anzuziehen, die es darauf abgesehen hatten, wie der italienische Graf.

Marianne war stolz darauf, wie erfolgreich Faiths Unternehmen lief, und auf Hopes Model-Karriere. Als Kinder hatten sie ein unbeschwertes, glückliches Leben gehabt, mit einer fürsorglichen Mutter und einem kaum anwesenden Vater. Er hatte bei einer Bank gearbeitet, während er mit Marianne verheiratet war, und der Job hatte es mit sich gebracht, dass er viel reisen musste. Er aber wollte eine Frau, die nicht von ihm erwartete, dass er arbeitete, und die ihn unterstützte. Die hatte er schließlich in Beata gefunden.

Marianne blieb in der Wohnung in der Park Avenue wohnen, wo die Zwillinge aufgewachsen waren; sie war dort geblieben, nachdem der Vater der Mädchen ausgezogen war. Jetzt war Marianne siebenundsechzig und ging sorgsam mit ihrem Geld um. Es war tröstlich zu wissen, dass sie weiterhin gut über die Runden kommen würde und unabhängig war. Allerdings würde am Ende ihres Lebens auf die Zwillinge keine große Erbschaft warten. Damit rechneten sie auch nicht, außerdem hatten sie es allein zu etwas gebracht und ihr Geld gut und klug investiert. Angus war erfolgreich als Schriftsteller und hatte geerbt. Manchmal schmerzte es Hope, zu wissen, dass ihre Mutter allein war. Faith sagte immer, das sei besser, als mit dem falschen Mann verheiratet zu sein, der ihr Geld ausgab oder sich in ihr Leben einmischte. Das galt auch für sie. Hope erinnerte sie dann gern daran, dass nicht jeder so genügsam war wie sie oder es vorzog, allein zu leben. Ihre Mutter hatte lieber Gesellschaft, aber auch nach drei Versuchen nicht den richtigen Mann gefunden.

»Warum sollte Mom jetzt heiraten wollen? Sie hat alles, was sie braucht. Ein Mann würde nur wieder für Chaos sorgen. So wie jetzt ist es am besten«, sagte Faith nüchtern. In diesem Punkt waren sie uneinig. Hope vermutete stets, dass ihre Mutter lieber einen Mann in ihrem Leben hätte, statt allein zu sein, aber sie hatte lange niemanden an ihrer Seite gehabt. Als ihre Töchter klein waren, hatte sie sich ganz ihnen gewidmet. Sie war sehr bemüht, auszugleichen, dass ihr Vater, der nur ein- oder zweimal pro Jahr mit Beata nach New York kam, um Freunde zu sehen, sich kaum um sie kümmerte. Den Mädchen hatte es nie gefallen, ihn im Sommer in Deutschland zu besuchen. Sie fühlten sich unwillkommen und fehl am Platz. Beata verhielt sich ihnen gegenüber höflich, aber sie war kein warmherziger Mensch und hatte selbst keine Kinder. Die Mädchen hatten immer den Eindruck gehabt, ihr Vater hätte Beata vor allem wegen ihres luxuriösen Lebensstils geheiratet. Verrückt vor Liebe nach ihr schien er jedenfalls nicht zu sein. Er spielte seine Rolle als liebender Ehemann gut, und inzwischen waren sie seit fast dreißig Jahren verheiratet. Es war ein Arrangement, das für sie beide zu funktionieren schien. Er war Beata ein gut aussehender, distinguierter Ehemann, der viel allein auf Reisen war. Seit er Beata geheiratet hatte, hatte er nicht mehr gearbeitet. Er stammte aus einer alten angesehenen New Yorker Familie. Er war ein gutes Beispiel für das, was keine der Zwillingsschwestern wollte. Hope hatte Angus aus Liebe geheiratet und war glücklich. Faith hingegen war unverheiratet vollkommen glücklich und gönnte sich gelegentlich ein wenig Gesellschaft, aber nie für lange. Sie wollte keinen Ehemann, der ihr Vorschriften machte, ihr Geld verschwendete oder ihr Leben lenkte.

Die Zwillinge plauderten eine halbe Stunde, dann machte Faith sich auf den Weg ins Büro, das sich im Obergeschoss ihres Hauses befand. Ihr Schreibtisch war tadellos aufgeräumt, genau wie sie ihn abends verlassen hatte. Vor den Weihnachtsfeiertagen hatte sie noch zwei große Hochzeiten organisiert, seitdem herrschte Flaute, abgesehen von einer Hochzeit am Silvestertag. Niemand schien im Januar zu heiraten. Aber die Leute planten gleich nach Weihnachten ihre Sommerhochzeiten, daher wusste sie, dass sie schon bald wieder viel zu tun haben würde, vor allem, wenn sie mit den drei potenziellen Kunden ins Geschäft kam, mit denen sie sich in dieser Woche treffen wollte. Faith konnte es sich aussuchen, welche Aufträge sie annahm. Sie war die beste Hochzeitsplanerin der Stadt. Fand sie etwas zu schrill und zu vulgär oder zeugte etwas von ernsthaft schlechtem Geschmack, lehnte sie stets höflich ab. Sie erklärte den Interessierten dann, sie habe derzeit zu viel zu tun, um ihnen gerecht werden zu können. Sie hatte das Gefühl, dass der erste Kunde, den sie treffen würde, eine große Feier im Sinn hatte. Der Kunde, von dem die Empfehlung stammte, hatte im vergangenen Jahr fast zwei Millionen für die Hochzeit seiner Tochter in seinem Anwesen auf Long Island ausgegeben. Es war eine spektakuläre Feier, mit sechshundert Gästen und einem beachtlichen Honorar für Faith. Solche Hochzeiten brachten immer neue Kunden, die ähnlich exklusive Feiern im Sinn hatten.

Eine Sache, die sie hasste, waren Urlaubshochzeiten. Die waren schwer zu organisieren und durchzuführen, da sie sich auf Lieferanten vor Ort verlassen musste, die sie nicht kannte, je nach Location. Sie vermied Urlaubshochzeiten, wann immer sie konnte. Dagegen liebte sie Hochzeiten in den Privathäusern der Leute, sofern die Häuser groß genug waren. Sie hatte viele Hochzeiten in prächtigen Anwesen auf die Beine gestellt. Sie kümmerte sich auch um kleinere Veranstaltungen, wenn sie die Leute sympathisch fand und sie mit dem Budget arbeiten konnte. Sie fand Erfüllung darin, die Träume der Menschen Wirklichkeit werden zu lassen. Bei Hochzeiten drehte sich alles um Fantasie und darum, zu verstehen, was die Leute wollten, um dann den Zauber wahr werden zu lassen.

Faith genoss es stets aufs Neue, den Ausdruck auf dem Gesicht des Bräutigams zu sehen, sobald er die Braut zum ersten Mal erblickte, oft mit Tränen in den Augen. Es war, als würde sie dabei zusehen, wie der Zukunft des Paares ein Teppich ausgerollt wurde, auf dem alle ihre Hoffnungen sich erfüllten. Es war eben ein ganz besonderer Tag, und sie empfand es als wunderschön, ein Teil davon zu sein. Für ihr eigenes Leben hatte sie diesen Traum aufgegeben, aber es machte sie glücklich, diesen Traum für andere in Erfüllung gehen zu lassen, die noch daran glaubten. Es war ihre Entscheidung, sich von diesem Traum zu verabschieden, daher verspürte sie keine Bitterkeit. Eine Hochzeit erfolgreich zu organisieren, war eine Frage der Vorstellungskraft und der Logistik. Und der guten Zusammenarbeit mit Lieferanten, die sie nie im Stich ließen.

Sie hörte Violet, ihre Assistentin, hereinkommen, während sie sich einen Becher Tee einschenkte. Faith hatte bewusst nicht viele Angestellte. Ihr genügte eine Haushälterin, die täglich bei ihr für Ordnung und einen gefüllten Kühlschrank sorgte, und fürs Büro eine Assistentin. Den Rest erledigte sie selbst. Als Violett den Raum betrat, saß Faith an ihrem Schreibtisch. Violet war eine aufgeweckte, freundliche junge Frau, die ihren Job liebte und in gewisser Hinsicht jeden von Faiths Tagen besser machte. Sie war neunundzwanzig und arbeitete seit drei Jahren für Faith. Ihre Zusammenarbeit funktionierte reibungslos, und Violet kümmerte sich sehr gut um die Bräute, während sie den Müttern Verständnis und Geduld entgegenbrachte, sobald die Situation angespannt wurde, was zwischen Müttern und Töchtern, die den großen Tag gemeinsam planten, nicht selten der Fall war. Den Vätern waren die Details meistens egal, nicht aber die Rechnung.

Und Faith mit der Organisation einer Hochzeit zu beauftragen, war nicht billig. Die Leute kannten ihren Ruf, bevor sie sich an sie wandten. Sie würden eine unvergessliche Hochzeit bekommen, mussten dafür aber einen entsprechenden Preis zahlen.

Faith trug einen schlichten schwarzen Hosenanzug zu dem Meeting, dazu High Heels. Sie zog sich stets dezent für ihre Treffen mit potenziellen Kunden an. Es spielte keine Rolle, wer sie waren. Violet trug einen schwarzen Rock zu einem schlichten weißen Kaschmirpullover und ebenfalls High Heels. Sie konnte Jeans tragen, wenn sie am Veranstaltungsort arbeitete, aber niemals im Büro. Sie enttäuschte Faith nie.

»Was wissen wir über die Alberts?«, fragte sie Faith, während sie deren leeren Teebecher wegräumte, und Faith lächelte.

»Nicht viel. Er ist ein großer Bauunternehmer. Wir wurden ihnen von den Ferdinands empfohlen, daher glaube ich, dass es eine große Veranstaltung wird. In ein paar Minuten werden wir es erfahren.« Sie sollten in fünf Minuten da sein, und Faith erwartete von ihren Kunden Pünktlichkeit.

Eine halbe Stunde später warteten sie immer noch auf die Alberts. Die hatten nicht angerufen, um mitzuteilen, dass sie sich verspäten würden. Faith schaute erneut auf ihre Uhr. Vierzig Minuten nach der verabredeten Zeit klingelte es an der Tür, und Violet ließ sie herein.

Sie führte sie ins Wohnzimmer im Erdgeschoss, in dem Faith während der Arbeitszeiten Kunden empfing. Faith nahm mehrere Ordner mit sowie einen Block in einer Ledermappe, um sich während des Meetings Notizen zu machen. Sie betrat den Raum, als die Gäste sich gerade setzten, und Violet ging, um die Mäntel aufzuhängen. Der von Mrs. Alberts war ein pinkfarbener Nerz.

Sobald Faith die Familie sah, konnte sie schon die Größe der Hochzeit einschätzen. Jack Albert, der Vater der Braut, war korpulent und trug einen teuren Anzug, dazu eine dicke goldene Uhr am Handgelenk. Seine Frau trug ein rotes Chanelkostüm, einen großen Diamantring und überhaupt zu viel Schmuck und Parfüm für diese frühe Tageszeit. Im Gegensatz dazu war die Tochter und vermutliche Braut in Leggings, Kampfstiefel und einen alten löchrigen grauen Pullover gekleidet. Am rechten Handgelenk trug sie ein auffallendes Tattoo einer Rose. Die blonden Haare wurden nachlässig von einer Klammer zusammengehalten. Ihr Aussehen interessierte sie offenbar wenig, außerdem schien sie sich unbehaglich zu fühlen. Sie war eine attraktive junge Frau, die nicht allzu glücklich darüber wirkte, mit ihren Eltern hier zu sein. Faith schätzte sie auf Ende zwanzig, höchstens dreißig, etwa im Alter ihrer Assistentin. Jack legte Wert auf die Feststellung, dass Annabelle nicht arbeitete. Sie habe das College besucht, aber nie einen Job gehabt. Er meinte, sie brauche keinen. Und Jeremy, der Bräutigam, arbeite manchmal im Unternehmen seines Vaters, wenn ihm danach sei. Jack war großzügig mit diesen Informationen.

Faith gab jedem von ihnen einen Ordner mit Beispielfotos, Ideen und ihren Basismaterialien, die sie sich zu Hause in Ruhe ansehen und sich einen Eindruck davon machen konnten, welche Art von Hochzeiten Faith organisierte. Die Fotos zeigten eine große Auswahl, sowohl von Hochzeiten in der Stadt als auch auf dem Land, außerdem einige, die sie für Prominente ausgerichtet hatte. Die Alberts machten auf sie den Eindruck, als wollten sie eine Hochzeit innerhalb der Grenzen des guten Geschmacks. Zu gewährleisten, dass die Festivitäten eine gewisse Klasse hatten, gehörte zu Faiths Aufgaben genauso wie als Vermittlerin zwischen der Braut und deren Eltern zu fungieren, falls die Vorstellungen auseinandergingen. Sie fragte sich, wessen Idee es gewesen war, sich an sie zu wenden. In diesem Fall vermutlich die der Eltern, nicht der Braut. Sie wusste, dass sie richtiglag, als Albert erzählte, ihre ältere Tochter Eloise sei vor fünf Jahren durchgebrannt. Er meinte, ein weiteres Mal würden sie sich nicht um eine Hochzeit bringen lassen. Es war offenkundig, dass sie kompensieren wollten, was ihnen damals entgangen war.

»Innerhalb eines Jahres war sie wieder geschieden«, sagte er missbilligend, worauf Annabelle, die künftige Braut, nur die Augen verdrehte. Faith kannte solche Geschichten bereits. Damit wollte er sagen, dass das Scheitern der Ehe von vornherein klar gewesen sei, da ihre Schwester keine große Hochzeit gewollt habe, um die Zustimmung der Eltern zu demonstrieren. Er machte auch eine komische Bemerkung über Annabelles Verlobten, der erst davon hatte überzeugt werden müssen, »sich der Herausforderung zu stellen«. Faith fragte sich, was das bedeutete. Geld, ein Ferrari, Jacks Verbindungen für einen besseren Job oder Gefahren. Faith überlegte, ob der Bräutigam es aufs Geld abgesehen haben könnte oder einfach noch nicht bereit für die Ehe war. Auf jeden Fall hatten sie ihn offenbar herumgekriegt, sonst wären sie nicht hier.

Faith ahnte bereits, dass die Familie eine große Hochzeit wollte, um Freunde zu beeindrucken und möglicherweise auch Geschäftspartner. Jack Albert war ein sehr erfolgreicher Bauunternehmer, der mehrere Wolkenkratzer in der City gebaut hatte. Die Hochzeit sollte in ihrem Anwesen in East Hampton stattfinden.

»Die wollen siebenhundert Gäste«, sagte Annabelle mit wütender Miene, und Faith lächelte alle drei an, während Miriam Albert die Kunst an den Wänden studierte. Faiths Zuhause war schlicht, modern und wunderschön eingerichtet. Das hatte sie alles selbst gemacht, und die Kunstwerke stammten von bekannten Künstlern.

»Vielleicht können wir uns auf drei- oder vierhundert einigen. Wie klingt das für Sie?«, wandte sich Faith an die Braut, als wären sie allein im Raum, und zum ersten Mal lächelte Annabelle.

»Schon besser. Ich wollte eine kleine Hochzeit. Deshalb ist meine Schwester abgehauen und hat heimlich geheiratet. Sie wollte keinen Zirkus, und ich will auch keinen.«

»Die Hochzeit findet am vierten Juli statt.« Miriam Albert sprach zum ersten Mal. »Und wir wollen ein Feuerwerk.« Sie bat ihre Tochter gar nicht erst um ihre Zustimmung. Es war *ihre* Entscheidung. Annabelle sagte nichts, verdrehte jedoch erneut die Augen.

»Alles ist möglich.« Faith lächelte freundlich. »Allerdings wollen wir die Aufmerksamkeit nicht von dem glücklichen Paar durch zu viele Attraktionen ablenken«, gab sie zu bedenken und sah, wie Annabelle sich allmählich entspannte. Bis zum Beginn der konkreten Hochzeitsplanung musste Faith ihr Vertrauen gewonnen haben. Sie war kompetent und ruhig und ließ sich von Annabelles Eltern nicht aus dem Konzept bringen, und das brachte ihr das Vertrauen der Braut ein.

»Außerdem wollen wir ein Spiegelzelt mit Kronleuchtern«, fuhr die Mutter der Braut fort. »Und zwei Bands.«

»Ich würde mir zuerst gern den Veranstaltungsort ansehen, wenn Sie nichts dagegen haben. Dann kann ich Vorschläge machen. Das ist schwierig, bevor ich nicht gesehen habe, wo die Hochzeit stattfinden soll.« Jack nickte dazu, und Annabelle tat es ihm gleich. Es war ein sinnvoller Vorschlag. Faith war nicht nur erfahren, sondern auch pragmatisch. Auch dafür war sie bekannt.

Faith machte sich ein paar Notizen zu dem, was die Alberts über Feuerwerk, das Zelt und die Kronleuchter gesagt hatten. Sie verwendete eine Stunde darauf, ein Gefühl dafür zu bekommen, was jeder von ihnen wollte. Jack und Miriam wollten eine Show. Annabelle wollte etwas Bedeutungsvolleres und weniger Überwältigendes als das, was ihre Eltern im Sinn hatten. Es war Faiths Aufgabe, die beiden Seiten zusammenzubringen und eine Hochzeit zu kreieren, von der Annabelle begeistert sein würde und die den Eltern den Eindruck vermittelte, dass sie etwas für ihr Geld bekommen hatten.

»Wenn wir ganz zum Schluss ein Feuerwerk machen, wird es die Aufmerksamkeit nicht von der Hochzeit ablenken, sondern ein aufregender Abschiedsgruß für den Start des Paares in ihr neues Leben sein«, schlug sie vor. Ihr war klar, dass die Alberts sich dieses Feuerwerk in den Kopf gesetzt hatten, und nun musste sie es Annabelle irgendwie schmackhaft machen. »Haben Sie schon nach einem Kleid geschaut?« Annabelle schüttelte den Kopf.

»Wir hatten an Dior gedacht«, meldete sich Miriam wieder zu Wort; Annabelle sagte dazu nichts. Offenbar hatte sie sich noch keine Gedanken darüber gemacht, was sie wollte. Sie wusste nur, was sie nicht wollte; leider standen genau von diesen Dingen etliche ganz oben auf der Wunschliste ihrer Eltern. »Mit einer langen Schleppe und einem bestickten Schleier«, fügte Miriam hinzu. »Wir reisen in drei Wochen nach Paris, um uns die Couture-Shows anzusehen.«

»Und einige andere Designer«, sagte Annabelle, während Faith sich fragte, wie viele weitere Tattoos sie hatte. Sie hatte das Gefühl, dass es noch mehr gab, was den Stil des Hochzeitskleides bestimmen würde. Es sei denn, sie wollte die Tätowierungen zeigen, was für manche junge Frauen galt.

»Wir haben viel Arbeit vor uns«, erklärte Faith lächelnd. Zum Abschied überreichte sie allen je eine Ausgabe ihrer drei Bücher. Sie hatten einen Termin vereinbart für einen Besuch Faiths in ihrem Anwesen in Long Island, und Faith bot an, sich jederzeit telefonisch melden zu können, falls irgendwelche Fragen auftauchten. Sie war sich ziemlich sicher, dass die Alberts anrufen würden. Jack deutete an, dass Geld keine Rolle spielte, was für gewöhnlich ein Zeichen für sehr schlechten Geschmack war. Aber Faith war darauf vorbereitet und würde alles in die richtigen Bahnen lenken, damit die Hochzeit geschmackvoll wurde und zugleich aufwendig, worauf sie sich am besten verstand. Ihre Veranstaltungen waren niemals vulgär. Sie würde keine Übertreibung dulden.

Als sie gingen, begann es gerade zu schneien, und als Faith die Alberts hinausbegleitete, bemerkte sie den wartenden Chauffeur in einem Mercedes Maybach. Etwas in der Art hatte sie erwartet. Oder einen Rolls-Royce.

Nachdem sie fort waren, hing Miriams Parfüm noch in der Luft.

»Wie war es?«, erkundigte sich Violet, als Faith ins Büro zurückkam.

Sie seufzte lächelnd. »Interessant. Die wollen jede Menge Tamtam, siebenhundert Gäste und Feuerwerk, am vierten Juli. Die Braut wünscht sich etwas Kleineres. Sie wird sich nicht durchsetzen, aber wir können zumindest versuchen, es ein wenig zu dämpfen. Nächste Woche besuche ich ihr Anwesen. Denen schwebt Caesars Palace vor, mir Versailles«, erklärte sie, und Violet lachte. Sie nahm Faiths in Leder gebundenen

Notizblock, und prompt entdeckte Faith ein Funkeln an Violets linker Hand.

»Was ist *das*? Gibt es Neuigkeiten?« Faith machte ein verblüfftes Gesicht, und Violet errötete.

»Es ist einfach passiert. Jordan hat mir Silvester einen Antrag gemacht. Aber keine Sorge, wir können uns keine Flitterwochen leisten, also werde ich mir nur eine Woche freinehmen.« Sofort blickte sie besorgt drein, denn sie wollte Faith auf keinen Fall verärgern.

»Und wann soll das Ganze stattfinden?«, fragte Faith. »Hoffentlich nicht mitten in der Saison im Juni, Juli oder August.«

»Wir hatten an Mai gedacht. Ich weiß, wie viel im Juni los ist. Ich wollte dich irgendwann im Lauf des Tages heute fragen.«

»Das ist perfekt«, sagte Faith lächelnd, denn sie freute sich wirklich für sie. Nur war es im Mai für die meisten Hochzeiten oft noch zu kühl in New York. »Weißt du schon, wo die Hochzeit stattfinden soll?«

»In der Nähe meiner Eltern gibt es ein italienisches Restaurant; mein Dad meint, das sei okay.«

»Lass uns mal sehen, ob uns nicht noch etwas anderes einfällt, was ihm gefallen könnte und das eher deinem Stil entspricht. Ich werde darüber nachdenken.« Faith liebte Herausforderungen, und Violet lächelte. Eine Faith-Ferguson-Hochzeit konnte sie sich nicht leisten, aber vielleicht würde Faith ein paar Vorschläge haben, die zu ihrem Budget passten. Sie arbeitete gern für Faith und wusste, dass sie sich auf sie verlassen konnte. Abgesehen davon machte der Job Spaß und war aufregend. Sie hatte viel von Faith gelernt. »Alles Gute, Violet«, sagte Faith jetzt, da es unpassend war, der Braut zu gratulieren, was auch in ihrem Buch stand. »Ich hoffe, ihr beide werdet sehr glücklich.« Sie kannte den Bräutigam bereits, und er schien ein netter junger Mann zu sein. Er war Buchhalter und arbeitete für ein Start-up. Man konnte heutzutage nie wissen, wer einmal erfolgreich sein würde. Einige große Erfolgsstorys hatten klein angefangen.

Violet und ihr Verlobter waren seit einem Jahr zusammen, und Faith nahm sich vor, für die beiden nach einem Veranstaltungsort für die Feier Ausschau zu halten. Sie wusste, dass die beiden nicht viel Geld für eine Hochzeit erübrigen konnten, und vielleicht konnte sie helfen. Möglicherweise bekam sie Preisnachlässe für Violet, wenigstens für das Kleid.

Sie setzte sich an den Schreibtisch und machte sich Notizen zur Hochzeit der Alberts am vierten Juli. Da gab es vieles zu berücksichtigen, und der Auftrag würde Faith ein gutes Honorar einbringen. Aber es war Violets bevorstehende Hochzeit, die sie zum Lächeln brachte und ihr das Herz wärmte. Faith war nicht annähernd so hart und zynisch, wie manche Leute glaubten. Violets Hochzeit würde so werden, wie Hochzeiten bestenfalls sein sollten. Zwei Liebende an ihrem besonderen Tag, deren Zukunft strahlend vor ihnen lag. Und Faith würde dafür sorgen, dass Violet eine Hochzeit bekam, die ihr zur kostbaren Erinnerung wurde. Ob es nun eine millionenteure Hochzeit war oder eine bescheidene, wie für ihre Assistentin, Faith liebte ihren Job und liebte es, ihren Bräuten einen unvergesslichen Tag zu bereiten. Solange sie selbst keine werden musste.

2. Kapitel

Faith traf sich mit dem zweiten Paar nach dem Lunch. Der Bräutigam hatte den Termin vereinbart. Die zwei waren ein attraktives Paar. Douglas Kirk war Anfang vierzig, groß und athletisch, mit einer entschiedenen Art und einem gewinnenden Lächeln. Er hatte dunkle Haare, blaue Augen und wie gemeißelte Gesichtszüge. Und Phoebe Smith, die zukünftige Braut, war eine sehr hübsche Blondine mit einer tollen Figur. Sie war zweiunddreißig. Er war ein sehr erfolgreicher plastischer Chirurg mit eigener Klinik, und Phoebe arbeitete für ihn als OP-Schwester. Sie hatte eine sanfte Art und überließ Doug das Reden, nachdem sie sich gesetzt hatten. Er erwähnte ausdrücklich, dass er derjenige sei, der die Hochzeit bezahlen würde, was nichts anderes hieß, als dass er das Sagen haben wollte.

Er wollte die Hochzeit in dem Club feiern, in dem er Mitglied war, was die Kosten etwas reduzieren würde, wie Faith wusste, und ihm schwebten hundertfünfzig bis zweihundert Gäste vor, eine ziemlich große Feier also. Er war in Grosse Pointe, Michigan, aufgewachsen und hatte die Harvard Medical School besucht.

»Und woher kommen Sie, Phoebe?«, fragte Faith, damit die Braut die Chance bekam, ein wenig von sich zu erzählen, da Douglas sie seit zwanzig Minuten nicht mehr hatte zu Wort kommen lassen.

»San Diego«, antwortete sie lächelnd. Es schien ihr nichts auszumachen, dass Douglas im Mittelpunkt stehen wollte. Als seine Angestellte, besonders im Operationssaal, war sie es gewohnt, sich seinen Wünschen zu beugen. Er lächelte ihr gelegentlich zu und tätschelte ihr die Hand. »Doug hat konkrete Ideen für die Hochzeit«, erklärte sie. »Ich bin erst seit einem Jahr in New York, daher kenne ich noch nicht viele Leute hier. Wir sind kurz nach meiner Ankunft in der Stadt zusammengekommen.«

»Endlich habe ich die Liebe meines Lebens gefunden, die Frau meiner Träume«, warf er ein.

Eine, die ihm das Reden überlässt, dachte Faith. Sie fand Doug irgendwie unangenehm, während Phoebe ihr so sympathisch war, dass sie ihr unbedingt dabei helfen wollte, ihre Vorstellungen hinsichtlich der Hochzeit zu benennen, damit nicht nur Dougs Ideen am Ende verwirklicht wurden. Als Faith sich erkundigte, wie viele Hochzeitsbegleiter sie sich vorstellten, sagte Phoebe, sie wolle ihre Schwester als Brautjungfer, wisse aber nicht, ob sie kommen könne. Es falle ihr schwer, ihre Mutter zu verlassen, die an Multipler Sklerose litt und ans Bett gefesselt war. Ihre Mutter konnte also nicht kommen, und ihr Vater war gestorben, als sie das College besuchte. Ihre Schwester lebte bei ihrer Mutter in San Diego, aber die beiden hatten Phoebe ermutigt, nach New York zu gehen, und sich für sie gefreut, als sie den Job bei Doug bekam. Sie trug einen schlichten, aber sehr hübschen Verlobungsring, und sie machte ganz offenkundig durch die Ehe mit Doug einen großen Schritt in ein besseres Leben. Doug gab an, dass sein Partner in der Praxis sein Trauzeuge werden sollte.

Er hatte einige Seiten aus der Zeitschrift *Town & Country* dabei, um Faith zu zeigen, welche Atmosphäre ihm vorschwebte. Sie wollten im Juni heiraten und hatten bereits den Club für einen bestimmten Tag gebucht. Er war sachlich und gut vorbereitet, und die Hochzeit, die er wollte, war nicht kompliziert. Er nannte seinen bevorzugten Floristen, der zu den besten New Yorks gehörte. Faith hatte mit dem Unternehmen schon oft bei Hochzeiten in der Stadt zusammengearbeitet. Sie waren nicht billig, aber sie leisteten wundervolle Arbeit. Doug wollte weiße Orchideen, und Phoebe fand, das klinge sehr schön.

»Haben Sie sich schon Gedanken über das Kleid gemacht?«, erkundigte sich Faith an die Braut gewandt. Doug antwortete für Phoebe und erklärte, dass seiner Ansicht nach Oscar de la Renta oder Carolin Herrera die geeignete Wahl für die Hochzeitsgarderobe seien. Faith widersprach ihm nicht, aber ihr Unbehagen darüber, dass er alles zu kontrollieren versuchte, wuchs. Phoebe hatte sehr wenig mitzureden, und das betraf auch das Kleid. Doug wollte festliche Abendgarderobe für die Feier.

Was die religiöse Zeremonie anging, hatte er keine Meinung. Phoebe merkte vorsichtig an, sie würde gern in einer Kirche heiraten, und in der Nähe von Dougs Club gab es eine Episkopalkirche. Doug schwieg dazu.

»Ich schaue mir gern mit Ihnen gemeinsam Kleider an«, bot Faith an, da Phoebes Mutter und Schwester nicht da waren. »Es sei denn, Sie wollen lieber eine Freundin zurate ziehen.« Ihr fiel auf, dass Phoebe wie die junge Grace Kelly aussah, als diese Fürst Rainier geheiratet hatte. Sie würde eine wunderschöne Braut sein.

Faith verbrachte zwei Stunden mit ihnen. Es war leicht, mit ihnen zu arbeiten, da Doug so klare Vorstellungen hatte. Trotzdem war ihr nicht wohl zumute, als sie gingen. Sie saß in ihrem Büro und ließ das Meeting mit skeptischer Miene Revue passieren, als Violet hereinkam und sich erkundigte, wie es gelaufen war.

»Die zwei sind wirklich ein attraktives Paar«, stellte Violet überflüssigerweise fest, und Faith nickte.

»Er ist ziemlich dominant und trifft alle Entscheidungen. Er weiß genau, was er will. Außerdem bezahlt er die Hochzeit. Sie arbeitet für ihn, und ich hatte Mühe, etwas aus ihr herauszubekommen. Sie lässt ihn gewähren bei allem. Er ist unglaublich herrisch, und sie sitzt bloß da und schaut zu.«

»Ich vermute, das funktioniert gut für die beiden«, sagte Violet philosophisch. In den vergangenen drei Jahren, seit sie für Faith arbeitete, hatte sie schon alle möglichen Arten von Paaren hier erlebt. Bei manchen zweifelte man, ob sie es schaffen würden, und am Ende wurde alles gut. Zumindest standen ein paar Jahre später immer noch beide Namen auf der Weihnachtskarte. »Scheint es sie zu stören, dass er alle Entscheidungen trifft?«, fragte Violet.

»Nein, aber mich hat es gestört. Jedes Mal, wenn ich ihr eine Frage stellte, hat er für sie geantwortet und sich schon entschieden.« Er erinnerte Faith an William, den Verlobten, den sie nicht geheiratet hatte.

»Vielleicht ist sie froh darüber, sich nicht mit der Organisation befassen zu müssen. Sie muss bei der Hochzeit nur auftauchen, das Kleid anziehen und schön aussehen. Dagegen hätte ich auch nichts. Jordan ist ein hoffnungsloser Fall, was die Planung der Hochzeit betrifft. Er sagt immer nur ›Ganz wie du möchtest‹ und schaut weiter Football oder Hockey im Fernsehen. Wird das eine große Hochzeit bei den beiden?«

»Hundertfünfzig bis zweihundert Leute, in seinem Club.« Faith erwähnte den Floristen, den er wollte, und Violet nickte zustimmend. Er war bekannt für seine ausgefallenen Bouquets und Arrangements. »Doug will Orchideen, Kammermusik während der Cocktails, eine kleine Tanzband zum Dinner und danach. Sie möchte in der Kirche heiraten, dazu hat er nichts gesagt. Ich bin mir nicht sicher, ob er damit einverstanden ist. Es wird nicht schwierig sein, alles zu organisieren. Der Koch in diesem Club ist gut. Sie haben sich schon ein Datum im Juni ausgesucht, und der Club ist schon gebucht. Eigentlich brauchen sie mich gar nicht, aber er will, dass alles perfekt läuft. Wir müssen einen guten Fotografen für sie besorgen. Bis jetzt wird die Albert-Hochzeit unser größtes Ereignis des Sommers, falls sie uns den Auftrag geben, und da gibt es tausend Dinge zu beachten. Doug und Phoebes Hochzeit wird einfach, und sie findet drei Wochen vor der Albert-Hochzeit statt, das passt ausgezeichnet. Ich habe ihr angeboten, mit ihr zusammen Kleider anzuschauen. Du kannst mich begleiten, dann hört sie auch die Meinung einer jüngeren Frau. Allerdings wird sie in jedem Kleid toll aussehen. Ich muss mit ihm eine Kalkulation erstellen, aber das wird wohl kein Problem werden.« Die meisten Leute, die sich wegen ihrer Hochzeit an sie wandten, wussten, dass sie auch für Faiths Namen und guten Ruf zahlten. Leute mit wenig Geld kamen gar nicht auf die Idee, dass Faith Ferguson ihre Hochzeit organisierte.

»Ich würde gern mitkommen«, sagte Violet. »Ich muss mich allmählich auch nach einem Kleid für mich selbst umsehen. Ich will etwas Schlichtes und nicht zu Kostspieliges. Für eine Feier in einem Restaurant im Viertel brauche ich kein edles Kleid«, meinte sie und sah dabei nur ein klein wenig enttäuscht aus. Aber die beiden wollten kein Jahr warten, um für eine größere Hochzeit zu sparen. Vier Monate war lang genug, und sie war glücklich darüber, ihren Jordan zu heiraten. Das war ihr das Wichtigste.

Sie planten eine Hochzeit am Vormittag, weil es günstiger war, mittags im Restaurant zu feiern als abends. Darauf hatte ihr Vater sie hingewiesen. Das Restaurant war gerade groß genug für ein paar Musiker, damit die Gäste tanzen konnten. Es war lachhaft, verglichen mit den meisten Hochzeiten, die Faith gemeinsam mit Violet organisiert hatte. Aber Violet lebte in einer ganz anderen Welt. Sie erwartete keine große Hochzeit, und wenn sie verheiratet waren, würden sie und Jordan mit ihrem Geld haushalten müssen. Sie verdienten beide einigermaßen, aber das Leben in New York war teuer. Sie wohnten im weniger angesagten Teil von Brooklyn, aber auch dort stiegen die Mieten stetig. Die Wohnung, in der sie lebten, war winzig. Sie planten, mit dem Kinderkriegen noch zu warten, bis sie beide fünfunddreißig waren, also in sechs Jahren. Das verschaffte ihnen genügend Zeit zum Sparen, damit sie mehr Geld zur Verfügung hatten als momentan. Vor ihnen lag eine strahlende Zukunft. Sie arbeiteten beide hart, waren intelligent und liebten einander.

Nachdem Violet an diesem Abend gegangen war, hatte Faith einen Salat gegessen, und als sie anschließend wieder in ihr Büro ging, rief sie Hope an. Sie wollte noch an den Kalkulationen für die zwei voraussichtlichen Hochzeiten arbeiten, die Kirk-Smith-Hochzeit und die Großveranstaltung der Alberts. Letztere würde mehr Vorbereitung erfordern.

»Wie war dein Tag?«, erkundigte Hope sich. Sie konnte hören, dass Faith müde war. Sie fühlten stets die Stimmung der anderen und wie deren Tag gelaufen war.

»Ziemlich gut. Ein bisschen komisch, aber das kommt in dieser Branche vor. Die Kunden heute Morgen waren wie

Karikaturen ihrer selbst – eine zögerliche Braut, neureiche Eltern, die vor sechs- oder siebenhundert Freunden protzen wollen, einschließlich Feuerwerk, da die Hochzeit am vierten Juli stattfindet. Und dann habe ich mich noch mit einer Krankenschwester und einem Arzt getroffen. Er ist ein solcher Kontrollfreak, dass es mich immer noch schüttelt. Aber sie ist sehr lieb, deshalb will ich ihr wirklich helfen. Sie wirkt ein wenig eingeschüchtert, und er fährt ihr ständig über den Mund. Und Violet heiratet im Mai, also will ich sehen, was ich für sie tun kann. Das arme Ding hat kein Geld für eine anständige Hochzeit, und ihr Vater will, dass sie in einer Pizzeria heiratet, jedenfalls kommt der Laden einer Pizzeria nahe.«

»Du solltest der Krankenschwester sagen, dass sie den Kerl nicht heiraten soll«, sagte Hope ernst, die ebenfalls an William dachte.

»Das wollte ich auch. Er erinnert mich an William. Sie ist ein nettes Mädchen aus Kalifornien, mit einer kranken Mutter, um die ihre Schwester sich kümmert. Und sie hat sich in ihren Boss verliebt. Ich glaube, es gefällt ihm, dass sie schwach ist und ihm keinen Widerstand entgegensetzt.«

»Außer in Märchen und Liebesfilmen ist das selten gut«, meinte Hope, und da musste Faith ihr zustimmen, obwohl sie es schon oft erlebt hatte, und in vielen Fällen war es gut gegangen mit einem Prince-Charming/Ein-Traum-wird-wahr-Gefühl. Doch bei Phoebe und Doug war es durchaus denkbar, dass die Braut eines Tages unglücklich sein würde, weil sie nie eine eigene Meinung haben durfte. Der höhere Lebensstandard schien das nicht wert zu sein.

Angus verdiente mit seiner Schriftstellerei gut, und Hope hatte viel von ihrem Model-Geld klug investiert, daher konnten sie genau das Leben führen, das ihnen vorschwebte, und hatten mehr als genug für ihre Kinder. Sie konnten sich sogar eine Haushälterin und eine Nanny leisten. Doug und Phoebe würden höchstwahrscheinlich ebenfalls finanziell gut dastehen. Er besaß eine glänzend laufende Praxis, aber er traf auch sämtliche Entscheidungen, was Faith an ihrem zweiten Verlobten gehasst hatte. Hope und Angus dagegen waren gleichberechtigte Partner. Faith konnte sich nicht vorstellen, mit einem Mann zusammenzuleben, der sie in einem Ausmaß kontrollierte, wie Doug es offenbar mit Phoebe machte. Sie fragte sich, ob Phoebe sich dessen überhaupt bewusst war.

»Oft glauben Frauen, der Mann würde die Kontrolle ausüben, weil er sie liebt. Ich sehe das anders«, erklärte Hope.

»Ich auch«, stimmte Faith ihr zu. »Ich werde den Rest der Woche an den Kalkulationen für beide Hochzeiten arbeiten. Die Luxushochzeit wird exorbitant teuer, aber ich glaube, das interessiert den Vater der Braut nicht. Je teurer es wird, umso besser wird es ihm gefallen. Und die Frau zeigt auch gern ihren Reichtum. Sie kam um zehn Uhr vormittags in einem pinkfarbenen Nerzmantel an.« Sie lachten beide über Faiths Schilderungen; dabei war sie den Alberts gegenüber nicht ablehnend eingestellt. Sie waren eine besondere Sorte Mensch, mit der Faith es schon öfter zu tun hatte. Leute, die ein riesiges Vermögen, aber leider nicht den dazu passenden Geschmack besaßen. Angesichts ihrer Wünsche war es leicht, eine Million Dollar oder mehr für eine Hochzeit auszugeben. Und obwohl es ihr eine üppige Gage einbringen würde, ermutigte sie ihre Kunden nie dazu, ihr Geld zu verschwenden. Sie wurde sehr gut bezahlt, aber sie verdiente es auch und war nicht gierig.

Die Schwestern plauderten eine Weile, und dann machte Faith sich wieder an die Arbeit. Hope wollte mit ihrem Mann fernsehen. Sie führten ein ruhiges häusliches Leben, was ihnen beiden gefiel. Wenn ihnen nach einem Hauch Glamour war, verbrachten sie einen Abend in der Stadt und gingen essen. Aber die zwei fühlten sich so wohl daheim, dass sie seit kurz vor der Geburt ihres letzten Kindes nicht mehr ausgegangen waren, das vor wenigen Wochen ein Jahr alt geworden war. Hope hatte ihre wilde Zeit in jungen Jahren als Model gehabt. Sie hatte geheiratet, als sie bereit war, häuslich zu werden, nicht vorher. Sie war fünfunddreißig, als sie Angus geheiratet hatte, und ein Jahr später war ihr erstes Baby zur Welt gekommen.

Faiths letztes Meeting der Woche fand am Freitag statt, als sie sich mit dem dritten Paar traf, das den Termin mit ihr vor Weihnachten vereinbart hatte. Genau wie bei den Alberts hatten frühere Kunden sie empfohlen.

Faith zog sich weniger formell an, da es ein Freitag war. Sie trug einen dicken schwarzen Kaschmirrollkragenpullover, eine schwarze Jeans und Pumps, also eine leichte Variation ihrer üblichen Arbeitskleidung. Am Abend zuvor hatte sie die Kalkulationen für die anderen beiden Hochzeiten fast fertiggestellt und war in entsprechend guter Stimmung. Es fehlten nur noch der letzte Schliff und einige Details. Sie hoffte, am nächsten Tag nach Connecticut fahren zu können, um Hope, Angus und die Kids zu besuchen, sofern das Wetter es zuließ.

Sie vermisste ihre Zwillingsschwester. So erging es ihr stets, und sie genoss es immer in vollen Zügen, Hope tagsüber zu sehen und abends in ihr ruhiges Zuhause zurückzukehren.

Mit drei kleinen Jungen am nächsten Morgen aufzuwachen, war einfach zu viel für sie, obwohl sie gelegentlich das Wochenende dort verbrachte. Angus hatte kein Problem damit, dass die Schwestern sich so nahestanden. Schon am Anfang seiner Beziehung mit Hope hatte er begriffen, dass die Zwillinge praktisch unzertrennlich waren und kaum ohne einander leben konnten. Zum Glück liebte er Faith wie seine eigene Schwester und berücksichtigte sie bei ihren Plänen, wann immer es möglich war. Es kam sogar vor, dass Faith mit der Familie in den Urlaub fuhr.

Das dritte Paar, mit dem Faith sich treffen sollte, traf pünktlich am Freitagnachmittag ein. Die beiden hießen Morgan Phillips und Alex Bates. Wegen der Namen war sie sich nicht sicher, wer die Braut war und wer der Bräutigam. Sie betrat das Wohnzimmer, wo die beiden schon auf sie warteten, und fand zwei sehr gut aussehende Männer vor, der eine mit dunklen Haaren, der andere mit silbergrauen. Morgan wirkte ein wenig jünger, etwa Mitte dreißig, während Alex vorzeitig ergraut zu sein schien. In ihren schwarzen Pullovern und schwarzen Jeans sahen sie attraktiv und sexy aus. Sie waren auf dem Weg zu ihrem Landhaus in den Hamptons, wo sie das Wochenende verbringen wollten. Faith versuchte sich ihre Überraschung darüber, dass es zwei Männer waren, nicht anmerken zu lassen. Sie hatte schon Hochzeiten für gleichgeschlechtliche Paare ausgerichtet, aber diesmal hatte sie nicht damit gerechnet. Nachdem sie eine halbe Stunde mit ihnen geplaudert hatte, war sie hingerissen von den beiden. Sie hatten einen großartigen Sinn für Humor, und Faith hatte sofort das Gefühl, zwei neue Freunde gefunden zu haben. Morgan war Designer bei einer sehr bekannten Firma für Damenmode, und Alex war Produzent einer erfolgreichen TV-Show, vor der er auch schon mehrere große Erfolge gehabt hatte.

Sie wohnten in Tribeca und verbrachten die Wochenenden in den Hamptons. Ein berühmter Schauspieler und Freund, der für ein Jahr in England lebte, hatte ihnen für die Hochzeit sein sehr schickes Townhouse angeboten. Sie wollten nicht mehr als hundert Gäste einladen, die locker in das Haus passten, zu dem ein großer Garten gehörte. Es war ein Doppelhaus, und die beiden wollten im August heiraten, an einem für sie bedeutungsvollen Datum.

Sie waren seit zehn Jahren zusammen und hatten vor Weihnachten beschlossen zu heiraten. Mit Hilfe einer Leihmutter, die sie gemeinsam ausgewählt hatten, wollten sie eine Familie gründen, und sie wollten verheiratet sein, bevor das Baby kam. Das ganze vergangene Jahr über hatten sie Gespräche mit möglichen Leihmüttern geführt und sich schließlich für eine entschieden, die angenehmerweise aus New Jersey stammte, wo Leihmutterschaft legal war.

Faith mochte die Männer lieber als die anderen Paare, mit denen sie sich in dieser Woche getroffen hatte. Die beiden waren tatsächlich auf mehreren Hochzeiten, die sie organisiert hatte, und waren sich stets einig, sich an Faith zu wenden, falls sie einmal heiraten würden. Beide Männer waren gebildet, kultiviert, hatten großartige Jobs und schienen sich sehr gut zu verstehen. Faith unterhielt sich eine Stunde mit ihnen und war begeistert von ihren Ideen für die Hochzeit. Erstaunlicherweise hatte das Haus, das ihnen überlassen worden war, einen Ballsaal, der perfekt geeignet war und einer kleinen Band sowie hundert Gästen Platz zum Tanzen bot. Es klang ideal, und Faith konnte es kaum erwarten, es zu sehen. Sie fragte sich, wem das Haus gehörte, wollte jedoch nicht fragen. Die beiden zogen es vor, in einem Privathaus zu heiraten, um einen etwaigen Presserummel zu vermeiden. Faith konnte das gut nachvollziehen.

Sie mochte die zwei aufrichtig, was bei den Paaren, mit denen sie es zu tun hatte, nicht immer vorkam. Oft mochte sie nur einen der Partner, wie im Fall des Schönheitschirurgen und seiner OP-Schwester. Und Annabelle Alberts Verlobten Jeremy hatte sie ja noch nicht kennengelernt. Nachdem ihr Vater berichtet hatte, er habe ihn von der Heirat »überzeugen« müssen, vermutete sie, dass es sich entweder um jemanden handelte, der es auf das Geld der Familie abgesehen hatte, oder um einen Mann, der zu nachgiebig war und ein angeschlagenes Selbstbewusstsein hatte – wenn man ihn zur Ehe überreden musste. Morgan und Alex waren charmant, welterfahren, intelligent und amüsant. Es würde ein Vergnügen sein, mit ihnen zu arbeiten. Morgan wusste, welche Blumen er wollte, Alex wünschte sich einen bestimmten Caterer, der zu den besten der Stadt gehörte, allerdings fanden die meisten Leute ihn zu teuer. Faith fühlte mit, als Morgan erzählte, seine Eltern würden zur Hochzeit kommen und die Ehe voll unterstützen, während Alex traurig berichtete, dass das für seine Eltern nicht galt. Die waren ultrakonservativ, lebten in Des Moines, hatten Morgan nie kennengelernt und wollten es auch nicht. Er sagte, seine Familie, einschließlich seiner zwei Brüder, würde nicht kommen. Morgan erzählte, seine Familie stünde in dem Punkt hinter ihm, seit er ein Teenager war. Das galt auch für seinen älteren Bruder, und seine Familie habe Alex seit zehn Jahren ins Herz geschlossen.

Faith gefiel es, mit vielen sehr unterschiedlichen Menschen zusammenzuarbeiten, von den Neureichen bis zu den distinguierteren Leuten, Aristokraten, Alte, Junge, Leute mit ausgezeichnetem Geschmack oder überhaupt keinem. Und allen half sie bei der Verwirklichung ihrer Traumhochzeit. Jedes Mal war sie in der Lage, etwas Besonderes zu kreieren. Sie besaß ein echtes Talent dafür.

Das Hochzeitsdatum im August passte beiden gut, da Alex' TV-Show dann pausierte und Morgan Zeit hatte, weil die Modeindustrie im August praktisch im Urlaub war, bevor es während der Fashion Week im September wieder turbulent wurde. Auch Faith war einverstanden mit dem Datum. Da Violet im Mai heiraten wollte, Douglas Kirk und Phoebe Smith im Juni, Annabelle Albert im Juli und Alex und Morgan im August, lagen die Termine angenehm verteilt, sodass sie Ende August Urlaub machen konnte, falls Zeit dafür blieb.

Sie liebte es, die Magierin zu sein, die ein Kaninchen aus dem Zylinder zauberte, oder die Märchenfee aus *Cinderella*, die Träume in Erfüllung gehen ließ. Und es war viel besser, als selbst verheiratet zu sein! Sie freute sich auf alle drei Hochzeiten ihrer neuen Kunden, vorausgesetzt sie akzeptierten die von ihr kalkulierten Preise und schlossen einen Vertrag mit ihr ab. Sie hoffte außerdem, Phoebe dazu ermutigen zu können, sich zu behaupten und ihre Meinung zu sagen. Manchmal war sie nur eine Hochzeitsplanerin, aber gelegentlich fungierte sie auch als Psychologin. Um Alex und Morgan glücklich zu machen, musste sie lediglich den besten Floristen und Caterer in der Stadt beauftragen, fantastischen Geschmack zeigen sowie eine großartige Band und einen Fotografen engagieren. Sie wusste jetzt schon, dass es Spaß machen würde, mit den beiden zusammenzuarbeiten. Beide hatten anspruchsvolle Jobs und konnten sich nicht selbst um die Hochzeit kümmern, daher würden sie alles ihr überlassen. Alle drei hatten sich auf

Anhieb verstanden, und sie hatte den beiden Fotos von einer ihrer liebsten Indoor-Hochzeiten in der Stadt gezeigt. Ihnen gefiel die Idee einer Trauung im Garten unter einem Baldachin aus Blumen; das würde auch vor der Sonne schützen, sollte es ein heißer Tag werden. Anschließend konnten alle in das klimatisierte Haus überwechseln, um mit Champagner und Cocktails anzustoßen. Faith gefielen alle ihre Vorschläge, und Morgan und Alex mochten alle ihre Ideen. Die beiden hatten bereits entschieden, in weißen Leinenanzügen zu heiraten. Sie wollten Morgans Schneider in London aufsuchen, um sie anfertigen zu lassen. Morgans älterer Bruder würde Trauzeuge sein, ebenso seine Eltern.

Sie redeten ganz begeistert von den Plänen, und Faith versprach ihnen, noch an diesem Wochenende an der Kalkulation zu arbeiten, um sie ihnen Anfang der nächsten Woche per E-Mail zu schicken.

Sie planten, in Südfrankreich für zwei Wochen ein Segelboot zu chartern, um darauf die Flitterwochen zu verbringen. Danach musste Morgan zur Fashion Week wieder zurück in New York sein, und Alex würde wieder an seiner Show arbeiten. Die zwei hatten sich bereits sehr viele Gedanken über alles gemacht. Von allen drei Hochzeiten für die Kunden, mit denen Faith sich in dieser Woche getroffen hatte, schien diese die wundervollste und die mit dem meisten Spaß zu werden, vermutlich auch die, die ihrem eigenen Traum von einer Hochzeit am nächsten käme. Die Albert-Hochzeit würde ein übertrieben pompöses Ereignis werden, sosehr Faith sie auch zu bremsen versuchte. Sie hoffte nur, es würde nicht zu extrem werden. Und die Hochzeitsfeier des plastischen Chirurgen klang ein bisschen zu traditionell und fantasielos, aber es war nun einmal das, was das Brautpaar wollte, und Faith versuchte stets, den Vorstellungen ihrer Kunden gerecht zu werden. Aber Alex' und Morgans Hochzeit im Townhouse mit dem Ballsaal, dem Garten und den verschiedenen Möglichkeiten, klang für Faith am besten. Sie freute sich schon darauf, mit der Planung zu beginnen, sofern die beiden mit der Preisvorstellung einverstanden waren. Immerhin wussten sie, dass eine qualitativ hochwertige Hochzeit, wie sie ihnen vorschwebte, kostspielig war, und es schien sie nicht zu stören. Beide hatten hochbezahlte Jobs.

Sie hatten erwähnt, dass sie eine traditionelle Trauung wünschten, und ein klassisches Eheversprechen bedeutete ihnen sehr viel.

»Ich habe einen ganzen Ordner voll davon. Ich sammle sie«, erklärte Faith und versprach, sie ihnen zu zeigen.

Bevor sie gingen, umarmten sie Faith und dankten ihr für ihre Zeit und großartigen Ideen. Sie wollten sich melden, sobald sie die Preiskalkulation erhalten hatten.

Es würde nicht die teuerste Hochzeit werden, die Faith in diesem Sommer organisierte, aber sie war sich sicher, dass es die schönste werden würde. Alex und Morgan machten auf sie den Eindruck eines glücklichen und ausgeglichenen Paares. Die Beziehung war solide, sie lebten schon lange zusammen und kannten einander gut. Sie hatten die Missbilligung durch Alex' Familie überstanden und ihren Frieden damit geschlossen. Sie heirateten, um eine Beziehung zu feiern, die gut funktionierte, nicht um eine zu festigen, die nicht funktionierte, was Faith nur zu oft erlebte. Die zwei stürzten sich auch nicht in etwas Unausgegorenes; dieser Verdacht drängte sich sowohl bei Annabelle Albert als auch bei Doug und Phoebe auf. Alex und Morgan waren gleichberechtigt und passten ausgezeichnet zueinander. Mehr konnte man bei einem Paar kaum erwarten, wie auch immer die sexuelle Orientierung aussehen mochte. Die war völlig irrelevant.

Sie wollten das Datum so schnell wie möglich sichern, und Faith hatte versprochen, mit allem loszulegen, sobald der Vertrag unterschrieben war.

Alles in allem war es eine gute Woche, und Faith war zufrieden, als Violet am Freitagabend ging. Sie hatte alle fehlenden Informationen für Faith zusammengetragen, die sie noch benötigte, um übers Wochenende die Kalkulation für die Albert-Hochzeit fertigzustellen sowie die für Doug und Phoebe.

»Ich wünsche dir ein schönes Wochenende!«, rief Violet, als sie das Büro verließ, und Faith wünschte ihr dasselbe. Es war eine sehr gute Woche. Zwei weitere Anrufe von älteren Paaren waren eingegangen, die kleinere Hochzeiten im Juni planten. Für die hatte Faith noch Platz in ihrem Terminkalender. Die Planung für Dougs und Phoebes Hochzeit sollte sie nicht allzu sehr in Beschlag nehmen, sodass reichlich Zeit für die Arbeit an der pompösen Albert-Hochzeit blieb. Vor ihr lagen arbeitsreiche Monate, und genau so mochte sie es.

3. Kapitel

Wie versprochen, fuhr Faith am Samstag für einen Tagesausflug nach Connecticut zu Hope und ihrer Familie. Sie kochten mittags zusammen, Faith spielte mit den Kindern und fand ruhige Minuten mit Hope, als Angus in sein Arbeitszimmer über der Garage verschwand, um zu schreiben. Unterdessen spielte Seamus leise, und Hope hatte Henry und das Baby ins Bett gelegt.

Angus wusste, dass Faith und Hope gern ein bisschen Zeit zum Plaudern hatten, obwohl sie auch gern mit ihm zusammen waren. Er hatte mit ihnen gemeinsam eine köstliche Pasta Carbonara zum Lunch zubereitet. Es machte Faith stets glücklich, ihre Schwester Hope zu sehen. Wenn sie nicht zusammen waren, hatte sie immer das Gefühl, als fehlte ein Teil von ihr, und Hope ging es genauso. Es war wirklich etwas Besonderes, ein Zwilling zu sein. Es war wie Schwestern mit einer zusätzlichen speziellen Bindung.

Als Kinder hatten sie ihre eigene Sprache gehabt, die niemand außer ihnen verstehen konnte. Sie standen sich näher als je einer Freundin.

Faith erzählte Hope von den Kunden, die sie in dieser Woche getroffen hatte, und wie sehr sie Alex und Morgan mochte und wie wundervoll die Hochzeit der beiden wohl werden würde.

»Die Hochzeit auf Long Island, mit dem Feuerwerk, wird die größte Herausforderung, denn es gilt zu verhindern, dass sie zum Zirkus wird.« Annabelle lag nicht falsch mit ihrer Befürchtung, und Faith konnte nachvollziehen, weshalb die ältere Tochter heimlich geheiratet hatte, um einer Hochzeitsfeier von dieser Dimension zu entgehen. Bei einer derartigen Veranstaltung drohten Braut und Bräutigam völlig unterzugehen.

Faith fühlte sich glücklich und zufrieden, als sie ihre Zwillingsschwester und deren Familie am späten Nachmittag verließ und zurück in die Stadt fuhr. Sie hatte ihre Dosis für diese Woche bekommen, und Hope versprach, sie bald in der Stadt zum Lunch zu besuchen.

»Ja, komm mal wieder in die Zivilisation, du Landei«, sagte Faith und umarmte sie.

»Willst du wirklich nicht über Nacht bleiben?«, fragte Hope noch einmal.

»Das geht nicht. Ich muss arbeiten. Ich will diese drei Angebote fertigbekommen, um sie Montag rausschicken zu können.«

Sie arbeitete an diesem Abend daran, als sie nach Hause kam, und den ganzen Sonntag. Um Mitternacht war sie mit dem letzten Angebot, dem für Alex und Morgan, fertig.

Dougs und Phoebes Hochzeit war die mit dem niedrigsten Preis. Dougs Club hatte ihm ein gutes Angebot gemacht. Man konnte dort sehr kreativ mit Blumen arbeiten. Das war nicht billig, aber extravagant war es auch nicht. Sie glaubte, er würde mit dem Preis zufrieden sein. Es würde kein Essen für die Beteiligten der Hochzeitsprobe geben, da Doug meinte, es würden keine Gäste von außerhalb kommen. Phoebe hatte keine Familie, die an der Hochzeit teilnehmen würde, daher hatten sie beschlossen, das traditionelle Dinner für diejenigen, die an der Probe mitgewirkt hatten, auszulassen.

Alex' und Morgans Feier würde ziemlich kostspielig werden, auch wegen des extra für den Garten angefertigten Baldachins sowie der Menge und Art der Blumen, die sie wollten. Sie hatten sehr genaue Vorstellungen und wollten bei den Blumen nicht knausern. Hinzu kam, dass der von ihnen gewünschte Partyservice teuer war. Sie wollten gute Weine und Champagner servieren und wussten, dass das alles entsprechend viel kosten würde. Angesichts Faiths Erfahrung und Ruf durfte ihr Honorar niemanden überraschen. Sie organisierte perfekte Feiern, jede genau auf die jeweiligen individuellen Wünsche zugeschnitten. Faith ließ Magie entstehen.

Die teuerste Hochzeit würde wie erwartet die der Alberts werden. Das Angebot belief sich auf knapp über eine Million Dollar, unter Vorbehalt, da es noch mehrere offene Fragen bezüglich des Feuerwerks gab. Das Zelt würde erschreckend teuer werden, wegen all der Dinge, die darin vorhanden sein sollten. Sie brauchten Licht und Strom und im Juli auf Long Island auch eine Klimaanlage. Dann waren da noch die Kronleuchter, die Miriam gefordert hatte, eine Schutzhülle für das Zelt, ein eigens angefertigter Boden, ein Generator. Faith hatte alles berücksichtigt und schätzte, dass die Zusatzkosten sich locker auf weitere zweihunderttausend Dollar belaufen könnten. Sie rechnete fest damit, dass Jack Albert sie anrufen würde, um zu handeln. Es schien eine enorme Summe für eine Hochzeit zu sein, obwohl sie schon andere Kunden gehabt hatte, die so viel ausgegeben hatten. Falls er sich beklagte, bliebe ihr nichts anderes übrig, als ihm vorzuschlagen, einige der Extras zu streichen. Sie hatte ihm bei ihrem Preis bereits Nachlass gewährt, weil die Kosten der Hochzeit so hoch waren. Bei allem, was ihnen vorschwebte, plus der Zahl der Gäste, war es tatsächlich ein fairer Preis, der allerdings selbst für Faith noch hoch war.

Spät in der Sonntagnacht schickte sie die Angebote per E-Mail los, las noch eine Weile und ging schlafen. Der Wecker war wie immer auf halb sechs gestellt, weil sie um sechs per Skype ihre Ballettstunde hatte.

Sie fühlte sich frisch und ausgeruht, als sie am nächsten Morgen aufwachte, und rief Hope an, nachdem sie mit dem Training fertig war.

»Hast du deine Arbeit erledigt?«, fragte Hope.

»Ja, habe ich.«

»Wie teuer wird die Hochzeit auf Long Island?«

»Ich habe sie auf knapp über eine Million veranschlagt und mit der Warnung versehen, dass es noch mehr werden könnte, wegen des Feuerwerks. Ich bin mir sicher, dass der Vater der Braut sich beschweren wird. Kann ich ihm nicht verübeln. Aber eine solche Hochzeit ist wahnsinnig teuer. Die wollen alles nur Erdenkliche, mit Ausnahme von Tanzbären, Ballerinas und Zebras. Allein das Zelt wird ein Vermögen kosten.«

»Ich könnte mir nicht vorstellen, eine derartige Summe für eine Hochzeit auszugeben«, sagte Hope ehrfürchtig angesichts der Zahlen, die Faith ihr genannt hatte. »Aber anscheinend sind manche Leute durchaus dazu bereit.«

»Glück für mich«, sagte Faith kichernd. »Ich tue viel lieber das, was ich tue, als für eine Versicherungsagentur zu arbeiten. Und ich müsste hungern, würde ich immer noch als Redakteurin arbeiten. Ich habe wirklich keine Ahnung, was ich machen würde, wenn ich keine Hochzeiten organisieren würde.«

»Du könntest einen reichen Mann heiraten«, schlug Hope vor, und Faith lachte.

»Auf lange Sicht ist das ein zu hoher Preis«, gab sie zu bedenken. »Außerdem gefällt mir mein Leben als unverheiratete Frau. Ich kann tun und lassen, was ich will. Niemand macht mir Vorschriften. Wenn ich Männer wie diesen plastischen Chirurgen erlebe, schüttelt es mich. Ich hätte mit so einem verheiratet sein können, wenn ich die Beziehung nicht beendet hätte. Wahrscheinlich hätte ich ihn längst umgebracht und säße im Gefängnis.« Hope hatte erst kürzlich Angus gegenüber erwähnt, dass ihre Schwester inzwischen so an ihre Unabhängigkeit und an das Single-Dasein gewöhnt sei, dass sie nicht sicher sei, ob Faith je wieder mit einem Mann zusammenleben könne. Faith gefiel ihre Freiheit und schien es nie zu bereuen, allein zu sein. Hin und wieder hatte sie ein Date, wenn sie einen Mann kennenlernte, der ihr gefiel. Aber nach ein oder zwei Treffen ging er ihr schon auf die Nerven, und sie beendete die Sache. Hope konnte sich nicht vorstellen, wie sich daran etwas ändern sollte, und Faith ebenso wenig. Und solange es ihr nichts ausmachte, alleinstehend zu sein, spielte es wohl keine Rolle.

»Na dann, ich wünsche dir einen guten Tag. Wir reden später wieder«, sagte Hope und beendete das Telefonat, um mit dem Baby zu spielen, ehe es das erste Nickerchen des Tages machte. Ihr gefiel ihr Leben auch, wie es war. Es passte perfekt zu ihr, und es hatte sich gezeigt, dass Angus der perfekte Mann für sie war. Nach sieben Jahren hatte sie noch immer nichts über ihn zu klagen. Es freute Faith, dass ihre Zwillingsschwester glücklich war.

Alex und Morgan schickten als Erste den Vertrag unterschrieben, eingescannt und mit einem Dankeschön versehen via E-Mail zurück. Faith war sich sicher, dass die Anzahlung ebenso prompt erfolgen würde.

Doug schickte den unterzeichneten Vertrag einige Stunden später, und Annabelle Albert rief an, da sie mit Faith für den nächsten Morgen einen Termin vereinbaren wollte, um einige Details ohne die Einmischung ihrer Mutter zu besprechen. Den unterschriebenen Vertrag hatte Faith damit zwar noch nicht in der Tasche, aber sie traf sich dennoch gern mit Annabelle wieder. Allerdings war sie überrascht, dass sie noch nichts von Jack Albert gehört hatte. Sie rechnete nach wie vor damit, dass er sich über den Preis beschweren würde.

Für den Rest des Tages arbeitete sie an den beiden weniger aufwendigen Hochzeiten, die sie im Juni angenommen hatte. An diesem Abend surfte sie im Internet, auf der Suche nach kleinen Veranstaltungsorten für Violets Hochzeit. Bisher hatte sie noch keine Alternative zu dem Pizzarestaurant gefunden, aber das konnte sie einfach nicht zulassen. Violet verdiente etwas viel Besseres als das, und Faith wollte, dass sie es bekam.

Am Dienstagmorgen traf Annabelle pünktlich um halb zehn ein, und Faith war überrascht, ihren Vater bei ihr zu sehen. Dabei hatte sie doch extra betont, dass sie allein kommen werde. Stattdessen trat Jack direkt nach ihr ein.

»Ich werde nicht lange bleiben«, sagte er, sobald er saß, und nahm einen Umschlag aus seiner Tasche. »Ich wollte Ihnen das lieber persönlich übergeben«, erklärte er und reichte ihr den Umschlag. »Es ist der unterschriebene Vertrag und der Scheck für die Anzahlung.« Er lächelte und verlor kein Wort über die Höhe der Summe, auf die der Scheck ausgestellt war. Faith war für einen Moment zu perplex, um etwas zu sagen. Sie war auf Widerstand vorbereitet.

»Vielen Dank. Ich habe mir große Mühe gegeben, es nicht noch teurer werden zu lassen. Ich werde weiter daran arbeiten, während wir uns mit einigen Details der Feier befassen«, versicherte sie ihm.

»Wenn es so teuer ist, wird es sicher märchenhaft«, sagte er und sah zufrieden aus. »Ich gebe meinen Frauen, was immer sie sich wünschen«, verkündete er stolz. »Und ich will, dass es die Hochzeit des Jahrhunderts wird.« Faith spürte, dass es ihm damit ernst war. Er mochte seine Fehler haben, aber er liebte seine Tochter von ganzem Herzen. Violet kam herein und bot ihnen Kaffee an, aber er lehnte ab, während Faith Annabelle gerade einen Vorschlag machte, damit sie beschäftigt war und Faith ihren Vater verabschieden konnte. Sie wollte ihm für die prompte Zahlung danken.

»Möchten Sie vielleicht einen Blick in den Ordner mit Vorschlägen für das Zelt werfen?«, sagte sie zu Annabelle. »Violet wird Ihnen den geben.«

Annabelle wirkte erleichtert, den Raum verlassen zu können, und folgte Violet ins Büro, während Faith die Gelegenheit nutzte, Jack noch einmal zu danken. »Vielen Dank, dass Sie den Scheck so schnell gebracht haben. Es ist wunderbar, mit Ihnen Geschäfte zu machen. Und ich verspreche Ihnen, dass die Hochzeit Ihrer Tochter außergewöhnlich wird.«

Er lächelte, beugte sich in seinem Sessel vor und senkte die Stimme. »Wollen wir nicht zusammen zu Abend essen, um darüber zu sprechen?«, fragte er mit einem Ausdruck in den Augen, der Faith nicht gefiel. »Ein ruhiger, intimer Abend, nur wir zwei. Annabelle oder ihre Mutter müssen nichts davon wissen.«

Instinktiv lehnte Faith sich in ihrem Sessel zurück. Er war unattraktiv, und was er ihr vorschlug, war widerlich. Seine Absichten waren eindeutig.

»Das halte ich für keine gute Idee, trotzdem danke für die Einladung.« Sie erhob sich mit eisigem Blick.

»Vielleicht ein andermal«, sagte er hoffnungsvoll. Vielleicht nie, dachte Faith.

Sie stand steif da, während er seinen Mantel nahm und sich zum Gehen wandte. Sie hielt Abstand, als sie ihm zur Tür folgte. Sie fragte sich, bei wie vielen Frauen er das schon versucht und wie oft es funktioniert hatte. Er gab für die Hochzeit seiner Tochter ein Vermögen aus und machte sich an Faith heran. Sie fand ihn abstoßend, noch mehr als zu Anfang. Er hatte ihr den Scheck nur deshalb persönlich überreichen wollen, damit er sie fragen konnte, ob sie mit ihm ausgehen wollte. Selbst wenn er attraktiv gewesen wäre, hätte sie es nicht getan. Doch die Kombination aus seinem wenig anziehenden Äußeren und dem Annäherungsversuch war einfach zu viel, ganz gleich, wie hoch die Summe war, die auf dem Scheck stand.

Die Tür schloss sich leise hinter ihm, und Faith ging in Violets Büro, wo Annabelle über den großen Ordner mit den Bildern von Festzelten gebeugt stand. Sie hatte schon das teuerste ausgesucht, was Faith nicht überraschte. Erst jetzt erkannte sie, wie verwöhnt Annabelle war. Sie war neunundzwanzig Jahre alt und arbeitete nicht. Sie hatte noch nie einen Job gehabt, was sie beim ersten Treffen unumwunden zugegeben hatte. Was ihren Vater zu der Bemerkung veranlasste, sie brauche keinen Job. Faith konnte sich ein derartig verwöhntes, faules Leben nicht vorstellen. Sie fragte sich, was Annabelle eigentlich den ganzen Tag machte. In ihrer Familie war stets klar, dass sie und Hope arbeiten würden, sobald sie mit dem College fertig waren, und so war es auch gekommen. Faith bei der *Vogue* und Hope als Model. Sechs Jahre später hatte Faith ihr eigenes Unternehmen gegründet. Abgesehen von dem Geld, das sie verdiente, konnte sie sich ihr Leben ohne Arbeit nicht mehr vorstellen. Ohne einen Job wäre sie an Langeweile gestorben. Er gab ihrem Leben Sinn und Inhalt.

Ihr war absolut klar, dass sich in Alberts Leben alles ums Geld drehte. Die teuerste Hochzeit, das teuerste Zelt. Jack Albert wollte jedem, den er kannte, zeigen, wie erfolgreich er war, und die Millionen teure Hochzeit seiner Tochter war die perfekte Gelegenheit. Es ging dabei eher um ihn als um sie.

Douglas Kirk verfolgte das gleiche Ziel. Er wollte vor den Leuten prahlen, die er für wichtig hielt, beruflich wie privat. Es war Faith zuwider, wenn Leute Hochzeiten dafür benutzten. Sie war Puristin und fand, Hochzeiten sollten ein geheiligter Moment im Leben eines Paares sein, für immer in Ehren gehalten und geteilt nur mit den Menschen, die einem wirklich etwas bedeuteten. Nur Morgan und Alex schienen das zu respektieren und betrachteten ihre Hochzeit als höchst private Angelegenheit, die in einem geschützten Rahmen stattfinden sollte. Alex und Morgan wollten eine elegante, stylishe und fröhliche Hochzeit, mit qualitativ hochwertigen Lieferanten, eine Feier mit den engsten Freunden. Und deshalb hatten sie sich an Faith gewandt. Sie leisteten die Anzahlung einen Tag nach Jack Albert, und am Ende der Woche hatte sie auch Doug Kirks Anzahlung. Bisher hatte sie nie Probleme mit der Zahlungsmoral ihrer Kunden gehabt. Die wollten unbedingt die schönste Hochzeit und zahlten gern, um sicherzustellen, dass sie bei Faith Priorität hatten. Es war großartig, auf diese Art und Weise sein Geld zu verdienen.

Wie vereinbart fuhr sie Ende der Woche zum Anwesen der Alberts, was eine faszinierende Erfahrung war, aber keine Überraschung.

Alles in ihrem pompösen dreitausend Quadratmeter großen Heim war teuer und protzig. Man konnte sehen, dass sie bereitwillige Beute für Inneneinrichter sowie für Kunst- und Antiquitätenhändler gewesen waren. Einige Stücke waren wunderschön. Es gab einen unglaublichen Picasso aus seiner blauen Periode, einen Degas und einen Monet. Aber nichts davon hatte einen Bezug zu den Alberts persönlich. Es gab keine »Story«. Es handelte sich einfach um eine Sammlung unfassbar teurer Kunstwerke, die in keinerlei Beziehung zueinander oder ihren Besitzern standen. Jedes einzelne Stück hing nur da wegen seines Geldwertes.

Es gab nichts, für das man sich hätte begeistern können, kein Winkel des Hauses wirkte warm und gemütlich. Es sah aus wie ein Château, aber die Perioden und Stile waren bunt zusammengewürfelt, italienischer Stil mit französischem, mit dänischem, mit englischem, alles aus verschiedenen Perioden. Jack hatte es als Investition gekauft, nicht als Herzensangelegenheit. Faith erkannte sogleich, dass sie aufpassen musste, damit er nicht bei der Hochzeit genauso vorging. Sie wollte, dass die Hochzeit eine Bedeutung bekam und Annabelle und Jeremy repräsentierte, nicht nur das Bankkonto ihres Vaters.

Nachdem alle Verträge unterschrieben und die Anzahlungen geleistet waren, begann Faith intensiv mit der Arbeit an allen drei Hochzeiten. Zunächst brachte sie in Erfahrung, welche die besten Lieferanten für die jeweiligen Wünsche waren. Alex und Morgan wollten die edelsten Glaswaren, das edelste Porzellan, Besteck und Leinentischdecken. Was die benötigte Menge anging, war Miriam Albert in ihrer Aussage nicht sehr präzise. Der Club würde zur Verfügung stellen, was Doug und Phoebe wollten, deswegen mussten sie nichts mieten.

Faith wollte beim Feuerwerk größte Vorsicht walten lassen, damit nicht irgendwer, der vielleicht zu leichtsinnig war, am Ende das Haus in Brand setzte oder jemand verletzt wurde. Für jede Hochzeit schloss Faith eine umfangreiche Versicherung ab, die sich auf der Rechnung wiederfand.

Sie bereitete Ordner mit den verschiedenen zu mietenden Dingen vor, von Tischdecken, Blumenarrangements, Beleuchtung bis zu Zelten, falls gewünscht. Es gab sogar ein großes Angebot an luxuriös aussehenden Dixie-Toiletten, welche die Alberts für die Hunderte von Gästen im Garten benötigten. Sie hatte die Ordner ihren Kunden zukommen lassen, einen für die Braut sowie einen für die Eltern, außerdem zwei für Alex und Morgan. Sie traf sich mit den beiden älteren Paaren, die jeweils Feiern zur Mittagszeit wünschten, vorzugsweise in einem Garten-Ambiente für fünfzig Freunde und Familienangehörige. Das eine Paar war in den Achtzigern, das andere in den Siebzigern, und keines wollte ein opulentes Fest. Das Paar in den Siebzigern waren zwei geschiedene Personen, die beiden in den Achtzigern waren beide kürzlich verwitwet und glücklich, einander online gefunden zu haben. Sie waren zusammen zur Highschool gegangen. Faith konnte ihnen passende Vorschläge zu ihren Wünschen machen. Es bereitete ihr Freude, jede Hochzeit voller Hingabe zu gestalten, egal ob groß oder klein. Sie wollte jede zu einem Juwel machen.

Da bei allen das Datum bereits feststand, schickte sie ihnen eine Auswahl an Einladungskarten, damit sie die bestellen konnten, die ihnen am besten gefielen. Nachdem Faith ihre Aufgaben für die Kunden erledigt hatte, suchte sie im Internet nach einem Veranstaltungsort für Violet im Mai und durchkämmte alle Designer auf Vogue.com, auf der Suche nach einem Kleid für sie. Bisher hatte sie noch kein passendes gefunden. Ein schlichtes Slipdress erschien ihr nicht elegant genug, außerdem konnte es ein kühler Tag werden. Ein richtiges Hochzeitskleid mit allem Drum und Dran schien für eine schlichte Hochzeit tagsüber in einem Restaurant auch nicht angemessen zu sein. Sie schaute sich alle jungen angesagten Designer an, aber nichts gefiel ihr. Allmählich kam es ihr vor wie eine *Mission Impossible*, ein Kleid sowie einen Veranstaltungsort für ihre Assistentin zu finden.

Den Valentinstag verbrachte sie mit weiteren Nachforschungen, da sie diesen Tag ohnehin nicht feierte. Sie beschäftigte sich mit den Dingen, die mit den bevorstehenden Hochzeiten zu tun hatten. Als sie abends erneut stirnrunzelnd die Optionen für Violet im Internet sondierte, rief ihre Mutter an.

»Hi, Mom. Was gibt's? Ist alles okay bei dir?«, erkundigte sie sich und war prompt überrascht von der Antwort.

»Ich werde heiraten«, sagte Marianne und klang nervös. Sie hatte keine Ahnung, wie ihre Töchter auf die unerwartete Ankündigung reagieren würden.

»Du machst Witze, oder? Mom, es ist Valentinstag, nicht der erste April.«

»Ich weiß, welcher Tag heute ist. Ich bin siebenundsechzig, nicht zweiundneunzig. Jean-Pierre hat mir heute Morgen einen Antrag gemacht.«

»Wie ist das möglich? Ich hatte seit Ewigkeiten kein Date mehr, während du dich mit einem Typen triffst und gleich einen Heiratsantrag bekommst. Das ist mir ein Rätsel. Wer ist er? Du hast überhaupt nicht erwähnt, dass du mit jemandem zusammen bist.«

»War ich auch nicht. Wir haben uns bei einer Dinner-Party letztes Jahr in Palm Beach kennengelernt. Wir waren ein paarmal zusammen essen, nachdem wir beide zurück in New York waren. Er hat mich ins Theater und ins Ballett eingeladen. Er hat keine Kinder und ist Franzose. Wir treffen uns seit sieben Monaten. Für Leute in unserem Alter ist das lange genug. Wir können nicht mehr so lange warten wie du.«

»Du hast nie ein Wort darüber verloren. Und jetzt heiratest du, nach sieben Monaten?« Das klang in Faiths Ohren vollkommen verrückt.

»Wir wollen bis zum nächsten Sommer warten«, erklärte Marianne und klang verlegen. »Er hat mir heute Morgen beim Frühstück einen Antrag gemacht, daher wollte ich es dir gleich erzählen.«

»Mom, du warst bereits dreimal verheiratet. Warum musst du jetzt wieder heiraten?«, fragte Faith rundheraus.

»Ich bin es leid, allein zu sein«, antwortete Marianne.

»Warum kannst du nicht einfach mit ihm zusammenleben?«, schlug Faith vor.

»Ich will lieber verheiratet sein, und er auch. Eure Generation heiratet nicht mehr. Meine schon.«

»Na, überstürze nichts«, warnte Faith sie und fühlte Panik in sich aufsteigen.

»Ich möchte, dass du und Hope ihn kennenlernt.«

»Das hoffe ich doch.« Faith klang gekränkt und rief sofort ihre Zwillingsschwester an, nachdem sie aufgelegt hatte.

»Ich weiß«, sagte Hope, während mindestens zwei Kinder im Hintergrund weinten. »Ich kann nur hoffen, dass er ein anständiger Kerl ist. Ich habe ihr gesagt, dass sie doch einfach mit ihm zusammenleben kann.« Hope klang abgelenkt, da sie ihre Kinder zu trösten versuchte, während sie gleichzeitig mit Faith telefonierte. Die Nanny hatte ihren freien Tag.

»Ich habe ihr das Gleiche gesagt. Wir sollten diesen Kerl möglichst schnell kennenlernen, bevor sie ihn heiratet.« Faith war besorgt.

»Was ist bloß los mit dieser Familie?«, fragte Hope genervt. »Du willst überhaupt nicht heiraten, und Mom kann nicht genug davon bekommen.« Darüber mussten sie beide lachen, und Hope versprach, so bald wie möglich zum Dinner in die Stadt zu kommen, um Jean-Pierre kennenzulernen. »Ich vermute, sie ist einsam«, sagte Hope mitfühlend.

»Dann sollte sie irgendeinen Sport betreiben, ins Fitnesscenter gehen oder sich einen Hund anschaffen«, sagte Faith, die immer noch beunruhigt durch die Ankündigung ihrer Mutter war. »Ich hoffe nur, er ist nicht irgendein Mistkerl, der sie nur ausnutzen will. Der Letzte war auch nicht gerade das große Los und blieb nicht. Das muss sie nicht noch einmal durchmachen. Ich verstehe es nicht. Was mich betrifft, kann ich verzichten. Außerdem bekomme ich jeden Tag meine Hochzeitsdosis. Ich muss nicht heiraten. Ich wünschte, sie wäre einfach so mit ihm zusammen und würde auf die Heirat verzichten.«

Faith beschäftigte die Neuigkeit noch tagelang, während Hope unablässig mit Angus darüber redete, der den Mann auch kennenlernen wollte, die Idee einer Heirat aber längst nicht so abwegig fand.

»Deine Mutter ist noch relativ jung, und sie hat niemanden, mit dem sie ihr Leben teilen kann. Du bist mit mir und den Kids ausgelastet, und wir leben hier draußen. Und Faith ist auch immer schwer beschäftigt. Deine Mutter braucht jemanden, mit dem sie Zeit verbringen und reden kann. Denk mal darüber nach. Sie ist die ganze Zeit allein.« Er fühlte mit seiner Schwiegermutter, was seine Frau überraschte. Angus stammte aus einer großen Familie und bedauerte Menschen, die allein waren, wie zum Beispiel Faith. Aus dem Grund bezog er sie mit ein, wann immer das möglich war. Marianne aber blieb für sich, sie wollte ihren Kindern nicht zur Last fallen. Sie respektierte die Unabhängigkeit und Privatsphäre ihrer beiden Töchter. Und jetzt wollte sie heiraten, was den Zwillingen verrückt vorkam.

Faith war so besorgt, dass sie sich kaum noch auf die Hochzeiten konzentrieren konnte, die sie zu organisieren hatte. Sie nahm Annabelle mit, um sich Kleider anzusehen. Bei den Couture-Shows in Paris hatte die junge Frau nichts gefunden, was ihr gefiel. Selbst Jack schreckte bei Vierhunderttausend-Dollar-Kleidern zurück. Die Millionengrenze war bereits überschritten. Allmählich näherten sie sich zwei Millionen.

Schließlich entdeckten sie ein Kleid von Valentino, das Annabelle hervorragend stand. Sie hatte Rubensrundungen, war sehr fraulich geformt. Es würde nachträglich mit einer Schleppe versehen werden. Es war ein wunderschönes weißes Spitzenkleid mit langen Ärmeln und hochgeschlossen, dazu eine geschnürte Taille, was sehr gut zu ihr passte. Es würde zwei Monate dauern, um es nach Maß anzufertigen, was gut in den Zeitplan passte. Miriam fand ein smaragdgrünes Oscar-de-la-Renta-Ballkleid aus Seide. Alles ging bisher gut voran. Wäre da nur nicht Mariannes Ankündigung gewesen, dass sie heiraten würde, noch dazu im Juni. Sie wollte diesmal keine Feier, lediglich eine schlichte Trauung und ein nettes Essen mit der Familie. Sie hatte bereits drei Hochzeitsfeiern hinter sich und wollte keine vierte, und sie meinte, Jean-Pierre sei eine Feier auch nicht so wichtig. Er war in ihr Apartment eingezogen, eine Woche vor der Verlobung, was den Zwillingen ebenfalls Sorge bereitete. Er behielt seine eigene Wohnung, wohnte jedoch nicht mehr dort. Es kam Faith und Hope alles übereilt vor, vor allem da sie ihn nicht kannten. Sie waren erleichtert darüber, dass er keine Kinder hatte, allerdings machte sie das misstrauisch. Warum hatte er keine?

Angus recherchierte ihn im Internet und erfuhr, dass er ein preisgekrönter Architekt im Ruhestand war. Er war mit dem Orden der Ehrenlegion ausgezeichnet worden, für die Entwürfe von Krankenhäusern, die überall in Frankreich gebaut wurden, außerdem Regierungsgebäude und mehrere beeindruckende Hotels. Er war verwitwet, genau wie Marianne berichtet hatte. Seine Frau war Ärztin gewesen und Professorin am Institut Curie für Krebsforschung. Sie war vor zehn Jahren gestorben. Offenbar war er also auch einsam. Er war siebenundsiebzig und damit zehn Jahre älter als Marianne.

»Hört sich nach einem anständigen Kerl an«, sagte Angus zu Hope.

»Er ist zu alt«, hielt sie dagegen. »Er wird krank werden, und dann muss sie sich um ihn kümmern.« Angus erwähnte nicht, dass auch ihre Mutter krank werden konnte und Jean-Pierre dann sie pflegen müsste. Keiner der beiden schien sich deswegen Sorgen zu machen. Die Zwillinge misstrauten ihm weiterhin.

Wegen der Arbeit hatte Faith noch keine Zeit gehabt, Jean-Pierre kennenzulernen. Und ein Restaurant für Violets Hochzeit hatte sie auch noch nicht gefunden. Sie war sogar selbst zu einigen Restaurants gefahren, die infrage gekommen wären, ohne Violet etwas davon zu sagen. Aber keines hatte ihr zugesagt. Die überraschende Ankündigung ihrer Mutter lag zwei Wochen zurück, als sie endlich ein Restaurant entdeckte, das ihr gefiel, und am nächsten Tag fuhr sie mit Violet dorthin, damit sie es sich ansehen konnte. Es lag in Gramercy Park, hatte einen hübschen Garten, und die Inhaber waren bereit, es an einem Samstag zur Mittagszeit für die Hochzeit zu schließen. Viele andere Restaurants hatten das nicht gewollt. Es gab französische Küche, es hatte die richtige Größe, und es war nicht teuer. Es war etwas besser als eine Pizzeria, aber nichts Extravagantes.

Violet fand es perfekt, der Preis stimmte auch. Sie konnte es nicht fassen, dass Faith sich die Mühe gemacht hatte, es für sie zu finden. Ihre Eltern sahen es sich an diesem Wochenende an, und auch ihnen gefiel es. Es hatte die Atmosphäre eines kleinen Landgasthofes in Frankreich. Sie aßen dort zu Abend, um es zu testen, und das Essen war köstlich. Die Mutter des Besitzers war die Köchin. Es gab ländliche Küche, was Violet freute. Die Besitzer mochten Violet so sehr, dass sie mit dem Preis heruntergingen.

Also wurde ein Vertrag abgeschlossen, und Violet war begeistert. Faith verriet es ihr nicht, aber sie hatte einen der Floristen, mit dem sie zusammenarbeitete, damit beauftragt, das Restaurant am Morgen des Hochzeitstages mit weißen Blumen zu schmücken und kleine Vasen mit Lilien auf die Tische zu stellen. Jetzt brauchte Violet nur noch ein Kleid. Die Hochzeit fand zwar erst in zwei Monaten statt, aber das war nicht allzu viel Zeit, um ein Kleid auszusuchen, und bis jetzt hatte sie kein Glück gehabt.

Endlich fanden sie einen Termin, um Jean-Pierre bei einem Abendessen in der Stadt kennenzulernen. Hope und Angus wollten kommen, und Faith war dermaßen nervös, dass sie den Großteil der Nacht zuvor wach lag. Zum ersten Mal seit fünf Jahren verschlief sie ihr Balletttraining via Skype. Das Treffen fand am Freitagabend statt.

Faith beschloss, es wie einen besonderen Abend anzugehen, statt mit einem Desaster zu rechnen. Sie reservierte einen Tisch im La Grenouille. Ihre Mutter war gerührt, als sie ihr davon erzählte. Beide Zwillinge rangen mit sich, was sie anziehen sollten, und entschieden sich schließlich für schwarze Kleidung, was ganz gut zu ihrer Einstellung im Hinblick auf die Hochzeit passte. Wenigstens würden alle ein gutes Essen bekommen.

Hope und Angus boten an, Faith abzuholen, doch sie beschloss, die anderen im Restaurant zu treffen. An diesem Abend stieg sie ins Taxi, die blonden Haare zu einem strengen Dutt hochgesteckt, sehr dezent geschminkt und in einem seriösen schwarzen Kleid mit Mantel. Als sie sich auf dem Weg hinaus kurz im Spiegel betrachtete, stellte sie fest, dass sie wie für eine Beerdigung gekleidet war. Und genauso fühlte sie sich auch. Sie hoffte, dass Jean-Pierre kein aalglatter französischer Gigolo war, der ihre Mutter übers Ohr hauen würde. Falls doch, würden sie rasch dahinterkommen und Schlimmeres zu verhindern wissen.

4. Kapitel

Als Faith im Restaurant ankam, waren Hope und Angus bereits dort. Angus trank ein Glas Wein, und Hope hatte sich einen Martini bestellt, was Faith Aufschluss darüber gab, wie aufgeregt auch ihre Zwillingsschwester war. Sie verzichtete darauf, sich ebenfalls einen Drink zu bestellen, weil sie fürchtete, dadurch sowohl ihre Aufnahmefähigkeit als auch ihr Urteilsvermögen zu beeinträchtigen. Sie wollte hellwach sein, wenn sie den Mann unter die Lupe nahm, den ihre Mutter so plötzlich zu heiraten beabsichtigte. Als ihre Mutter endlich mit einem großen Mann in einem dunkelblauen Anzug und mit einer Mähne aus schneeweißen Haaren hereinkam, sahen die beiden Schwestern gestresst aus. Jean-Pierre hatte ein junges Gesicht und sagte etwas zu Marianne, als sie sich dem Tisch näherten. Die Schwestern sahen, dass ihre Mutter ebenfalls nervös war. Faith zog sich der Magen zusammen, während Hope das sich nähernde Paar anstarrte.

Marianne stellte Jean-Pierre ihren Töchtern und ihrem Schwiegersohn vor, und er schüttelte allen höflich die Hand. Dann wartete er, bis Marianne sich ihren Töchtern gegenüber gesetzt hatte, ehe er selbst Platz nahm. Es fiel schwer, sich ungezwungen zu geben angesichts der Pläne ihrer Mutter, die sie wohl oder übel akzeptieren mussten. Selbst wenn sie protestierten, würde das nichts ändern. Impulsivität passte gar nicht zu Marianne, deshalb nahmen die Schwestern an, dass sie verrückt vor Liebe zu ihm sein müsste. Aber so verhielt sie sich nicht. Sie bestellten Wein, und Jean-Pierre erklärte den Schwestern, wie sehr er sich freue, sie kennenzulernen, und ihm sei durchaus bewusst, welch ein Schock es gewesen sein musste, zu erfahren, dass ihre Mutter wieder heiraten wollte. Er entschuldigte sich dafür, sich ihnen nicht schon früher vorgestellt zu haben. Er war nicht schmeichlerisch, sondern herzlich und freundlich, und er packte den Stier bei den Hörnern, indem er das heikle Thema direkt ansprach. Angus war beeindruckt, dass er die Angelegenheit gleich anging, statt Small Talk zu halten. Hope bemerkte trotz des sanften Martini-Nebels, dass ihre Mutter glücklich und entspannt wirkte, sobald Jean-Pierre angefangen hatte, mit ihnen zu reden. Sie und Jean-Pierre schienen sich auf sehr harmonische Weise zu verstehen, und es war sehr interessant, sich mit ihm zu unterhalten, nachdem sie das Essen bestellt hatten. Er hatte als junger Mann in China und Nordafrika gelebt und in Deutschland, Norwegen und an der Beaux-Arts in Paris Architektur studiert. Er hatte interessante Geschichten zu erzählen. Von seiner verstorbenen Frau sprach er liebevoll und mit Respekt. Er sagte, sie beide hätten in späteren Jahren bedauert, keine Kinder bekommen zu haben. Er und seine Frau seien ganz auf ihre Karrieren fokussiert gewesen. Sie war eine engagierte Forscherin, und als ihnen beiden Zweifel an ihrer Kinderlosigkeit gekommen waren, sei es auch schon zu spät gewesen.

»Man trifft diese Entscheidung zwischen Beruf und Familie, und es ist nicht immer die richtige. In unserem Fall war es die falsche. Eure Mutter kann sich sehr glücklich schätzen, euch zu haben«, sagte er lächelnd zu den Zwillingen. »Und du hast drei Jungs?«, fragte er Hope, die nickte und ihr Handy zückte, um ihm Fotos zu zeigen. »Wunderschöne Kinder«, sagte er. »Die halten dich bestimmt auf Trab.«

Er war ein angenehmer Gesprächspartner, jemand mit modernen Ideen, und mit der Hilfe zweier Flaschen guten Weines floss die Unterhaltung. Er und Angus verstanden sich auf Anhieb. Als der Abend zu Ende ging, machte Marianne einen entspannten Eindruck. Alle hatten sich benommen, und Marianne konnte sehen, dass die anderen nun verstanden, warum sie sich in Jean-Pierre verliebt hatte. Es handelte sich nicht um die wilde Leidenschaft, die sie in jüngeren Jahren für ihren zweiten Ehemann empfunden hatte. Dies war eine behagliche, liebevolle Beziehung. Er war interessant, intelligent, freundlich und hatte ganz offensichtlich gute Manieren. Der Abend war ein Test, den er ohne einen einzigen Patzer bestanden hatte.

Niemand erwähnte die im Juni geplante Hochzeit, doch der Abend war ein erster Schritt und ermöglichte es den anderen, Jean-Pierre kennenzulernen, und ihm, sich ein Bild von Mariannes Töchtern zu machen. Er fand es schwieriger, sich mit Faith zu unterhalten, es herrschte mehr Anspannung und Bemühtheit als bei Angus und Hope. Den überwiegenden Teil des Abends beobachtete sie ihn und lauerte auf irgendeinen entscheidenden Fehler oder ein Warnzeichen. Doch weder das eine noch das andere geschah. Er war einfach ein sehr netter älterer Mann, der ein abwechslungsreiches Leben geführt hatte und nun wahrscheinlich genauso einsam war wie ihre Mutter. Nach dem Tod seiner Frau hatte er sich zur Ruhe gesetzt und war nach New York gezogen, um mal einen Tapetenwechsel zu haben, aber er reiste gelegentlich noch nach Europa. Er besaß nach wie vor eine Wohnung in

Paris sowie ein Sommerhaus in Südfrankreich, in den Bergen hinter Nizza. Er schien nicht hinter Geld her zu sein, und Angus hatte den Eindruck, als besäße er mehr als Marianne. Nach einem Jahrzehnt allein als Witwer wollte er seinen Lebensabend mit einer liebevollen Gefährtin verbringen. Er war jetzt bereit, sein Leben mit jemandem zu teilen, während er seine verstorbene Frau in zärtlicher Erinnerung behielt. Er hatte nicht länger das Gefühl, sie zu hintergehen, indem er seine noch verbleibenden Jahre mit einer neuen Partnerin verbrachte. Seit er Witwer geworden war, hatte er allein gelebt.

»Ich glaube, keiner von uns beiden hat damit gerechnet, dass aus unserer Freundschaft etwas Ernstes wird«, sagte er beim Kaffee am Schluss des Abendessens, nachdem alle ein Soufflé zum Nachttisch gegessen hatten. »In unserem Alter rechnet man nicht damit, sich zu verlieben, und wenn es passiert, ist es anders als in jungen Jahren. Da baut sich etwas auf, das Leben dehnt sich aus, man erweitert ständig seinen Kreis von Menschen, ein Heim und Kinder kommen dazu. Wenn man älter wird, will man genießen, was man hat, und es mit jemandem teilen. Unsere Gefühle füreinander kamen für uns beide auch überraschend. Wir könnten es dabei belassen, wie es ist, aber es ist schöner, jemanden zu haben, auf den man sich verlassen kann. Wir alle brauchen Verlässlichkeit, in jedem Alter … und Liebe«, fügte er mit einem Lächeln in Mariannes Richtung hinzu. Er war weder ein Gigolo noch ein Leichtgewicht. Er hatte sich als wirklich liebenswerter Mann erwiesen, und als sie das Restaurant verließen, hatten alle das Gefühl, einen Freund gewonnen zu haben. Hope und Faith tauschten einen Blick. Sie empfanden beide das Gleiche. Ihre Mutter war in guten Händen.

»Ich hoffe, ich sehe euch bald wieder«, sagte Jean-Pierre höflich, dann fuhren er und Marianne in einem Taxi davon. Die Schwestern hatten für das Essen bezahlen wollen, aber er hatte es nicht zugelassen und diskret mit seiner Kreditkarte gezahlt, als er den Tisch für einige Minuten verlassen hatte. Sie alle dankten ihm für das wundervolle Dinner und den schönen Abend.

Die Schwestern standen noch einen Moment zusammen mit Angus auf dem Gehsteig. »Also, was denkst ihr?«, fragte Faith die beiden.

»Ich finde ihn grandios«, sagte Angus. »Und er ist absolut echt. Er kommt ernst und aufrichtig rüber. Er ist kein Dummschwätzer. Ich glaube, eure Mutter hat diesmal wirklich Glück.«

»Da stimme ich dir zu«, sagte Faith, die während des Essens nicht sehr gesprächig gewesen war. Sie war zu sehr damit beschäftigt, Jean-Pierre unter die Lupe zu nehmen.

»Ich mag ihn wirklich«, meinte Hope. »Die zwei können in unserem Haus heiraten, wenn sie wollen.« Faith nickte. Vor ihnen lag also eine Hochzeit, und sie konnten beide nachvollziehen, warum ihre Mutter ihn liebte. Die beiden gaben ein nettes Paar ab. Und er sah jünger aus, als er war.

Hope rief ihre Mutter am nächsten Tag an und machte ihr das Angebot wegen der Hochzeit. Marianne war gerührt. Faith rief sie einige Minuten später an, um ihrer Mutter ihren Segen zu geben. »Ich freue mich für dich, Mom.«

»Was haben sie gesagt?«, fragte Jean-Pierre, nachdem sie aufgelegt hatte und sie beide sich wieder ihrem gemeinsamen Frühstück widmeten.

»Sie mochten dich sehr«, antwortete Marianne mit einem glücklichen Lächeln. »Hope hat gefragt, ob wir in ihrem Haus in Connecticut heiraten wollen.«

»Das würde ich sehr gern«, sagte er, beugte sich über den Tisch und küsste sie. Er wollte sie nicht von ihren Kindern trennen, und deren Anerkennung war ihm wichtig, weil es Marianne wichtig war. »So nervös war ich nicht mehr seit meinem Uniabschluss. Ich hatte Angst durchzufallen.« Er grinste erleichtert. Wenn ihre Töchter dagegen gewesen wären, hätte er sich dafür ausgesprochen, doch nicht zu heiraten. Schließlich brauchte sie ihre Kinder.

»Bist du nicht«, sagte sie mit liebevollem Blick.

»Du hast wundervolle Kinder«, sagte er. »Ich hätte nie gedacht, dass ich Kinder und Enkelkinder haben würde, und jetzt bekomme ich eine ganze Familie.« Er lächelte.

»Es macht dir nichts aus, dass ich schon dreimal verheiratet war?« Jetzt tat es ihr leid, dass sie das getan hatte. Die beiden letzten Ehen waren den Schmerz nicht wert gewesen, den sie ihr verursacht hatten.

»Was spielt das für eine Rolle?«, fragte er sanft. »Solange wir es am Ende hinbekommen, und das werden wir. Ich glaube, das haben deine Töchter auch gesehen.« Sie nickte und wusste, dass er recht hatte. »In Frankreich sagt man: *L'amour n'a pas d'âge.* Liebe hat kein Alter. Das ist nur zu wahr.«

Nach dem Frühstück unternahmen sie einen langen Spaziergang im Park. Jetzt konnten sie ihre Hochzeit vorbereiten. Der Juni konnte nicht schnell genug kommen, und sie fanden es beide schade, dass es bis dahin noch drei Monate dauerte. Es gab einiges, worauf sie sich freuten.

Faith fuhr Anfang April mit Annabelle zur Anprobe ihres Kleides. Miriam hielt sich für eine Woche in einem Spa auf, um für die Hochzeit in Form zu kommen. Bisher lief alles reibungslos. Aber als Annabelle das Kleid anprobierte, wollte es nicht richtig passen. Der Reißverschluss an der Taille ließ sich ebenso wenig schließen wie die winzigen Knöpfe am Rücken. Also musste neu Maß genommen werden. Für Faith sah Annabelle aus wie vorher, aber das Maßband log nicht. Um die Mitte herum hatte sie drei Zentimeter an Umfang zugelegt. Kaum hatte die Schneiderin es ausgesprochen, brach Annabelle in Tränen aus. Es gab nur noch knapp genug Stoff für die Änderungen, aber die Schneiderin glaubte, es hinzubekommen. Und als sie das hörte, weinte Annabelle noch heftiger. Es war das erste Mal, dass Faith sie so emotional erlebte. Violet hatte sie beide begleitet und den Raum diskret verlassen, um in diesem schwierigen Moment nicht zu stören.

»Ist schon gut, Annabelle, das passiert doch dauernd. Sie haben gehört, was die Schneiderin gesagt hat, sie bringt das in Ordnung. Und die Schleppe reicht von der Schulter herunter, man wird die Änderungen also gar nicht sehen.« Es war ein spektakuläres Kleid, und Annabelle sah wunderschön darin aus. Die sehr schmale Taille war die einzige Stelle, die nicht mehr saß. Die Schneiderin stellte fest, dass auch das Brustteil zu eng war. Sie maß den Brustumfang ebenfalls nach und notierte, dass Annabelle dort fünf Zentimeter zugelegt hatte. Die Frau musterte Annabelle mit wissendem Blick und schüttelte den Kopf.

»Wann ist die Hochzeit?«, erkundigte sie sich.

»Im Juli«, antwortete Annabelle heiser flüsternd. Erneut schüttelte die Schneiderin den Kopf. Faith vermutete, dass Annabelle aus lauter Stress zu viel gegessen hatte, und war der Ansicht, sie hätte mit ihrer Mutter das Spa besuchen sollen, war jedoch zu taktvoll, um das laut auszusprechen.

»Im Juli wird Ihnen das Kleid nicht mehr passen«, sagte die Schneiderin, was Faith auf die Palme brachte. Nach der Anprobe würde sie sich bei der Geschäftsführung über die Frau beschweren.

»Das ist ja lächerlich, natürlich wird es dann passen. Es hat vor zwei Monaten gepasst, als Sie es ausgesucht haben«, wandte sie sich an Annabelle. »Sie werden vor der Hochzeit abnehmen. Das ist bei Bräuten immer so. Für gewöhnlich muss das Kleid kurz vor der Hochzeit noch enger genäht werden.«

»Ich werde vor der Hochzeit kein Gewicht mehr verlieren«, erklärte Annabelle zerknirscht, und Faith fühlte mit ihr. Die Eltern der jungen Frau waren nicht bereit gewesen, einen Kompromiss einzugehen, und mittlerweile standen an die fünfhundert Personen auf der Gästeliste, hauptsächlich deren eigene Freunde, was Annabelle nicht gewollt hatte.

»Sie werden Gewicht verlieren, das verspreche ich«, sagte Faith und reichte ihr ein Taschentuch. Annabelle sah sie kummervoll an und ließ sich auf einen Stuhl sinken.

»Ich weiß, dass das nicht passieren wird«, sagte sie, während ihr Tränen die Wangen hinunterliefen. »Ich bin schwanger«, flüsterte sie. Faith blieb beinahe das Herz stehen.

»Sind Sie sicher?«, flüsterte sie zurück, und Annabelle nickte.

»Absolut. Zweiter Monat. Ich weiß nicht, wie das geschehen konnte. Ich habe aufgehört, die Pille zu nehmen, für den Fall, dass wir nächstes Jahr ein Baby wollen, und dann ist es gleich passiert. Im Juli werde ich im fünften Monat schwanger sein.«

Tatsächlich hatte sich ihre Figur bereits verändert. Faith war wie benommen. Natürlich hatte sie Ähnliches schon vorher erlebt, allerdings mit geringeren Konsequenzen, nicht bei einer Millionen teuren Hochzeit und mit Eltern wie Miriam und Jack Albert, für die diese Hochzeit eine immense Bedeutung hatte.

»Ich hätte nicht gedacht, dass ich so schnell an Gewicht zulegen würde«, sagte Annabelle. »Meine Schwester hat ein Baby bekommen, und man konnte sechs Monate lang nichts sehen. Allerdings leidet sie an Magersucht.« Annabelle hatte eine üppigere Figur, und Faith sah jetzt auch genau, dass ihre Brüste größer geworden waren.

»Wie haben Ihre Eltern reagiert?«, fragte Faith.

»Jetzt ist es okay, aber zuerst war es die reinste Katastrophe. Meine Eltern haben ein Jahr lang nicht mit ihr gesprochen. Aber dann sahen sie das Baby und waren sofort verliebt.«

»Was werden wir jetzt tun?«, fragte Faith sie, während sie ihr beim Ausziehen des Kleides half. Annabelle zog ihre Leggings und den weiten Pullover wieder an. »Ich glaube, Sie müssen es Ihren Eltern erzählen. Sie können sie nicht eine solche Hochzeit vorbereiten lassen, und es ihnen verschweigen. Im Juli wird es ohnehin für jeden sichtbar sein, dass Sie schwanger sind.« Faith konnte sich durchaus vorstellen, dass die Hochzeit abgesagt wurde. In ihren Augen war es falsch, den Eltern dieses Geheimnis vorzuenthalten. Sie konnte ihr Honorar verlieren, aber das war jetzt nicht wichtig. »Ich nehme mal an, Sie werden das Baby behalten«, sagte sie, und Annabelle nickte.

»Es ist das Einzige, worüber Jeremy glücklich ist. Er wollte nie eine große Hochzeit, und die ganze Sache ist bereits außer Kontrolle geraten. Ich wusste, dass meine Eltern so etwas machen würden. Die können einfach nicht anders. Sie lieben es, anzugeben und mit Geld um sich zu werfen. Jeremy wollte nicht einmal heiraten. Er glaubt nicht an die Ehe. Sein Vater war zweimal verheiratet, seine Mutter sechsmal. Er wollte einfach mit mir zusammenleben und auf Dokumente und

Rituale verzichten. Mein Vater drohte ihm, falls er mich nicht heiraten würde. Er meinte, er würde mir nicht mehr erlauben, Jeremy weiterhin zu sehen, und mir kein Geld mehr zahlen. Aber wenn wir heiraten, würde er uns ein schönes Haus kaufen. Jeremy wollte mir ein Zuhause nicht vorenthalten, also erklärte er sich einverstanden, damit wir das Haus bekommen. Er wird die Hochzeit hassen. Es werden hauptsächlich die Freunde meiner Eltern da sein und die Geschäftspartner meines Dads. Aber Jeremy freut sich auf das Baby. Wir wollen vier oder fünf Kinder. Und das Haus, das mein Vater uns gekauft hat, ist fantastisch, in derselben Straße wie das meiner Eltern. Es hat sechs Zimmer und einen Pool. Dort können wir für immer wohnen. Die Hochzeit durchzustehen ist der Preis, den wir dafür zahlen.« Zusätzlich zu den zwei Millionen, die ihr Vater ausgibt, dachte Faith. »Ich fing tatsächlich an, es zu genießen. Und dann passierte das. Ich weiß es seit etwa einem Monat. Ich hatte vor, es ihnen zu sagen, aber bisher fand sich nie der richtige Zeitpunkt. Im Juli werde ich es nicht mehr verbergen können. Man kann es ja jetzt schon fast sehen.« Was für den zweiten Schwangerschaftsmonat ungewöhnlich war.

»Annabelle, Sie müssen es ihnen sagen«, meinte Faith eindringlich. »Alles andere wäre nicht fair. Ihr Vater gibt ein Vermögen aus für die Hochzeit. Sie müssen ihm wenigstens die Chance geben, sie abzusagen, wenn das sein Wunsch ist. Vielleicht will er, dass die Hochzeit trotzdem stattfindet. Oder Sie heiraten nach der Geburt des Babys. Aber Ihre Eltern haben das Recht, diese Entscheidung zu treffen.« Annabelle nickte, denn sie wusste, dass es stimmte, was Faith sagte.

»Ich werde es ihnen morgen sagen. Sobald der richtige Zeitpunkt da ist. Meine Mutter wird morgen zurückerwartet, und mein Dad war viel unterwegs. Ich will sie beide zusammen erwischen, damit ich es nicht zweimal erklären muss. Jeremy hat Angst, dass sie das Haus zurückfordern. Aber er glaubt, dass wir es trotzdem schaffen würden, wenn sie das tun. Ich kann bei Jeremy einziehen. Er hat ein Studio-Apartment, aber das wäre schwierig mit dem Baby. In sieben Monaten werde ich eine Mom sein. Das wird meinem Leben einen Inhalt geben. Ich hatte nie einen Job. Mein Vater wollte nicht, dass ich arbeite. Jeremy hat einen Treuhandfonds von seinen Großeltern bekommen, aus dem er zumindest ein kleines Einkommen bezieht. Früher hat er in Teilzeit für seinen Vater gearbeitet, aber es war ihm zuwider. Die stellen Kühlanlagen her. Klimaanlagen für Bürogebäude und Hotels. Momentan arbeitet er in einem Skateshop, was meinem Vater nicht gefällt.« Faith verstand, warum, äußerte sich jedoch nicht dazu. Annabelle und Jeremy klangen wie zwei Kinder, und nun würden sie selbst eines bekommen, aber das Geld ihrer Eltern würde sie schützen und ihnen das Leben erleichtern. Faith war sich nicht sicher, ob das eine gute Sache war. Wann immer sie Geschichten wie die von Annabelle hörte, war sie froh, dass sie keine Kinder hatte. Sie wollte nach wie vor keine. Spontan hätte sie auch nicht gewusst, was sie in einer solchen Situation tun würde. Aber eines war sicher: Annabelles Eltern mussten von der Schwangerschaft erfahren.

»Rufen Sie mich an, wenn ich Ihnen irgendwie helfen kann«, bot Faith an und umarmte Annabelle, ehe sie in ein Taxi stieg, das sie zurück zu ihrem Büro brachte. Violet erwartete sie. Faith hatte der Schneiderin gesagt, sie solle mit den Änderungen am Kleid warten, bis sie sich wieder meldete. Wenn es bei der Hochzeit blieb, würden sie ein stark geändertes Kleid brauchen, und alle Welt würde von der Schwangerschaft erfahren. Das kam heutzutage immer häufiger vor, und Annabelle war nicht Faiths erste schwangere Braut. Von Zeit zu Zeit waren frühe Schwangerschaften vorgekommen, die sich leicht verbergen ließen. Vor zwei Jahren hatte sie eine Hochzeit ausgerichtet mit einer Braut, die mit ihrem vierten Kind schwanger war. Allerdings war das eine lockere Gartenparty gewesen, mit einer sehr liberalen Familie, keine ausgeklügelte Zauberposse wie diese. Vor Faith lagen stressige Tage, so viel stand fest, und sie hatte keine Ahnung, wie Jack und Miriam reagieren würden. Vielversprechend klang das alles nicht in ihren Ohren. Auf jeden Fall war sie gespannt, zu erfahren, was Annabelles Eltern sagen und tun würden. Sie befürchtete, die Albert-Hochzeit zu verlieren.

Über all diese Dinge dachte Faith auf der Rückfahrt zu ihrem Büro nach, und als sie dort ankam, informierte Violet sie darüber, dass Doug Kirk angerufen hatte. Violet war schon ins Büro zurückgekehrt, nachdem Annabelle wegen des Kleides angefangen hatte zu weinen.

Faith rief Doug umgehend zurück. Er sagte, er rufe an wegen der Liste der Läden, die sie vorgeschlagen hatte, um dort nach einem Kleid für Phoebe zu schauen. Er wollte am Nachmittag mit ihr einkaufen gehen. Die Hochzeit fand schon in zwei Monaten statt, und sie hatte sich bisher nicht darum gekümmert.

»Möchten Sie, dass ich mitkomme?«, frage Faith, und er lachte.

»Das bekomme ich schon hin, trotzdem sind Sie herzlich willkommen, uns zu begleiten. Phoebe kann sich nie entscheiden, daher kann sie die Hilfe sicher gebrauchen.« Er meinte, zuerst würden sie die Brautmodenabteilung im Bergdorf aufsuchen. Dafür hätte Faith sich auch entschieden. Das eröffnete Phoebe viele Möglichkeiten. Als sie ihm zuhörte, beschloss sie, dass Phoebe vielleicht eine Verbündete brauchte.

»Ich treffe Sie dort«, sagte sie und nahm ihm die Entscheidung ab. Etwas sagte ihr dauernd, dass Phoebe vor ihm beschützt werden musste. Aber wenn das stimmte, warum heiratete sie ihn dann? Er verhielt sich wie ihr Boss, bei der Arbeit und privat.

Faith traf einige Minuten vor ihnen ein und ließ sich von der Geschäftsführerin Designerkleider bereitlegen, die ihrer Ansicht nach gut zu Phoebes Größe und schlanker Figur passen würden. Phoebe wirkte ernst, als sie mit Doug eintraf, der die Auswahl begutachtete, nickte und Phoebe sagte, welches Kleid sie zuerst anprobieren solle. Im Ankleideraum warteten sechs Kleider zur Anprobe, und Faith bot ihr an, mit hineinzugehen. Phoebe nickte dankbar und betrachtete die Kleider. Keines schien Begeisterung bei ihr auszulösen.

»Das wird eine schwierige Entscheidung«, sagte Faith, während Phoebe sich auszog. »Sie werden in allen toll aussehen.«

Phoebe probierte das Kleid an, das Doug als Erstes ausgewählt hatte. Lächelnd musterte sie sich im Spiegel, dann folgte Faith ihr hinaus zu Doug. Er fragte nicht, ob es ihr gefiel, sondern meinte gleich, es sei zu bieder. Ihm gefielen die Stickereien nicht, und er forderte sie auf, es sofort wieder auszuziehen. Phoebe ging zurück in den Ankleideraum und probierte das nächste Kleid an. Sie verriet Faith, dass es ihr ganz und gar nicht gefalle, außerdem kratze der Stoff, es sei unbequem und das Korsett zu eng.

»Man könnte es ändern lassen, falls Ihnen das Kleid doch gefällt. Alles kann geändert werden«, erklärte Faith, um sie zu beruhigen, denn sie musste an Annabelle heute Morgen denken, deren Kleid sich nicht schließen ließ, weil sie zugenommen hatte. Was bei Phoebe allerdings nicht der Fall war, ihre Figur war perfekt.

»Das ist gut«, sagte Doug lobend und lächelte. »Ich mag es, aber ich glaube, es geht noch besser.«

»Es ist unbequem«, sagte Phoebe mit leiser Stimme, aber Doug ignorierte sie, als hätte sie überhaupt nichts gesagt. Faith war schockiert. Was Phoebe dachte, spielte für ihn keine Rolle.

»Nächstes«, sagte er gebieterisch, und Phoebe probierte das dritte Kleid an. Es war zauberhaft. Phoebe strahlte und sah darin wie eine Märchenprinzessin aus. Es war offensichtlich, dass sie das Kleid liebte. Es war eines von Oscar de la Renta, und es war wie für sie gemacht. Sie schwebte hinaus in den Wartebereich, um es Doug zu zeigen, doch kaum bemerkte er ihren Gesichtsausdruck, verfinsterte sich seine Miene. »Schrecklich! Zieh es aus!«, befahl er in harschem Ton und wies zum Ankleideraum.

»Ich liebe es«, sagte sie leise und sah darin aus wie frisch erblüht, was er geflissentlich überging.

»Ich hasse es. Ich werde dich in diesem Kleid an unserem Hochzeitstag nicht ansehen.« Faith wusste, dass er das sagte, um gemein zu sein, und als sie in den Ankleideraum zurückgingen, hatte Phoebe Tränen in den Augen.

»Es ist wirklich wunderschön«, sagte sie zu Faith, die es unerträglich fand, was Doug mit Phoebe machte. Er zog sie herunter und schikanierte sie. »Vielleicht könnte ich es selbst kaufen. Doug zahlt mir ein gutes Gehalt, und ich habe etwas Geld gespart.« Faith schaute auf das Preisschild und stellte fest, dass es für ein Brautkleid überraschend günstig war. Sie zeigte es Phoebe, die hoffnungsvoll nickte. »Ich muss einen

Blick auf mein Konto werfen, aber ich glaube, das könnte ich bezahlen.« Sie wollte das Kleid, und Faith war der Ansicht, sie sollte es haben. Es war billiger als die anderen. Aber ums Geld ging es hier nicht, sondern um Macht und Kontrolle.

Phoebe probierte noch die anderen drei Kleider an, um es Doug recht zu machen, doch es war klar, dass das dritte Kleid das richtige für sie war. Das vierte saß nicht gut, aber Doug meinte, es gefalle ihm. In dem fünften Kleid sah sie aus wie eine Varietétänzerin mit Federn. Und das sechste Kleid war so schlicht, dass es streng wirkte. Es hatte einen steifen Kragen, eine Lage Spitze auf schwerem Taft und eine lange Schleppe, die erstaunlich viel wog. Phoebe sah elend aus darin. Es bedeckte sie vom Kinn bis zu den Fingerspitzen, und sie konnte sich kaum darin bewegen, denn das Korsett war die reinste Folter.

»Das ist es!«, rief Doug begeistert. »Das ist es! Es ist fantastisch!«

»Ich kann kaum darin gehen. Es ist wirklich schwer, Doug, und der Kragen ist zu eng.«

»Ich will dich in diesem Kleid heiraten, Phoebe.« Das klang wie ein Befehl und machte deutlich, dass sie keine Wahl hatte. »Ich bezahle dafür und muss dich darin sehen.«

»Mir gefällt das dritte Kleid am besten«, versuchte sie es erneut sehr sanft. »Ich fühle mich so hübsch darin, wie eine richtige Braut.«

»Du siehst in diesem da aus wie eine viktorianische Königin. Eine Zarin. Ich kaufe dir das, Phoebe, und ich erwarte, dass du es trägst.« Als sie ihn reden hörte, wusste Faith, dass er nur deshalb mitgekommen war, um ihr das Kleid zu kaufen, das ihm gefiel, nicht dasjenige, das sie mochte. Und er wollte nicht, dass sie zu hübsch aussah oder sich gar in dem Kleid wohlfühlte. Das war krank.

»Was, wenn ich es selbst bezahle? Ich glaube, ich habe genug Geld«, bot Phoebe hoffnungsvoll an, mit einem flehenden Ausdruck im Gesicht.

»Wenn du willst, dass ich bei unserer Hochzeit auftauche, wirst du tragen, was ich dir sage«, erklärte er bedrohlich. Faith wartete, bis Phoebe in den Ankleideraum zurückgegangen war, und versuchte, beschwichtigend mit Doug zu reden.

»Ich glaube, es würde ihr viel bedeuten, das Kleid zu tragen, das ihr so gut gefällt. Eine Braut muss an ihrem Hochzeitstag das Gefühl haben, einzigartig und etwas Besonderes zu sein. Und ich fürchte, das andere Kleid ist ziemlich unbequem.«

»Wenn sie mich heiraten will, wird sie das Kleid tragen, das ich für sie aussuche«, entgegnete er kühl, und angesichts des Ausdrucks in seinen Augen, beschloss Faith, es nicht noch schlimmer zu machen, deshalb ging sie zu Phoebe in den Ankleideraum. Die junge Frau betrachtete sehnsüchtig das Kleid, das er ablehnte, und dann sah sie das Kleid an, das ihr nicht gefiel und auf das er bestand.

»Da er es bezahlt, muss ich wohl das tragen, in dem er mich sehen will«, sagte sie traurig. Faith nutzte die Gelegenheit, ihr etwas von sich zu erzählen.

»Phoebe, ich war einmal mit einem Mann wie Doug verlobt. Ich fürchtete, dass er mich ständig kontrollieren würde, wenn ich ihn heirate. Haben Sie sich diese Frage schon mal bei Doug gestellt?« Statt zu antworten, schüttelte Phoebe den Kopf. Dies war Faiths erster Versuch, sie wachzurütteln, bevor sie einen schrecklichen Fehler beging. Es war alles so offensichtlich, außer für Phoebe.

»Was ist passiert? Haben Sie ihn geheiratet?«, fragte sie Faith.

»Nein, das habe ich nicht, und ich habe es nie bedauert. Nachdem ich die Beziehung beendet hatte, wurde mir erst richtig bewusst, wie sehr er mich bereits manipuliert hatte. Sorgen Sie dafür, dass Ihnen das nicht passiert«, riet Faith ihr in der Hoffnung, zu ihr durchzudringen. Aber Phoebe nickte nur und verließ ohne ein Wort den Ankleideraum. Das Kleid, das sie nach Dougs Willen tragen sollte, brauchte keine Änderungen. Er gab der Verkäuferin seine Kreditkarte und sagte, es solle zu seinem Apartment geschickt werden. Dass Phoebe gesagt hatte, der Kragen sei zu eng, interessierte ihn nicht.

Phoebe dankte ihm, und dann verließen sie einige Minuten später den Laden.

»Denken Sie bitte über meine Worte nach.« Phoebe erwiderte darauf nichts, und sie fuhren schweigend mit dem Fahrstuhl nach unten. Faith bedauerte sie zutiefst. Es war bedrückend, die beiden zu beobachten und Phoebes Traum platzen zu sehen.

»Nun, das wäre erledigt«, sagte Doug zufrieden. »Gehen wir zurück an die Arbeit.« Phoebe nickte nur, und sie stiegen in ein Taxi. Faith fuhr zu ihrem Büro und dachte an die beiden und auch an Annabelle. Momentan hatte sie zwei unglückliche Bräute und keine Ahnung, wie die Sache für die beiden ausgehen würde. Sie hoffte, Phoebe würde Doug nicht heiraten, aber sie wusste nicht, wie sie die junge Frau davon abhalten sollte. Sie befand sich in seinen Fängen. Und Annabelle musste sich mit einem großen Drama herumplagen. Faith befürchtete, dass Jack auf seine Tochter wütend sein würde.

»Wie ist es gelaufen?«, fragte Violet, als Faith ins Büro zurückkam. Faith setzte sich seufzend und sah sie an.

»Unglaublich deprimierend. Sie hat ein Kleid gefunden, von dem sie begeistert war, aber er wollte es nicht. Stattdessen hat er eins ausgesucht, in dem sie wie die Eiserne Jungfrau, verborgen unter Spitze, aussieht. Es ist altbacken und bestimmt sehr unbequem. Er meinte, wenn sie will, dass er bei der Hochzeit auftaucht, soll sie gefälligst das tragen, was er ihr vorschreibt.« Faith stiegen Tränen in die Augen, als sie sich an Phoebes verzweifelte Miene erinnerte.

»Sie kann ihn nicht heiraten«, erklärte Violet finster. »Er ist verrückt.«

»Das könnte durchaus sein, aber sie muss es selbst erkennen. Ich habe ihr von meinem Ex-Verlobten erzählt, der genauso war, aber es hat nichts genützt. Ich glaube, sie liebt ihn und will es ihm recht machen. Das könnte desaströs für sie enden.« Sie wussten beide, dass es stimmte, hatten jedoch keine Idee, wie sie es verhindern sollten. Faith war inzwischen überzeugt davon, dass es unmöglich war. Sie hatte derartige Situationen schon erlebt. Für gewöhnlich endete eine solche Ehe mit einer Scheidung, allerdings erst Jahre später. Doug war einer der herrschsüchtigsten Männer, die sie je erlebt hatte. Phoebe war so sanftmütig und daher leichte Beute für ihn, weshalb er sie auch heiratete.

Faith und Violet gingen aufgewühlt auseinander, um in ihren Büros die Arbeit wieder aufzunehmen. Doch das Thema ließ Faith für den Rest des Tages nicht mehr los. Der boshafte Ausdruck in Dougs Augen verfolgte sie, und sie sorgte sich um Phoebe. Außerdem tat es ihr leid wegen des Kleides. Phoebe würde ihr Leben als Ehefrau mit Drohungen und Enttäuschung beginnen. So sollte kein Start in die Ehe sein, und Faith hatte Angst vor dem, was der jungen Frau passieren konnte.

5. Kapitel

Um sechs am nächsten Morgen, einen Tag nachdem Faith mit Phoebe zum Kleiderkauf unterwegs gewesen war und Annabelle ihre Schwangerschaft gestanden hatte, klingelte das Telefon, während sie auf den Beginn ihres Ballettunterrichts wartete. Sie meldete sich und hörte zunächst nur Schluchzen. Für einen Moment fürchtete sie, es wäre Hope und Angus oder einem der Jungen wäre etwas zugestoßen.

»Hopie? Bist du das? Baby, was ist los? Sprich mit mir.«

»Ich bin's, Annabelle«, sagte Annabelle schluchzend, und Faith ahnte schon, was passiert war. Sie hatte ihren Eltern erzählt, dass sie schwanger war, und die hatten sie hinausgeworfen oder die Hochzeit abgesagt. Oder beides.

»Oh, Annabelle, es tut mir so leid«, versuchte Faith sie zu trösten, während sie gleichzeitig froh war, dass es nicht ihre Schwester war. »Sie haben ihnen von dem Baby erzählt?«

»Nein, das konnte ich nicht. Mein Dad war in letzter Zeit viel unterwegs, und meine Mom ließ ihn von einem Detektiv beobachten. Der hat Fotos von ihm gemacht. Er hat eine Affäre. Er hat eine Freundin! Er hat ein Apartment für sie gemietet und alles. Sie ist zwei Jahre jünger als ich. Meine Mutter weiß alles. Die beiden hatten einen fürchterlichen Streit, und sie hat ihn rausgeworfen. Sie will sich scheiden lassen und wahrscheinlich die Hochzeit absagen. Ich wollte die blöde Hochzeit ohnehin nicht, aber jetzt ist alles ruiniert. Ich werde ihnen nicht einmal von dem Baby erzählen können. Mein Vater hat das Haus verlassen, und meine Mom meint, sie wird ihm alles wegnehmen. Es ist das reinste Chaos, Faith. Wie kann er denn bloß eine Freundin haben? Wie kann er so etwas tun?«

Faith wusste, dass es ein Leichtes für ihn war. Er hatte auch keine Skrupel gehabt, Faith zu bitten, mit ihm auszugehen. Sie vermutete, dass er Miriam schon vorher betrogen hatte, aber diesmal war es anscheinend ernst, noch dazu äußerst unerfreulich, drei Monate vor der Hochzeit seiner Tochter. Obendrein war ein außereheliches Enkelkind unterwegs, von dem die Eltern nichts wussten. Jetzt bedauerte Annabelle es, dass die Hochzeit vielleicht abgesagt werden würde. Sie hatte sich an die Vorstellung gewöhnt. Wenn sie nur ein Kleid gefunden hätte, das sie im fünften Monat ihrer Schwangerschaft tragen könnte.

»Vielleicht beruhigt sich die Lage wieder«, sagte Faith tröstend, aber das schien eher unwahrscheinlich zu sein angesichts der Umstände. Eine Geliebte, für die er eigens eine Wohnung angemietet hatte und die halb so alt wie seine Frau war.

»Glauben Sie, die werden die Hochzeit wirklich absagen?«, fragte Annabelle.

»Das halte ich durchaus für möglich«, antwortete Faith aufrichtig. »Warten wir mal ab, was passiert. In den nächsten drei Monaten kann sich noch einiges ereignen. Lassen Sie mich wissen, falls ich irgendetwas tun kann.«

Faith lag im Bett und dachte über die Situation nach. Im Haus der Alberts gab es momentan zwei große Probleme. Annabelles Schwangerschaft und die Untreue des Vaters. Annabelle hatte ihnen noch nichts gesagt. Der Aufruhr über die Geliebte ihres Vaters war zu einem höchst ungünstigen Zeitpunkt über die Familie hereingebrochen.

Während Faith grübelte, klingelte das Telefon erneut. Ihre Ballettlehrerin würde sich jeden Moment melden. Faith fragte sich, ob sie ihr absagen sollte. Schon wieder Tränen und Schluchzen, und erst nahm sie an, es wäre Annabelle noch einmal. Aber als sie genau hinhörte, stellte sie fest, dass es Phoebe war.

»Du meine Güte, Phoebe, was ist los?«

»Es ist aus. Es ist alles vorbei. Er hat die Verlobung gelöst und gesagt, dass er auch die Hochzeit absagt. Gestern Abend hat er mir den Ring vom Finger gerissen und mich aus seinem Apartment geworfen, barfuß, ohne meine Handtasche. Ich musste zur Wohnung einer Kollegin. Dort bin ich jetzt. Ich konnte nicht den ganzen Weg bis zu meiner Wohnung laufen. Und ich hatte kein Geld für ein Taxi.«

»Was ist denn passiert?«, fragte Faith perplex.

»Wir waren essen gestern Abend, und der Kellner war sehr freundlich. Er hat nichts Falsches gesagt oder getan. Er war einfach nur nett, das ist alles. Doug ist sehr eifersüchtig. Er bekam einen Wutanfall, schickte mich aus dem Restaurant und ließ mich draußen warten. Er warf mir vor, ihn zu hintergehen. Er glaubte, dass ich dem Kellner meine Nummer gegeben hätte. Etwas Derartiges würde ich nie tun. Kaum waren wir zu Hause, nahm er mir den Ring ab und warf mich hinaus. Er hat mich ausgesperrt. Er sagte, es sei vorbei und dass er die Hochzeit absage. Mit einer Schlampe wie mir will er nicht verheiratet sein. Er hat mich eine Hure genannt.« Faith zuckte innerlich zusammen, während sie sich das vorzustellen versuchte. Arme Phoebe.

Faith drehte sich der Magen um, während sie Phoebe zuhörte. Diese Geschichte war schlimmer als alles, was sie je erlebt hatte. Der Mann war ein Soziopath, und Phoebe konnte froh sein, ihn loszuwerden. Dass er die Hochzeit absagen wollte und sie vor die Tür gesetzt hatte, war ein Segen für Phoebe. Faith wollte ihr das irgendwie vermitteln, um ihr eine Perspektive zu geben.

»Phoebe, hören Sie mir zu. Vielleicht ist es das Beste so. Dougs Verhalten ist nicht normal. Geistig gesunde Menschen behandeln andere nicht auf diese Weise. Er kontrolliert Sie. Sie können keinen Mann heiraten, der Sie so behandelt. Haben Sie jemanden, mit dem sie über alles sprechen könnten? Vielleicht eine Therapeutin? Soll ich Sie fahren?«

»Nein, er soll nicht wissen, dass ich es Ihnen gesagt habe. Ich kann hier bei meiner Kollegin bleiben. Aber, Faith, es ist vorbei …« Glück gehabt, sie muss dann auch nicht das hässliche Hochzeitskleid tragen, das er für sie ausgesucht hat, dachte Faith. »Ich habe ihn nie betrogen, das schwöre ich.« Faith hörte, wie ihre Balletttrainerin sie per Skype anrief, und ignorierte sie.

»Ich glaube Ihnen. Aber Sie dürfen sich nicht so von ihm behandeln lassen. Sie müssen weg von ihm«, sagte Faith drängend und fühlte mit ihr.

»Ich liebe ihn«, stieß Phoebe schluchzend hervor, und das verstärkte Faiths Wunsch nur, sie vor diesem Mann zu bewahren.

»Sie können ihn nicht heiraten, Phoebe. Er wird Ihnen wehtun.«

»Ich habe nicht mit dem Kellner geflirtet, das verspreche ich. Und ich habe ihm auch nicht meine Nummer gegeben.« Sie war besessen von den Dingen, die Doug ihr vorgeworfen hatte, und versuchte ihre Unschuld zu beweisen. Faith wusste, dass sie unschuldig war, aber ihr war auch klar, dass sie in ernster Gefahr schwebte, wenn sie bei Doug blieb. Sie musste weg von ihm und ihn die Beziehung beenden lassen. Faith konnte deutlich heraushören, dass Phoebe sich verzweifelt wünschte, er würde sie wiederhaben wollen. Dann würde ihr Leben zur Hölle werden.

»Bleiben Sie an diesem Wochenende bei Ihrer Freundin, und warten Sie ab, was weiter geschieht.« Das war der gleiche Rat, den sie Annabelle gegeben hatte. Beide Frauen befanden sich in explosiven Situationen, nur war Annabelle nicht in Gefahr. Phoebe schon, falls Doug sie wieder zu sich nahm. Faith hoffte, dass er das nicht tun würde.

»Er hat unsere Hochzeit abgesagt«, wiederholte sie noch einmal und konnte nicht aufhören zu weinen.

»Könnten Sie nicht heim nach San Diego für eine Weile, bis sich die Dinge hier beruhigt haben?«

»Ich würde meinen Job verlieren, aber er wird mich vermutlich ohnehin feuern. Und was soll ich meiner Mutter und meiner Schwester erzählen? Er meinte, er würde ihnen sagen, dass ich eine Hure bin.« Faith zuckte bei diesen Worten zusammen. Doug war unfassbar grausam und verrückt.

Endlich beendete Phoebe das Gespräch, und Faith schickte ihrer Ballettlehrerin eine Nachricht, um sich zu entschuldigen und die Stunde abzusagen. Dann kochte sie sich eine Tasse Kaffee. Sie rief Hope an und berichtete ihr, was passiert war.

»Wow, das ist ja eine üble Geschichte mit diesem Arzt. Und es klingt ganz danach, als würdest du zwei Hochzeiten verlieren.«

»Ich mache mir mehr Sorgen wegen der beiden Frauen, besonders um die Krankenschwester.«

»Der Typ scheint wirklich nicht bei Sinnen zu sein«, meinte Hope.

»Sieht ganz so aus. Sie will es jedoch nicht einsehen und sagt, dass sie ihn liebt«, entgegnete Faith.

»Das ist keine Liebe. Hier geht es um Misshandlung. Offenbar hat er sie vollkommen in seinen Bann gezogen«, sagte Hope.

»Hat er«, bestätigte Faith.

»Willst du an diesem Wochenende zu uns kommen?«, fragte Hope.

»Ich bleibe lieber hier, für den Fall, dass ich hier gebraucht werde. Im Juni habe ich zwei kleine Hochzeiten, für die ich noch einiges klären muss, außerdem Violets Hochzeit.«

»Hat Dad dich angerufen?«, fragte Hope.

»Nein. Warum sollte er? Ist etwas los?« Manchmal vergaß sie ihn völlig. Er hatte sich so weit von ihr entfernt.

»Er hat mich angerufen, kurz bevor du mich angerufen hast. Er ist für ein paar Tage in der Stadt. Er will, dass wir mit ihm und Beata essen gehen. Die Nanny hat frei, und ich will nicht. Angus bot an, sich um die Kinder zu kümmern, wenn ich doch hinwollte, aber ehrlich gesagt möchte ich wirklich nicht. Beata ist so langweilig, und wir hören nie von Dad, es sei denn, er kreuzt auf. Er sagt uns vorher nie Bescheid, bevor er herkommt. Es wäre ein großer Aufwand für nichts.« Faith widersprach nicht. Ihr Vater bemühte sich herzlich wenig um sie, dennoch fühlte Faith sich jedes Mal verpflichtet, ihn zu treffen, wenn er in der Stadt war.

»Lass mich nicht mit ihm allein. Ich habe keine Ahnung, warum ich mich verpflichtet fühle, ihn zu sehen.«

»Weil du netter bist als ich«, meinte Hope. »Ich werde auch kommen, wenn du es willst.«

»Vielleicht ruft er mich ja gar nicht an«, sagte Faith hoffnungsvoll, doch kaum hatten sie aufgelegt, meldete er sich und sprach die Einladung aus, die sie stets als Befehl empfand. Es ging immer nur um ihn und was für ihn angenehm war, unter totaler Missachtung dessen, was im Leben seiner Töchter passierte. Faith hatte ihren Job, Hope eine Familie, und beide trugen jede Menge Verantwortung.

Er sprach die gleiche Einladung zum Abendessen aus wie gegenüber Hope. Er wollte im Cipriani essen, seinem Lieblingsrestaurant. Der einzige Vorteil bestand darin, dass die Lautstärke dort eine Unterhaltung deutlich erschwerte. Er und Beata gingen gern in schicke, angesagte Restaurants. Ein lautes Restaurant würde ihm die Mühe ersparen, sich allzu ausführlich nach dem Befinden seiner Töchter zu erkundigen. Es interessierte ihn auch gar nicht. Er rief sie nie an und sah sie nur einige Male im Jahr, wenn er aus anderen Gründen in New York war. Und Beata wollte sich mit den gemeinsamen Freunden treffen, nicht mit seinen Töchtern. Bisher hatte er nicht einmal Hopes Baby gesehen, und das war schon ein Jahr alt. Und bei ihr zu Hause in Connecticut war er noch nie gewesen. Außerdem sei es ihm zu weit.

Faith nahm seine Einladung an, wie sie es immer tat, und fragte sich, warum. Aber er war nun mal der einzige Vater, den sie hatte, deshalb war sie der Ansicht, es wäre besser so. Nachdem sie aufgelegt hatte, schickte sie Hope eine Textnachricht, um ihr Uhrzeit und Ort durchzugeben. Hope schrieb zurück, dass sie dort sein werde, aber sie tue es nur für Faith, nicht für ihren Vater. Hope ließ sie nie im Stich.

Ihr Vater war bereits im Restaurant, als sie dort ankamen. Er und Beata saßen an einem Ecktisch. Die Zwillinge küssten ihren Vater und verhielten sich Beata gegenüber pflichtschuldig höflich, die gar nicht erst vorgab, irgendein Interesse an ihnen zu haben. Sie hielt Hope für eine langweilige Hausfrau und Faith irgendwie für eine Außenseiterin, weil sie nicht verheiratet war. Sie machten die üblichen Scherze, von denen ihr Vater die meisten nicht verstand. Und er erkundigte sich höflich nach der Mutter der Zwillinge.

»Es geht ihr gut«, antwortete Faith ihm. »Sie heiratet bald.« Er wirkte überrascht.

»Ich bin erstaunt, dass sie es immer wieder versucht. Die Ehe ist nicht gerade ihre Stärke, wie ich aus eigener Erfahrung weiß«, sagte er mit einem zynischen Grinsen, über das sich die Zwillinge ärgerten, die stets zu ihrer Mutter standen. Er hingegen hatte nichts weiter fertiggebracht, als des Geldes wegen eine Baronin zu heiraten. Die Schwestern hielten das Geld für den einzigen Grund, weshalb er Beata nicht längst verlassen hatte. Einen liebevollen Umgang zwischen ihnen gab es jedenfalls nicht.

»Wir glauben, dass sie es diesmal richtig getroffen hat. Er ist ein sehr netter Mann, Franzose, aber er lebt hier«, informierte Faith ihn.

»Dann freue ich mich. Richtet ihr meine besten Grüße aus«, sagte er kühl. Das Essen kam, und mittlerweile herrschte Hochbetrieb in dem Restaurant, sodass es immer schwerer wurde, sich vernünftig zu unterhalten, was für alle eine Erleichterung darstellte. Im Lauf des Abendessens wurde Faith klar, dass ihr Vater dieses Treffen ebenso als Verpflichtung empfand wie sie und ihre Schwester. Freude war auf beiden Seiten nicht dabei, auch ging von ihm keinerlei Interesse aus. Es handelte sich lediglich um eine Pflicht, die er erfüllte, wenn er nach New York kam. Faith erkannte, wie viel netter

Jean-Pierre war, und sie hoffte aufrichtig, dass die Beziehung zwischen ihm und ihrer Mutter von Dauer sein würde.

Marianne hatte das Angebot angenommen, auf Hopes Farm in Connecticut zu heiraten, und Faith organisierte die Hochzeit im Kreis der Familie. Sie würden in einer kleinen Kirche in der Nähe der Farm heiraten und das Essen von einem Partyservice aus der Gegend zubereiten lassen. Es würde eine kleine Veranstaltung werden, trotzdem wollten die Schwestern, dass die Feier perfekt und etwas Besonderes wurde. Hope hatte kalten Hummer und Kaviar bestellt, das Lieblingsessen ihrer Mutter. Und Marianne hatte sich für den Anlass ein neues weißes Chanel-Seidenkostüm gekauft. Sie versteckte es vor Jean-Pierre, damit er ihr »Hochzeitskleid« nicht sah.

Das Abendessen mit ihrem Vater endete wie immer früh. Sie legten das Lippenbekenntnis ab, sich bald wiederzusehen, was wahrscheinlich erst in sechs bis acht Monaten der Fall sein würde, wenn er sich wieder in New York aufhielt, ohne Vorankündigung, sodass sie sich auch nicht darauf einstellen konnten. Beata verabschiedete sich so steif von ihnen wie immer und wirkte sehr erleichtert darüber, dass das Essen vorbei war. Sie gab deutlich zu verstehen, dass sie ein Abendessen mit Arthurs Töchtern für Zeitverschwendung hielt und lieber etwas mit ihren New Yorker Freunden unternommen hätte.

»Warum tun wir das?«, fragte Faith ihre Schwester, als sie draußen Hopes Wagen vom Parkservice in Empfang nahmen.

»Ich tue es für dich«, antwortete Hope schlicht. »Und ich glaube, du machst es, weil du immer noch hoffst, ein anderer Vater als der, den wir haben, taucht auf. Er interessiert sich nur für sich selbst. Ich glaube, nicht einmal Beata mag er. Sie ist bloß seine Altersversicherung, damit sich jemand um ihn kümmert und seine Rechnungen bezahlt.«

»Er zahlt dafür aber auch schon ziemlich lange einen hohen Preis«, meinte Faith. »Ich weiß nicht, wie er sie erträgt, diesen Mensch gewordenen Eisberg.«

»Und ich verstehe nicht, wie Mom es zwölf Jahre lang mit ihm ausgehalten hat«, sagte Hope, die ihren Vater wirklich nicht leiden konnte. Er hatte sie alle enttäuscht.

»Er sah damals besser aus, als er noch jünger war«, meinte Faith, und darüber lachten sie beide. Was sie über ihn sagten, entsprach alles der Wahrheit. »Wahrscheinlich hast du recht, was meine Gründe, ihn zu sehen, angeht. Ich hoffe, dass er mit zunehmendem Alter netter wird, aber das wird er nicht. Er ist nach wie vor das selbstsüchtige Arschloch, das er schon immer war.«

»Wenn du das mal endlich einsiehst. Ich glaube, wenn du erst einmal wieder einen anständigen Kerl in deinem Leben hast, wird es dir nicht mehr wichtig sein, ob Dad ein Arschloch ist oder nicht. Es könnte für dich eine Erleichterung sein.«

»Du magst recht haben, falls dieser Tag je kommt. Allerdings kann ich mir nicht vorstellen, wieder eine ernste Beziehung zu haben. Ich will nicht enttäuscht werden.« Faith hatte kein Glück mit Männern gehabt. »Man muss es Mom zugutehalten, dass sie es noch einmal wagt.«

»Ich glaube, was du zu Dad gesagt hast, stimmt. Diesmal hat sie es gut getroffen. Jean-Pierre scheint ein wirklich netter Kerl zu sein. Ich war jedenfalls überrascht, und Angus war begeistert von ihm.«

»Sie verdient es, glücklich zu sein«, sagte Faith. Sie umarmten sich, als der Parkhelfer Hopes Wagen brachte, und Hope setzte Faith bei ihr zu Hause ab, ehe sie zurück zu ihrer Familie nach Connecticut fuhr. Faith musste auch ihr Anerkennung zollen. Sie hatte es gleich beim ersten Mal gut getroffen. Sie war mit einem großartigen Mann verheiratet und glücklich mit ihren temperamentvollen Jungs.

Hope schrieb ihr zwei Stunden später, nachdem sie zu Hause angekommen war. Das tat sie immer, damit Faith sich keine Sorgen um sie machte. Zwischen ihnen bestand die gleiche starke Bindung wie seit jeher. Faith schrieb ihr zurück und dankte ihr noch einmal, dass sie zu diesem Pflicht-Dinner gekommen war.

Faith berichtete ihrer Mutter von dem Treffen, als sie am nächsten Tag telefonierten, ließ jedoch die hässliche Bemerkung ihres Vaters weg, dass die Ehe nicht gerade Mariannes Stärke war.

»Hast du ihm erzählt, dass ich heiraten werde?«, fragte Marianne neugierig.

»Ja, habe ich. Er lässt dir die besten Wünsche ausrichten, was nicht viel heißt. Er wird mit zunehmendem Alter kein besserer Mensch«, sagte Faith ehrlich.

»Der arme Kerl. Er hat im Leben wirklich den Zug verpasst und auch sonst alles, was zählt. Ich glaube, er mag die Frau nicht einmal, mit der er verheiratet ist. Er ist bloß beeindruckt davon, dass sie eine Baronin ist.«

»Das macht ihre langweilige Art nicht wett.« Darüber mussten sie beide lachen, und dann berichtete Marianne, dass sie ein Kleid für die Hochzeit gefunden hatte.

»Du wirst wunderschön aussehen, Mom«, sagte Faith.

»Danke, dass du die Feier organisierst. Ich weiß, wie beschäftigt du um diese Jahreszeit bist.«

»Möglicherweise habe ich demnächst viel weniger zu tun«, sagte Faith und erzählte ihr von Doug und Phoebes abgesagter Hochzeit und dass die Albert-Hochzeit auch auszufallen drohte.

»Tut mir leid, das zu hören«, meinte ihre Mutter. »Aber ich hoffe, diese junge Krankenschwester heiratet den Arzt nicht. Der klingt ja schrecklich.«

»Ist er auch. Ich hoffe auch, dass sie noch rechtzeitig erkennt, was für ein Mistkerl der Typ ist. Ich werde alles herunterfahren müssen am Montag, sobald ich wieder im Büro bin. Noch hat er nicht offiziell abgesagt, aber ich nehme an, das wird er. Da er mich engagiert hat, muss ich warten, bis ich von ihm etwas höre.«

Die kleineren Hochzeiten waren weiterhin in der Planung, und alles lief gut. Annabelle rief sie an diesem Nachmittag an.

»Irgendwelche Neuigkeiten?«, fragte Faith, vermutete jedoch, dass es noch zu früh war. Selbst wenn die Eltern sich trennten, mussten sie doch ihrer Tochter nicht die Hochzeit verderben, oder?

»Mom meint, sie ruft Montag den Anwalt an, damit er die Scheidung einreicht. Ich weiß nicht, ob sie es wirklich macht, zumindest sagt sie es. Dad hat mir eine Nachricht geschickt, um mir zu sagen, dass er mich liebt.« Sein Leben war ein Chaos, aber Faith war überzeugt, dass er seine Töchter trotzdem liebte, im Gegensatz zu ihrem eigenen Vater, durch dessen Adern Eis floss. Es war stets ein wenig deprimierend, ihn zu treffen, denn es erinnerte sie an die vielen Male, die er sie als Kinder vor und nach der Scheidung enttäuscht hatte. Kein Wunder, dass sie nicht heiraten wollte, nach allem, was sie erlebt hatte. Als Hochzeitsplanerin wollte sie das, was in ihrem eigenen Leben fehlte, dadurch ausgleichen, dass sie anderen Menschen einen unvergesslichen Tag bereitete. Aber sie war nicht mutig genug, es selbst zu probieren, und bezweifelte, dass sie es je wieder wagen würde. Die Ehe schien ihr einfach zu riskant zu sein. Wenn sie nur an die Alberts und Doug Kirk oder ihre eigenen Eltern dachte! Es fiel schwer zu glauben, dass überhaupt irgendwer es schaffte. Jean-Pierre war vierundvierzig Jahre mit seiner Frau verheiratet, und Faiths Mutter meinte, er habe sie geliebt. Hope und Angus waren glücklich, und sie hoffte, dass die beiden es für immer sein würden. Statistisch gesehen standen die Chancen allerdings nicht gut. Faith konnte die Hochzeiten der Leute perfekt gestalten, aber nicht ihre Ehen.

Niemand teilte Faith offiziell mit, dass die Albert-Hochzeit abgesagt war, aber es war Sonntag, und Annabelle hatte ihren Eltern noch immer nichts von ihrer Schwangerschaft gesagt. Wenn sie es herausfanden, würde es den nächsten Knall geben. Das könnte das Aus für die Millionen teure Hochzeit bedeuten, die Annabelle anfangs nicht gewollt hatte, jetzt aber schon. Sie meinte, sogar Jeremy hoffe, dass die Hochzeit nicht abgesagt wurde. Alles schien von ihrem Vater abzuhängen und was er hinsichtlich seiner Freundin unternehmen würde. Annabelle war immer noch schockiert von dieser Geschichte und hoffte, dass es nichts Ernstes war und er nicht beabsichtigte, die junge Frau zu heiraten. Auf keinen Fall wollte sie eine siebenundzwanzigjährige Stiefmutter, die es vermutlich nur auf das Geld ihres Vaters abgesehen hatte. Sie hatte immer geglaubt, ihre Eltern würden sich lieben. Sie und ihre Schwester hatten das ganze Wochenende darüber gesprochen, und ihre Schwester meinte, sie habe schon immer den Verdacht gehabt, dass er ihre Mutter hintergehe. Ganz offensichtlich hatte sie recht gehabt.

Faith rief Phoebe am Montag an, um sich nach ihr zu erkundigen. Sie befand sich nach wie vor im Apartment ihrer Freundin und war noch nicht in ihre eigene Wohnung zurückgekehrt. Es war ihr zu peinlich, ihren Mitbewohnerinnen erklären zu müssen, was passiert war. Doug hatte ihr geschrieben, sie solle nicht zur Arbeit erscheinen, das noch ausstehende Gehalt werde er ihr überweisen. Die Hochzeit werde er absagen.

»Dann müssen Sie wenigstens nicht das verhasste Brautkleid tragen«, erinnerte Faith sie.

»Für Doug hätte ich es getan«, erwiderte Phoebe, noch immer am Boden zerstört wegen dem, was passiert war. »Das Kleid, das mir gefiel, stand mir ohnehin nicht. Doug meinte, darin sähe ich billig aus.«

»Sie sahen wunderschön aus, Phoebe«, widersprach Faith ruhig. »Ich glaube, genau das missfiel ihm daran.« Phoebe konnte sich das nicht eingestehen. Es war so kompliziert und traurig, denn die junge Frau schien sich allen Ernstes zu wünschen, dass Doug zu ihr zurückkäme. Und Faith hoffte von ganzem Herzen, dass er es nicht tun würde.

6. Kapitel

Von drei großen Hochzeiten, an denen Faith seit Januar gearbeitet hatte, ging es nur mit der von Alex und Morgan gut voran. An dieser Hochzeit war alles von Beginn an wunderbar gewesen. Die beiden bekamen den Partyservice und den Floristen, den sie sich gewünscht hatten. Das für die Trauung und anschließende Feier geliehene Haus war bestens geeignet.

Sie würden den Ballsaal mit Orchideenbäumchen und Maiglöckchen schmücken, zusätzlich mit einer Blumengirlande über der Tür. Es würde einen Baldachin aus weißen Blumen über dem Garten für das anschließende Dinner geben. Die Band, die sie sich ausgesucht hatten, war verfügbar, die Einladungen sahen wunderschön aus und sollten am ersten Juli verschickt werden. Alex hatte einen Freund, der die Fotos machen würde. Sie hatten sich für eine Hochzeitstorte entschieden und die Anprobe für ihre hellen Leinenanzüge an einem Wochenende in London absolviert. Die Anzüge waren elfenbeinfarben, und die beiden Männer würden darin umwerfend gut aussehen. Sie würden einander schlichte Goldringe an die Finger stecken. An jedes Detail war gedacht worden. Bis zur Hochzeit waren es noch fast vier Monate, aber alles war bereits auf den Weg gebracht.

Die Organisation der beiden Hochzeiten der älteren Paare im Juni lief auch reibungslos. Für die Hochzeit im Kreis der

Familie mit gemeinsamem Lunch in Connecticut sah es ebenfalls gut aus. Violet hatte für ihre Hochzeit in dem kleinen französischen Restaurant in Gramercy Park alles vorbereitet, und Faith hatte die Blumen bestellt, die ihr Geschenk für das Paar sein würden. Violets Eltern wollten die Feier in dem Restaurant bezahlen.

Chaos herrschte hingegen bei den geplanten Hochzeiten der Kirks und Alberts. Phoebe hatte Faith berichtet, dass sowohl die Hochzeit und die Verlobung abgesagt waren, aber Faith hatte bislang keine schriftliche Stornierung von Douglas erhalten, der technisch gesehen ihr Kunde war. Sie war daher nicht sicher, ob sie die Lieferanten-Aufträge stornieren sollte oder nicht. Sie fragte sich, was er vorhatte, ob er nur manipulativ war und Phoebe quälen wollte oder ob er die Hochzeit tatsächlich abblasen wollte. Sie sollte in zwei Monaten stattfinden, und wenn er mit der Stornierung noch länger wartete, würde er seine Anzahlung verlieren und obendrein eine Entschädigung zahlen müssen. Dafür schien er zu clever zu sein, was den Schluss nahelegte, dass er Phoebe wehtun wollte. Die hatte nichts mehr von ihm gehört seit der Nachricht, in der es hieß, sie solle nicht zur Arbeit erscheinen. Er hatte ihr das noch ausstehende Gehalt überwiesen, und seitdem hatte sie kein Einkommen mehr. Glücklicherweise konnte sie von ihren Ersparnissen leben, bis sie einen anderen Job gefunden hatte, falls das nötig sein würde. Doug war ihre Situation sehr wohl bekannt. Faith befürchtete, dass es ihm nur darum ging, sie für ihr angebliches Flirten mit dem Kellner zu bestrafen.

Der größte Schlamassel war die Albert-Hochzeit. Miriam hatte Faith angerufen und ihr die komplette Story erzählt. Und dabei hatte sie die ganze Zeit geweint. Sie war völlig aufgelöst und außerdem wütend auf ihren Mann. Sie drohte mit der Absage der Hochzeit, womit sie Annabelle ebenso treffen würde wie Jack, was Faith ihr klarzumachen versuchte. Miriams Forderung an ihn lautete, dass er seine Freundin verließ und sich ab sofort wie ein anständiger Ehemann verhielt, andernfalls würde sie die Scheidung einreichen. Und dann würde es um viel Geld gehen. Das Paar hatte sich nicht mehr gesehen seit dem Abend, an dem Miriam ihren Mann aus dem Haus geworfen hatte, und kommunizierte nur noch über Anwälte. Miriam weigerte sich, mit ihm persönlich zu sprechen, obwohl Jack es versucht, ihr eine Entschuldigung geschickt und ihr gesagt hatte, dass er sie liebe. Dennoch blieb er bei seiner Freundin.

Obendrein goss Annabelle Öl ins Feuer, indem sie ihrer Mutter gestand, dass sie schwanger war. Sie hatte das Gefühl gehabt, damit nicht mehr länger warten zu können. Die Schwangerschaft wurde nämlich schneller sichtbar, als sie gedacht hatte. Das brachte das Fass für Miriam zum Überlaufen, die völlig schockiert war und sich ihre Tochter für alle sichtbar schwanger nicht bei einer prunkvollen Hochzeit vorstellen konnte. Und im Juli würde die Schwangerschaft, dann im fünften Monat, definitiv zu sehen sein. Schließlich beendete Miriam ihr Schweigen und rief Jack an. Sie wollte wissen, ob sie die Hochzeit absagen sollten. Mittlerweile war alles außer Kontrolle geraten, besonders die gemeinsame Tochter. Der Geburtstermin war im November. Selbst wenn sie die Hochzeit absagten, wollte Miriam, dass Annabelle heiratete. Sie wollte kein uneheliches Enkelkind.

Jack war genauso schockiert wie Miriam und wusste nicht, was er sagen sollte. Mit ihrer älteren Tochter hatten sie beinahe das Gleiche durchgemacht, und davon schienen sich die Eltern noch immer nicht erholt zu haben.

Nach dem Gespräch mit Jack fragte Miriam ihre Tochter Annabelle, was sie nun vorhabe. Sichtbar schwanger vor fünfhundert Gästen war nicht das, was ihre Eltern wollten. Sie fanden, dass es peinlich sein würde, doch Annabelle überraschte sie. Sie sagte, sie wolle die Hochzeit, selbst wenn diese größer ausfiele, als sie es sich gewünscht hätte. Aber sie wollte die Hochzeit nur dann, wenn ihre beiden Eltern anwesend wären. Miriam wollte Jack nicht im Haus oder in ihrer Nähe dulden, ehe er seine Freundin nicht verlassen hatte. Also hing nun alles von ihm ab. Für den Fall, dass Annabelles Eltern einen Waffenstillstand vereinbarten, fuhr Faith mit ihr zu einer jungen Designerin, die sie kannte, und erklärte das Problem. Die fertigte ein paar Skizzen an und entwarf ein Kleid, das die Schultern frei ließ und in einer langen A-Form geschnitten war, damit nichts von der Schwangerschaft zu sehen sein würde. Die Schleppe fiel von den Schultern abwärts. Es sollte aus schwerem Faille-Satin genäht sein, weit genug, dass es nicht körperbetont war. Es sah sehr edel und spektakulär aus. Wenn die Hochzeit stattfand, würde sie ein passendes Brautkleid haben. Es war sehr elegant und majestätisch, und Annabelle gefiel es besser als das erste Kleid.

Jeremy war stets präsent und stand Annabelle sowie ihrer Mutter in dieser Krise zur Seite. Seit Annabelle schwanger war, hatte er deutlich weniger gegen die Hochzeit einzuwenden. Alles in allem verhielt er sich wie ein verantwortungsvoller Partner.

Die einzige Braut ohne Kleid, wenige Tage vor ihrer Hochzeit, war Violet. Ihre Streifzüge durch günstige Läden und Designer-Shops hatten nichts erbracht, was sie anziehen wollte. Die Kleider sahen entweder billig aus oder standen ihr nicht.

Sie suchte sogar in Vintage-Läden, wurde aber auch dort nicht fündig.

»Was wirst du tun?«, fragte Faith sie; es tat ihr leid, dass sie noch kein Kleid gefunden hatte.

»Ich glaube, ich werde eines leihen«, antwortete Violet, die versuchte, es nicht zu schwer zu nehmen. »Ich habe mir am Wochenende einige Läden angesehen. Die sind wirklich gar nicht so schlecht. Es war nichts dabei, was ich mir gekauft hätte, aber es ist spottbillig, ein Kleid zu leihen, und ich werde es ja ohnehin nur für einige Stunden tragen. Ich muss keines kaufen.« In Wahrheit fand sie, dass etliche von den Kleidern abgetragen aussahen, und einige hatten Flecken. Keines sah frisch und nagelneu aus. Das Problem bestand darin, dass die Kleidungsstücke in den Läden aus Kostengründen in eine billige Reinigung gegeben wurden. Aber Violet blieb nichts anderes mehr übrig, als ein Kleid zu leihen oder noch schnell eines zu kaufen, das sie sich nicht leisten konnte, und es zwei Jahre lang abzuzahlen. Letzteres schien keine kluge Lösung zu sein.

Als sie mit Violet darüber sprach, kam Faith eine Idee. An diesem Abend ging sie auf den Dachboden ihres Hauses und kramte dort eine Weile herum, bis sie den gesuchten Karton fand. Ihre Mutter hatte es verpackt, und Faith hatte es seit sechzehn Jahren nicht mehr in den Händen gehalten. Seit ihrer unter einem schlechten Stern stehenden Hochzeit, die nie stattfand, weil der Bräutigam sich in einen Balletttänzer verliebt und die Trauung abgesagt hatte. Faith erinnerte sich noch daran, wie sehr sie am Boden zerstört gewesen war. Rasch machte sie den Karton auf, und als sie das Kleid sah, kam alles zurück. Aber es diente einem guten Zweck. Sie und Violet hatten in etwa die gleiche Größe. Das Kleid war von einem 1920er-Brautkleid inspiriert worden, in das Faith sich damals verliebt hatte. Es war schmal geschnitten und zeigte ihre Knöchel, was für eine Hochzeit am Tag eine gute Länge war. Es war aus erlesener französischer Spitze, die mit Stickereien und Perlen verziert war. Vorsichtig trug sie es nach unten, und am nächsten Morgen bat sie Violet in ihr Schlafzimmer, damit sie es anprobierte.

»Oh mein Gott, Faith, das ist ja fantastisch! Was hast du damit vor? Willst du es tragen?« Das Kleid kam einem Kunstwerk gleich; einerseits sah es nach einem Brautkleid aus, andererseits war es einfach ein wunderschönes Kleid, das eine Frau zu jedem besonderen Anlass tragen konnte. Faith hatte vergessen, wie schön es war, bis sie es aus dem Karton genommen hatte. Es hatte einen schlichten Schleier, von Spitze eingefasst und so lang wie das Kleid.

»Nein, ich habe nicht vor, es zu tragen. Ich hoffe aber, du. Es ist so gut wie neu, auch wenn es schon einige Jahre auf dem Buckel hat. Probiere es an, mal sehen, ob es dir passt.« Faith sah sie lächelnd an.

»Das kann ich nicht annehmen«, sagte Violet und betrachtete es ehrfürchtig; sie wagte kaum, es anzufassen, so schön war es.

»Sei nicht albern. Es ist sechzehn Jahre alt, nicht hundert. Es sieht nur antik aus.« Violet zögerte, aber dann konnte sie nicht widerstehen. Sie zog ihren Jeansrock und die weiße Bluse aus, kickte die Schuhe fort und schlüpfte in das edle Kleid. Es saß, als wäre es für sie gemacht. Sie sah darin aus wie eine Porzellanpuppe. »Vi, du musst es tragen«, sagte Faith zu ihr. »Es steht dir großartig. So gut sah es an mir nie aus. Es hat hier auf dich gewartet. Ich will, dass du es trägst.«

»Bist du dir sicher?«, fragte Violet aufgeregt, und ihre Augen glänzten.

»Du musst dir passendere Schuhe besorgen. Elfenbeinfarbene Seide wäre am besten oder Satin, falls du keine aus Seide findest.« Faith wollte sie in diesem Kleid, das bis heute nutzlos gewesen war, heiraten sehen. Sie hatte lange genug daran festgehalten, so wie an den traurigen Erinnerungen, die damit zusammenhingen. Es war an der Zeit, sie loszulassen und das Kleid seiner Bestimmung zuzuführen. Sie legten es vorsichtig zurück in den Karton, und Violet nahm es mit in ihr Büro. Sie trug den Karton, als enthielte er äußerst feines Glas. Ihre Hochzeitsvorbereitungen waren nun abgeschlossen. Sie hatte ein Kleid, und der Ausdruck auf ihrem Gesicht war die Sache allemal schon wert.

»Hast du dir schon ein Eheversprechen ausgesucht?«, fragte Faith. Sie mochte die traditionellen, aber die waren ein wenig aus der Mode geraten.

»Ich weiß nicht«, gestand Violet. »Mir fällt nichts ein.«

»Du solltest in den Ordner schauen, da stehen ein paar schöne drin. Mir gefiel immer die Zeile: *Mit meinem Körper bete ich dich an.* Das wirkt respektvoll und zärtlich«, sagte Faith lächelnd.

»Den finde ich toll«, erklärte Violet mit einem scheuen Lächeln. »Vielleicht sage ich dem Pfarrer, dass ich den Spruch möchte. Und wir werden ›lieben und ehren‹ wählen, nicht ›gehorchen‹.«

»Da bin ich ganz deiner Meinung. Besagte Zeile habe ich bei einigen königlichen Hochzeiten gehört. Du kannst den Ordner mit nach Hause nehmen und in Ruhe durchsehen. Hausaufgabe.« Faith bestellte für sie einen Brautstrauß aus Maiglöckchen. Letztlich würde es eine wunderschöne kleine Hochzeit werden.

Violets war die erste in der Sommerhochzeitssaison. Danach kam Faiths Mutter und die anderen im Juni, darunter die Kirk-

Hochzeit, von der Faith immer noch nicht wusste, ob sie nun stattfinden würde oder nicht, bis zwei Tage später Doug persönlich Faith anrief. Er entschuldigte sich dafür, dass er sich nicht eher gemeldet hatte. Sie vermutete, dass er die Hochzeit absagen wollte. Die Frist für die Anzahlung lief schon bald ab.

»Ich habe beschlossen, Phoebe zu verzeihen«, erklärte er großzügig, was Faith zutiefst verärgerte.

»Was denn?« Dinge, die sie nie getan, Sünden, die sie nie begangen hatte? Und was war mit seinem Verhalten ihr gegenüber? Nur wusste Faith, dass Phoebe ihm längst alles vergeben hatte und ihn wiederhaben wollte. »Rufen Sie an, um zu stornieren?«, fragte sie hoffnungsvoll.

»Nein, das hatte ich nicht vor«, erwiderte er, und Faith betrachtete das als bisher schlimmste Nachricht. Sie wollte, dass Phoebe ihn loswurde, damit er sie nicht mehr tyrannisieren konnte. Jetzt begriff sie, dass die Drohung, die Hochzeit abzublasen, nur ein übler Schwindel gewesen war. Er hatte weder bei seinem Club noch bei den Lieferanten abgesagt. Faith vermutete, dass er nie vorgehabt hatte, Phoebe zu verlassen. Er hatte ihr nur Angst einjagen und ihr das Herz brechen wollen, um sie gefügig zu machen.

»Haben Sie Phoebe diese Neuigkeit schon mitgeteilt?«

»Nein, das habe ich noch nicht«, entgegnete er stolz.

»Wann haben Sie vor, es ihr zu sagen?«

»Das weiß ich noch nicht.« Er war einfach ein fieser Sadist.

»Finden Sie, dass Phoebe noch ein bisschen mehr Bestrafung braucht?« Warum wollte er sie weiterhin in dem Glauben lassen, es wäre vorbei, wenn er doch entschieden hatte, zu ihr zurückzukehren? Das kam Faith überaus grausam vor. Aber so war er nun einmal, einer, der Freude dabei empfand, andere zu quälen, und Phoebe war sein Opfer.

Faith fühlte sich elend, als sie an diesem Abend darüber nachdachte. Ihr war die Vorstellung zuwider, dass Phoebe sich in ein unglückliches Schicksal begab. Denn mit einem Mann wie Doug konnte sie unmöglich glücklich werden. Niemand konnte das.

Phoebe rief Faith am nächsten Tag jubelnd an. Endlich hatte er sie angerufen, also noch einen Tag gewartet, um ihr mitzuteilen, er sei nun doch »bereit« sie zu heiraten. Als täte er ihr damit einen riesigen Gefallen. Doug rief Faith erneut an, um es zu bestätigen, und sie hätte sich gern darauf verlassen, wagte es aber noch nicht.

»Ich werde alles wieder in Gang setzen«, versprach sie Doug mit düsterer Stimme. Er quälte eine Frau, die sich nicht verteidigen konnte. Er war schlimmer als ein Schulhoftyrann. Phoebe hatte eine derartige Behandlung nicht verdient, weder durch ihn noch durch irgendwen. Faith war betrübt von den Neuigkeiten. Sie machte sich keine Sorgen wegen der Hochzeit. Eine Hochzeit dauerte nur einen Tag. Der Schaden, den Doug Phoebe zufügen würde, würde ihr Leben ruinieren. Faith war diesem Schicksal entflohen, und sie hatte gehofft, dass Phoebe das auch gelingen würde.

7. Kapitel

Trotz Annabelles regelmäßiger und oft tränenreicher Berichte sowie einiger hysterische Anrufe von Miriam war die Albert-Hochzeit noch immer nicht offiziell storniert. Es gab dahingehende Drohungen, und langsam schien es unwahrscheinlich zu sein, dass sie stattfand, mit einem Vater der Braut, der eine Freundin hatte, und einer Ehefrau, die ihm mit Scheidung drohte. Und zu alldem die schwangere Braut. Aber Faith hielt es für das Klügste, einfach weiterzumachen, als liefe wie durch ein Wunder alles nach Plan. Andernfalls wäre alles wie ein Soufflé in sich zusammengefallen und für immer verloren gewesen. Also traf sie sich mit dem Floristen und seinen Designern, blieb in Kontakt mit der Band, hielt die Bestellung der Hochzeitstorte aufrecht. Das galt genauso für die Reservierung der Zelte und der Dixie-Toiletten und für alles andere, das für die Hochzeit bestellt war, vom Geschirr, den Gläsern, dem Besteck zu den Stühlen und selbstverständlich für das Feuerwerk. Das alles wieder abzusagen wäre ein Albtraum, ganz zu schweigen von einer größeren Summe Anzahlung, die sie nicht erstattet bekämen. Faith würde sich der Situation stellen, wenn es dazu käme, aber vorerst schien es besser zu sein, nichts aufzukündigen, da die Ausstattung im Nu für andere Veranstaltungen eingeplant werden würde. Wenn dann die Hochzeit doch stattfinden sollte, stünde ihnen nicht mehr alles zur Verfügung, was die Alberts geordert hatten. Momentan herrschte allerdings Chaos.

Miriam hatte sich Faith anvertraut und ihr von Jacks siebenundzwanzigjähriger Freundin erzählt. Es war eine unbekannte Schauspielerin und Model auf Messe-Shows. Miriam erklärte, der Privatdetektiv habe herausgefunden, dass sie Stripperin in Las Vegas gewesen sei, als Jack sie vor drei Jahren kennenlernte. Sie war zwei Jahre jünger als die jüngste Tochter des Ehepaars. Jack zahlte die Miete für ihr Apartment, also handelte es sich um etwas Ernsteres als eine flüchtige Affäre. Die Affäre laufe schon eine ganze Weile, aber erst kürzlich sei Miriam misstrauisch geworden. Jack »reiste« öfter als üblich, besuchte Abendveranstaltungen ohne seine Frau und machte an mehreren Abenden in der Woche »Überstunden«, was er früher nie getan hatte. Miriam hatte ihn aufgefordert, mit der jungen Frau sofort Schluss zu machen, andernfalls werde sie die Scheidung einreichen. Und die Abfindung werde astronomisch hoch ausfallen. Als sie vor sechsunddreißig Jahren heirateten, hatten sie nichts gehabt, aus dem Grund existierte auch kein Ehevertrag. Miriam hatte die Absicht, jeden Penny zu nehmen, den sie bekommen konnte, auch als Strafe für den Ehebruch. Faith glaubte ihr aufs Wort. Mit betrogenen Frauen legte man sich lieber nicht an, und Miriam war nicht dumm, wenn es um Geld ging. Außerdem hatte sie eine ziemlich gute Vorstellung von Jacks Vermögensverhältnissen.

Beinahe ebenso aufgebracht war sie über Annabelles Schwangerschaft. Die Tochter brachte Schande über die Familie, was ihre Schwester zuvor schon mit dem Durchbrennen, einer Scheidung und einem unehelichen Kind getan hatte. Annabelle war der ganze Stolz des Ehepaars, und nun trat sie in die Fußstapfen ihrer Schwester. Dass Annabelle bei der Hochzeit sichtbar im fünften Monat schwanger sein würde, ließ Miriam jedes Mal aufs Neue in Tränen ausbrechen, wenn sie es erwähnte. Ihre Unterhaltungen mit Faith waren tränenreich, begleitet von Schluchzen, gespickt mit Drohungen gegen ihren Ehemann sowie Klagen über ihre Töchter. Faith fühlte tatsächlich mit ihr, obwohl sie sich ihr zuvor nicht unbedingt nahe gefühlt hatte. Miriam klang zutiefst verstört und schien zunehmend die Fassung zu verlieren.

Der einzige kleine Silberstreif am Horizont für Miriam war ihr zukünftiger Schwiegersohn, den sie anfangs nicht sonderlich gemocht hatte, der aber jetzt zu allen sehr nett war. Er unterstützte Annabelle, verhielt sich freundlich und hilfsbereit Miriam gegenüber und tat alles, um die Situation für sie leichter zu machen, erledigte Dinge für sie und rund ums Haus und überwachte das Telefon. Sie meinte, er wolle sich jetzt, da er Vater wurde, einen richtigen Job besorgen und seine Halbtagstätigkeit in dem Skateshop aufgeben. Jack hatte schon seit Monaten versucht, ihn dazu zu bewegen. Auf einmal wurde er viel verantwortungsbewusster. Allerdings war das nur ein kleiner Trost in Anbetracht all der schrecklichen Dinge, die ihr widerfahren waren.

Annabelle berichtete Faith, dass sie keine Ahnung habe, wie es weitergehen würde. Selbst wenn ihre Eltern die Hochzeit nicht abbliesen, wollte sie keine prunkvolle Feier mit Eltern, die nicht miteinander sprachen. Und Miriam meinte, es sei zu demütigend, bei der Hochzeit sämtlichen Freunden und Bekannten zu begegnen, in dem Wissen, dass Jack nach wie vor seine Freundin in einer Stadtwohnung untergebracht hatte. Und was, wenn andere davon wussten oder ihn mit ihr gesehen hatten? Dieser Gedanke vervollständigte das Gefühl, öffentlich der Lächerlichkeit preisgegeben zu sein. Annabelle machte es mittlerweile weniger zu schaffen, bei ihrer Hochzeit schwanger zu sein, als diese Veranstaltung mit Eltern zu begehen, zwischen denen Krieg herrschte.

Immerhin hatten sie das Kleid bestellt, das am besten geeignet war. Sollte die Feier also stattfinden, würde Annabelle wenigstens etwas zum Anziehen haben. Das Kleid sollte im Juni fertig sein, rechtzeitig für die Hochzeit am vierten Juli.

Während sie den weiteren Verlauf der Dinge abwarteten, gab Faith Annabelle den Ordner mit den Eheversprechen und zeigte ihr diejenigen, die ihr am besten gefielen. Annabelle schaute ein paarmal im Büro vorbei, um Hallo zu sagen, wenn sie in der Stadt Freunde besuchte oder shoppen wollte. Sie trug immer noch weite Kleidung und hatte bisher nur den engsten Freunden von ihrer Schwangerschaft erzählt. Sie hatte sich vorgenommen, auch dann am geplanten Termin zu heiraten, wenn ihre Eltern die Hochzeit ihrerseits absagen würden. Ihr gefiel es, an so einem bedeutungsvollen Datum zu heiraten. Jeremy war jetzt voll und ganz damit einverstanden, zu heiraten, weil das Baby unterwegs war. Vorher hatte er wenig Sinn in der Ehe gesehen, und auch eine große Party zu feiern, war ihm persönlich überhaupt nicht wichtig. Er verhielt sich Annabelle gegenüber sehr aufmerksam und freute sich darauf, eine Familie mit ihr zu gründen.

Morgans und Alex' Hochzeit war auch auf dem besten Weg. Die beiden waren so gut organisiert und entscheidungsfreudig, dass sie rasch Faiths Lieblingskunden geworden waren. Es war eine Freude, mit ihnen zusammenzuarbeiten. Auch ihnen hatte sie ihren Ordner mit den Eheversprechen empfohlen, den sie in mehrfacher Ausführung hatte, und einige ihrer Lieblingssprüche zitiert, die ihnen auch gut gefallen hatten. Sie waren sehr traditionell eingestellt und wollten bei der Trauung keinen modernen Hokuspokus, wie Alex das nannte. Und Faith waren klassische Hochzeiten ebenfalls lieber.

Sie arbeitete an ihrem Schreibtisch und ging einige Details der Kirk-Hochzeit durch, als Violet sie darüber informierte, dass Morgan da war, um den Ordner mit den Eheversprechen abzuholen. Aber er wolle sie nicht stören, falls sie beschäftigt wäre. Faith trug die Haare offen und Jeans und Sweatshirt, weil sie nicht damit gerechnet hatte, heute einen Kunden zu treffen. Sie ging hinaus, um Morgan zu umarmen, und war überrascht, ihn in Begleitung eines großen, sehr gut aussehenden Mannes vorzufinden, der ihm vage ähnlich sah, aber ein wenig älter war. Er hatte markante Gesichtszüge und hellblaue Augen, und er lächelte, als er sie sah. Morgan umarmte sie und machte die beiden miteinander bekannt.

»Das ist mein Bruder Edward und mein Trauzeuge, außerdem ganz allgemein der beste Kerl, den ich kenne. Seine Anwaltskanzlei versetzt ihn von Chicago nach New York, damit er hier die Kanzlei leitet. Wir sehen uns heute Wohnungen an. Wir haben gerade eine in der Gegend besichtigt, deshalb dachte ich, ich hole rasch den Ordner ab, von dem Sie mir erzählt haben.« Er hatte ihn bereits von Violet bekommen und hielt ihn in den Händen.

»Das klingt ja spannend. Das mit dem Umzug, meine ich, nicht das mit den Eheversprechen. Obwohl die natürlich auch toll sind.« Faith und Edward lächelten einander an. Sie war beinahe erschrocken darüber, wie attraktiv er war. Er war eine größere und athletischere Version seines jüngeren Bruders, der ja auch schon außergewöhnlich gut aussah.

»Ja, stimmt. Es ist eine enorme Veränderung für mich. Ich habe mein ganzes Leben in Chicago verbracht. Aber es ist gut, mal etwas ganz Neues zu beginnen. Ich habe einen Sohn an der Columbia Law School, der sich schon darauf freut, mit seinen Freunden meinen Kühlschrank zu plündern. Es wird schön sein, wieder mit ihm in derselben Stadt zu wohnen. Er ist sehr mit dem Studium beschäftigt, deshalb kommt er nicht mehr so oft nach Chicago.« Faith fragte sich, wie viel älter Edward als sein Bruder war. Die zwei waren jedenfalls eine Augenweide. »Ich habe gehört, dass Sie einen hervorragenden Job mit der Hochzeit machen. Das wird ein tolles Fest«, sagte er freundlich lächelnd.

»Das hoffe ich doch. Die zwei sind meine Lieblingskunden.« Sie sah Morgan strahlend an. Er schien glücklich zu sein, seinen Bruder zu sehen. Morgan reiste nur selten nach Chicago, er hatte kaum Zeit wegen der vielen Saisons, Kollektionen und Modeschauen, die ihn in Atem hielten.

Sie plauderten ein paar Minuten, und dann brachen die zwei wieder auf, weil sie sich noch eine weitere Wohnung ansehen wollten. Violet sah ihnen mit erhobener Braue hinterher.

»Wow, der sieht aber klasse aus.«

Faith nickte zustimmend. »Morgan auch. Die Hochzeit wird fantastisch.«

»Mir gefällt der Trauzeuge«, sagte Violet in neckendem Ton, und Faith grinste. »Ist er Single?«

»Ich habe keine Ahnung. Vielleicht hätten wir ihm einen Fragebogen zum Ausfüllen geben sollen.«

»Er ist ziemlich süß, Faith. Wäre der nicht was für dich?«

»Ich bin nicht auf der Suche nach einem Mann«, stellte sie klar. »Wir haben genug um die Ohren mit der Albert-Hochzeit, die zu platzen droht, und der Kirk-Hochzeit, die nun doch stattfinden soll. Ich wünschte, es wäre anders. Phoebe Smith wird sich nur Ärger einhandeln. Ich hatte gehofft, dass sie es einsieht.« Violet nickte, noch abgelenkt von den beiden attraktiven Brüdern.

»Glaubst du, das wird sie noch?«, fragte sie schließlich.

»Traurigerweise nein, das glaube ich nicht. Ich fürchte, sie steht völlig im Bann dieses Sadisten. Sie ist ihm verfallen. Als er Schluss gemacht hat, hätte sie die Flucht ergreifen sollen, aber das tat sie nicht. Und nun steckt sie wieder drin. Sie hasst ihr Hochzeitskleid, aber sie wird es trotzdem anziehen, weil er es ausgesucht hat. Ich fürchte, ihr stehen harte Zeiten bevor.« Phoebe war die Einzige, die es nicht sah und die sich weigerte, die Augen aufzumachen. Sie weigerte sich, aus diesem Albtraum zu erwachen, selbst als der Mistkerl vorübergehend die Verlobung gelöst hatte. Faith hatte auch ihnen eine Auswahl an Eheversprechen gegeben, und sie war überzeugt davon, dass Doug jenes wählen würde, in dem »lieben, ehren und gehorchen« vorkam.

Es war Violets letzter Tag im Büro vor ihrer Hochzeit. Sie hatte sich den Rest der Woche freigenommen für die letzten Vorbereitungen. Sie wollte einen Junggesellinnenabschied mit ihren Freundinnen feiern, sich die Haare machen lassen und sich um lauter kleine Details kümmern. Auch wenn es nur eine bescheidene Hochzeit war, handelte es sich doch um einen besonderen Tag für sie.

Sie ließ Faith nur ungern mit all der Arbeit allein, aber Faith hatte darauf bestanden, dass sie freinahm.

Faith umarmte sie herzlich, als sie an diesem Tag Feierabend machte. Sie würde zur Hochzeit kommen und hatte vor, am Morgen des großen Ereignisses zum Restaurant zu fahren, um sicherzustellen, dass der Florist das machte, worum sie ihn gebeten hatte, und dass es keine Probleme gab. Anschließend würde sie zur Kirche fahren, wo Violet ihren Jordan heiratete. Faith erlebte mehr Hochzeiten als andere Leute, aber es wurde ihr nie langweilig, und diese bedeutete ihr sehr viel. Violet war ganz aufgeregt, weil sie Faiths Kleid trug. Ihre Großmutter hatte einige kleinere Änderungen vorgenommen, zum Beispiel den Saum einen Tick gekürzt, ein paar Knöpfe enger genäht. Alles war bereit für den großen Tag. Violet war von dem Schleier begeistert, der zum Kleid gehörte. Er war aus feinstem, hauchdünnem französischem Tüll und reichte bis hinunter zum Saum des Kleides, mit zarten Stickereien und Perlen verziert, die zu denen am Kleid passten. Es sah perfekt aus zusammen.

Die Hochzeitsreise würde sie für einige Tage in ein romantisches Hotel in den Berkshire Mountains in Massachusetts führen. Violet meinte, mehr könnten sie sich nicht leisten, aber sie freuten sich trotzdem darauf.

»Bist du nervös?«, fragte Faith, bevor sie aufbrach. Violets Augen leuchteten, und sie sah glücklich aus. Wie eine echte Braut eben.

»Nicht nervös, nur aufgeregt. Ich sage mir ständig, dass es nichts ändern wird. Wir leben schon zusammen und kennen einander so gut. Aber ich glaube, es ist doch ein Unterschied. Es ist eine große Verpflichtung, aber wir sind bereit. Wir wollen nur jetzt noch keine Kinder. Wir sind noch nicht so weit. Darin sind wir uns einig. Es ist zu viel Verantwortung, und wir fühlen uns dafür noch zu jung. Und finanziell würde es uns das Genick brechen.« Sie waren beide neunundzwanzig, im gleichen Alter wie Annabelle Albert, aber ganz anders, verantwortungsvoll und viel erwachsener.

»Es besteht keine Eile. Genießt einander erst mal ein paar Jahre. Kids machen viel Arbeit. Meine Schwester kommt gut klar damit, aber sie hat eine Nanny, und ihr Mann hilft. Trotzdem bedeutet es noch viel Aufwand. Sobald Kinder da sind, ist alles anders. Ich weiß es zwar nicht aus eigener Erfahrung, aber ich sehe es bei meinen Freunden, die jung geheiratet haben, zumindest früher. Die Kinder von denen gehen mittlerweile aufs College. Meine Schwester hat viel später Kinder bekommen, mit sechsunddreißig. Ich finde es immer noch verrückt, dass sie so viele Kinder bekommen hat, aber es scheint ihr Spaß zu machen. Ich bin froh, dass sie die Kinder hat, und nicht ich. Genieße es einfach, eine Braut zu sein. Das ist alles, woran du im Augenblick denken musst. Es ist eine so besondere Zeit.« Sie umarmten sich erneut, und Violet ging einige Minuten später. Lächelnd dachte Faith daran, dass sie Violet das nächste Mal an ihrem Hochzeitstag sehen würde. Sie war eine so wunderbare junge Frau. Faith würde sie in ihren zwei freien Wochen nach der Hochzeit vermissen. Sie konnte nur hoffen, dass während Violets Abwesenheit nichts Dramatisches passierte.

Faith verbrachte die nächsten Tage damit, Details der bevorstehenden Hochzeiten zu klären. Da waren die beiden kleineren Trauungen, und die nächste größere Veranstaltung war die Hochzeit von Doug und Phoebe, deren Termin im Juni lag. Und die Hochzeit ihrer Mutter mit Jean-Pierre davor. Auf die freute Faith sich jedenfalls. Ihre Vorbehalte hatten sich in Luft aufgelöst, nachdem sie Jean-Pierre kennengelernt hatte. Die zwei schienen ein gutes Paar zu sein.

Ihre Mutter wirkte auf jeden Fall überaus glücklich. Sie und Jean-Paul verstanden sich wunderbar und unternahmen alles gemeinsam. Er hatte vor, nach der Heirat sein Apartment aufzugeben, da er es jetzt schon nicht mehr benutzte. Ihres war größer und komfortabler und fühlte sich mehr wie ein Zuhause an. Außerdem gefiel es ihnen, Uptown zu wohnen. Sein Apartment hatte ohnehin nur eine vorübergehende Unterkunft sein sollen. Zwar wohnte er mittlerweile seit zehn Jahren dort, aber es kam ihm immer noch wie eine Interimslösung vor. Sein dauerhafter Wohnsitz befand sich in Paris. Die Flitterwochen würden sie in Frankreich verbringen, damit Marianne seine achtundneunzigjährige Mutter kennenlernen konnte. Sie erfreute sich noch relativ guter Gesundheit, besuchte die Oper und das Ballett, wohnte aber in einem Seniorenheim. Jean-Pierre besuchte sie regelmäßig in Frankreich. Er hatte außerdem eine verwitwete Schwester, die in der Nähe wohnte und der Mutter häufiger Besuche abstattete.

Am Morgen von Violets Hochzeit stand Faith früh auf. Sie ließ ihr Balletttraining ausfallen und zog sich für die Feier an, ehe sie zum Restaurant aufbrach. Sie trug ein hellblaues Wollkleid, mit einem dazu passenden Mantel darüber und fühlte sich wie die Mutter der Braut. Sie überlegte, ob sie für die Trauung in der Kirche einen Hut aufsetzen sollte, fand es jedoch zu übertrieben. Die Haare hatte sie zu einem straffen Knoten hochgesteckt, wie meistens. Früher hatte sie es häufiger offen getragen, doch das passte nicht zu ihrem Image als allwissender Hochzeitsguru.

Sie war erleichtert zu sehen, dass der Florist schon bei der Arbeit war, als sie eintraf. Es gab kartonweise Schnittblumen. Sie hatte weiße Rosen und Maiglöckchen bestellt, und es duftete intensiv, als sie eintrat. Es gab auch langstielige Rosen und zwei Formschnittbäumchen, um den Eingang des Restaurants zu schmücken, außerdem eine Girlande aus weißen Rosen über der Tür. Im Restaurant waren zwei Tischreihen aufgebaut statt der üblichen Einzeltische. Violet hatte passende weiße Tischdecken dazu bestellt, und als die Blumen darauf standen, sah es nach einer richtigen Hochzeit aus, auch wenn das Restaurant sehr klein war. Faith hatte zwei große Arrangements aus weißen Rosen zur Kirche schicken lassen. Violets Brautstrauß aus Maiglöckchen wurde zu ihr nach Hause geliefert, zusammen mit weißen Rosen als Knopfloch- und Ansteckblumen für Jordan, ihre Eltern und ihre zwei Begleiterinnen. Faith hatte an alles gedacht, wie immer, auch ohne Violets Hilfe. Sie wollte, dass alles, was sie organisiert hatte, eine Überraschung für ihre Angestellte war.

Die Besitzer des hübschen kleinen Restaurants waren schwer beeindruckt von Faiths Gestaltung. Die Blumen und Akzente verliehen dem Restaurant eine ganz neue Atmosphäre. Es wirkte romantisch und duftete intensiv nach den Rosen und Maiglöckchen.

Während sie selbst noch mit anpackte, damit alles rechtzeitig fertig wurde, wurde auch die Hochzeitstorte geliefert. Violet hatte entschieden, dass eine große Hochzeitstorte zu viel für ihr schmales Budget war, weshalb sie darauf verzichten wollte. Das fand Faith zu traurig, daher hatte sie sich auch darum gekümmert. Sie hatte eine Bäckerin beauftragt, eine Französin, die sie kannte und die exquisite Torten backte. Die von ihr gelieferte war mit Gittermuster und echten Blumen verziert und drei Etagen hoch. Sie war ein Kunstwerk, gefüllt mit französischer Vanillecreme, weil Faith wusste, dass Violet dies besonders gern mochte.

Sie verließ das Restaurant fünfzehn Minuten vor der Trauung; alles war erledigt. Die zwei Musiker machten sich gerade mit ihren Instrumenten, Keyboard und Violine, bereit. Sie würden für romantische Stimmung sorgen, und es gab sogar eine kleine Tanzfläche. Die Gemälde an den Wänden zeigten französische Landschaften. Die Besitzer des Restaurants waren Franzosen, und die Küche war dementsprechend französisch. Violet hatte das Menü mit ihren Eltern zusammengestellt.

Faith ging auf die Kirche zu, zufrieden mit ihrer Arbeit. Es war ein sonniger Tag, eine leichte Brise wehte. Es schien das perfekte Wetter für eine Hochzeit zu sein. Nicht alle Bräute hatten so viel Glück.

Faith setzte sich in die dritte Reihe der Kirchenbänke, auf der Seite der Braut, um die Familie nicht zu stören. Die Orgel spielte die vom Hochzeitspaar ausgesuchte Musik, und innerhalb von Minuten traf die kleine Schar Gäste ein. Alle setzten sich und lächelten einander zu. Kurz darauf traten Jordan und sein Bruder aus einer Seitentür und nahmen ihre Plätze vor dem Altar ein. Jordan sah nervös aus und so jung mit dem Maiglöckchen als Knopflochblume, die Faith ihm geschickt hatte. Die Musik wurde lauter, der Pfarrer ging zum Altar, und alle standen auf. Und dann erschien Violet am Arm ihres Vaters, der sie zum Altar führte. Sie strahlte übers ganze Gesicht, als sie den Mann erblickte, den sie gleich heiraten würde. Sie stellte sich neben Jordan, und ihr Vater hob den kurzen Gesichtsschleier, damit der Bräutigam ihr Gesicht sehen konnte. Dann setzte er sich in die erste Reihe neben seine Frau. Violet trug das wunderschöne Kleid, das Faith nie angehabt hatte. Die Musik verklang, die Gemeinde wurde aufgefordert, sich zu setzen, und die Trauung begann.

Faith beobachtete mit Tränen in den Augen, wie die zwei sich ihr Eheversprechen gaben, und war überrascht, als sie den Trauspruch hörte, der ihr immer so gut gefallen hatte. Sie hatte nicht gewusst, dass Violet sich dafür entschieden hatte. »... mit meinem Körper bete ich dich an«, und dann folgte: »Zu lieben und zu ehren«. Einen Moment später waren sie Ehemann und Ehefrau, küssten sich und gingen Arm in Arm den Gang entlang. Sie strahlten beide auf dem Weg in das größte Abenteuer ihres Lebens. Violet sah Faith lächelnd an, als sie an ihr vorbeikam, und Faith schüttelte Violets Eltern die Hand, um ihnen zu gratulieren, ehe sie Violet und Jordan umarmte.

»Du bist eine wunderschöne Braut«, sagte sie zu Violet.

»Danke für das wundervolle Kleid.« Sie sah hinreißend aus, und der Schleier passte perfekt dazu. Draußen standen die Leute in Grüppchen beisammen, begrüßten einander und bewegten sich langsam auf das Restaurant zu, wo ihnen beim Hereinkommen Champagner angeboten wurde. Klavier- und Geigenmusik erklang, und das Restaurant sah mit den vielen Blumen überall aus wie ein kleiner Garten. Einige der Gäste schlenderten auch draußen durch den Garten und tranken Champagner, bis das Essen serviert wurde.

Violet ging zu Faith, nachdem sie und Jordan zuvor Fotos vor der Kirche gemacht hatten.

»Oh mein Gott, Faith, die Blumen sind ja unglaublich! Es sieht so edel aus. Wie bei einer deiner Hochzeiten. Du hast wirklich eine besondere Gabe.«

»Es war harte Arbeit ohne meine Assistentin«, sagte Faith, und Jordan gesellte sich zu ihnen, um sich ebenfalls zu bedanken, nachdem Violet ihm erklärt hatte, dass die Blumen, die Musik und die Torte Geschenke von Faith waren. Er war ein netter junger Mann und wirkte sehr stolz, als Violets Ehemann an ihrer Seite zu stehen.

Das Essen war köstlich. Es war vier Uhr nachmittags, als Faith das Restaurant verließ, und fünf, nachdem sie noch einige Besorgungen gemacht hatte und endlich zu Hause war. Es war ein schöner Nachmittag und eine kleine edle Hochzeit. Eine von Violets Cousinen hatte den Brautstrauß gefangen und war entzückt. Faith war einen Schritt zurückgetreten, als er an ihr vorbeiflog, wie sie es immer tat. Auf keinen Fall hatte sie den Strauß fangen wollen. Sie war froh, einen solchen besonderen Moment mit Violet geteilt zu haben, und hatte sich mit den Verwandten, neben denen sie gesessen hatte, gut unterhalten.

Als sie nach Hause kam, merkte sie, dass sie nach der Hochzeit ihr Handy nicht wieder eingeschaltet hatte und es seit dem Morgen aus gewesen war. Sie schaltete es ein, und acht Sprachnachrichten von ihrer Mutter wurden angezeigt. Das war ungewöhnlich, daher rief Faith sie sofort an, erreichte jedoch nur die Mailbox. Erst danach hörte sie sich die Nachrichten an, die ihre Mutter hinterlassen hatte. Faith konnte lediglich heraushören, dass Jean-Pierre etwas passiert war und sie ins Lenox Hill Hospital fahren würden.

Faith schnappte sich Handtasche und Mantel und machte sich auf den Weg zum Krankenhaus. In der Notaufnahme erkundigte sie sich nach Jean-Pierre Pasquier und wurde an die kardiologische Intensivstation verwiesen, wo sie ihre Mutter im Wartebereich vorfand, blass und verängstigt.

»Was ist passiert, Mom?«, fragte sie, während sie sich auf den freien Platz neben ihr setzte.

»Ich weiß es nicht«, antwortete Marianne und sah verzweifelt aus. »Wir machten einen Spaziergang im Park, was wir jeden Tag tun, und plötzlich wurde ihm schwindelig. Wir setzten uns für einen Moment auf eine Bank, und ich dachte, es ginge ihm besser, aber dann fühlte er sich auf dem Heimweg schwach, also nahmen wir ein Taxi. Da klagte er über Herzrasen. Er hatte derartige Anfälle in milder Form schon vorher gehabt, aber diesmal war es schlimmer. Außerdem ist der letzte derartige Anfall lange her. Er meinte, früher sei es durch Stress ausgelöst worden. Er wird jetzt untersucht. Ein Herzinfarkt war es nicht, das haben sie gleich überprüft, als wir ankamen. Wir sind seit Stunden hier und warten. Man hat ihn erst vor Kurzem für die Untersuchungen hereingeholt, daher nehme ich an, dass die Ärzte nicht allzu besorgt sind.«

»Wahrscheinlich ist es nichts Schlimmes«, sagte Faith, um sie zu beruhigen, und hoffte, dass es stimmte.

Der diensthabende Kardiologe tauchte eine Stunde später auf und erklärte, Jean-Pierre habe Herzrhythmusstörungen gehabt, die er als »elektrisches Problem« bezeichnete. Sein Herz geriet für eine kurze Zeit aus dem Takt. Man hatte ihm Notfallmedikamente gegeben. Für den nächsten Morgen war eine Untersuchung geplant, eine elektrische Kardioversion, um den normalen Rhythmus seines Herzens wiederherzustellen. Die wurde mit Druckpolstern durchgeführt, um dem Herzen einen Stromstoß zu versetzen, und es hörte sich nicht allzu gefährlich an. Faith hatte allerdings den Verdacht, dass die Angelegenheit heikler war, als der Arzt sagte. Sie durften Jean-Pierre jetzt in seinem Krankenzimmer besuchen, und er entschuldigte sich bei den beiden, ihnen solche Umstände gemacht zu haben. Er sah verlegen aus und sehr blass.

»Sei nicht albern«, sagte Marianne zu ihm. »Ich habe mir solche Sorgen um dich gemacht. Wie fühlst du dich?«

»Müde«, gestand er, und so sah er auch aus. »Du solltest mit deiner Tochter nach Hause fahren und dich ausruhen. Du warst den ganzen Tag hier.« Zumindest einen Großteil.

»Morgen werden sie eine kleinere Behandlung durchführen, um alles wieder in Ordnung zu bringen. Es ist nichts weiter.«

»Ich werde da sein, wenn es gemacht wird«, erklärte Marianne entschlossen. Faith ging zum Fenster, um ihnen ein wenig Privatsphäre zu geben. Mariannes Miene verriet, wie viel er ihr bedeutete. Sie liebte ihn und hatte schreckliche Angst, ihn zu verlieren.

Der Kardiologe kam noch einmal zurück, bevor sie aufbrachen, um nach ihm zu sehen. Er erkundigte sich nach seinen Lebensumständen, und Jean-Pierre erzählte ihm, dass er in einem Monat heiraten würde. Der Doktor erklärte, dass auch positiver Stress, wie ein bevorstehendes aufregendes Ereignis, körperlich aufwühlend sein konnte, manchmal genauso wie negativer Stress. Aber er meinte, nach der Behandlung sollte es ihm wieder gut gehen. Falls diese Anfälle erneut auftauchen würden, könnte man mit einer medikamentösen Behandlung beginnen. Auf lange Sicht würde er möglicherweise einen Schrittmacher brauchen, sollte sich dieses Problem als chronisch erweisen. Doch davon seien sie im Augenblick noch weit entfernt.

Marianne und Faith gingen eine halbe Stunde später, und Faith bot ihrer Mutter an, am nächsten Morgen wieder mit ihr zum Krankenhaus zu fahren. Marianne meinte, das sei nicht nötig. Der Arzt hatte gesagt, die Untersuchung würde nicht lange dauern. Danach würden sie ihn noch eine weitere Nacht im Krankenhaus behalten, zur Beobachtung, und danach könne er nach Hause. Er musste seinen Lebensstil oder seine Ernährung nicht ändern, und der Eingriff sollte das Problem beheben. Falls nicht, würden sie es mit Medikamenten behandeln. Es erinnerte Faith an die Zerbrechlichkeit des Lebens und daran, dass es unter Umständen nicht mit einem

Happy End ausging, wenn ihre Mutter einen zehn Jahre älteren Mann heiratete. Trotzdem hoffte sie, dass den beiden noch eine lange gemeinsame Zeit vergönnt war.

»Ich weiß, was du denkst«, sagte sie zu Faith, denn sie dachte das Gleiche. »Ich liebe ihn und werde mich zufriedengeben mit der Zeit, die uns bleibt, so wenig oder so viel es auch sein mag. Er ist es mir wert.«

»Das verstehe ich, Mom«, sagte Faith; ihre Mutter schien wirklich ihren Seelenverwandten gefunden zu haben. Faith wünschte nur, sie hätte ihn früher gefunden. Aber Marianne schien voller Zuversicht zu sein und sich von den Unwägbarkeiten des Lebens nicht aufhalten zu lassen. Sie wollte das Glück, das sie mit Jean-Pierre gefunden hatte, genießen, so lange es anhielt.

Als sie zu Hause war, telefonierte Faith mit Hope, die zutiefst erschrocken war. Marianne hatte sie nicht angerufen, wahrscheinlich weil sie weit außerhalb der Stadt wohnten. Wäre es ein ernster Notfall gewesen, hätte sie es sicher getan.

»Sie liebt ihn wirklich«, sagte Faith in nüchternem Ton.

»Darüber bin ich froh. Und er liebt sie«, erwiderte Hope.

»Hoffen wir einfach, dass sie noch eine lange Zeit miteinander haben werden«, meinte Faith. »Ich freue mich, dass sie heiraten. Es bedeutet beiden viel.«

»Es ist schön, dass wir hier auf der Farm feiern und alle zusammen sind«, sagte Hope, und Faith pflichtete ihr bei.

Für einen ganz kurzen Moment war sie ein bisschen neidisch auf die starke und reine Liebe, die ihre Mutter für Jean-Pierre empfand. Sie selbst hatte nie jemanden mit dieser Gewissheit geliebt, und sie bezweifelte, dass das je passieren würde.

Die Behandlung am nächsten Morgen verlief gut und schien das Problem zu lösen. Nach weiteren vierundzwanzig

Stunden Beobachtung ließ man Jean-Pierre in Mariannes Wohnung zurückkehren, und er erklärte, er fühle sich viel besser. Dennoch war es eine Erinnerung an ihre Sterblichkeit und daran, wie kostbar, flüchtig und fragil das Leben war. Es machte sie beide umso dankbarer dafür, dass sie einander gefunden hatten, und sei es auch noch so spät im Leben.

8. Kapitel

Violet kehrte glücklich und erholt aus ihren Flitterwochen zurück. Das Paar hatte ein paar Tage in dem romantischen Hotel in den Berkshire Mountains verbracht und die übrige Zeit zu Hause, wo sie sich entspannt und gemeinsame Projekte verwirklicht hatten. Faith hatte ihr zwei Wochen statt einer freigegeben. Jordan hatte sich ebenfalls zwei Wochen freigenommen. Violet meinte, es sei schon anders, verheiratet zu sein. Sie fühlten sich häuslicher und noch stärker aneinander gebunden. Sie verglich es mit dem Unterschied zwischen Hausbesitz und wohnen zur Miete. Wenn es durchs Dach regnete, reparierte man es, wenn einem das Haus gehörte; als Mieter beschwerte man sich beim Vermieter, und wenn das Problem weiterhin bestand, zog man eben aus.

»Guter Vergleich«, sagte Faith.

Violet hatte das Hochzeitskleid mitgebracht, in einem mit Seidenpapier ausgeschlagenen Karton, sorgsam zusammengelegt. Es war ihr eine Ehre gewesen, es zu tragen, und es hatte ihr wunderbar gestanden.

»Behalte es«, meinte Faith mit sanfter Stimme. »Es gehört jetzt dir. Du hast es bei deiner Hochzeit getragen. Es ist ein Teil deiner Geschichte.«

»Aber es ist dein Kleid, Faith. Es ist zu kostbar, das kann ich nicht annehmen«, protestierte Violet.

»Ich nehme es nicht zurück. Du sollst es als Erinnerung behalten«, wiederholte Faith, und Violet sah ein, dass sie es ernst meinte.

»Du hast so viel für uns getan bei der Hochzeit. Die wundervollen Blumen, die Torte, die Musik. Du hast die Hochzeit gestaltet.«

»Nein, die habt ihr gestaltet, du und Jordan, durch euer Glück. Es war ein Segen für uns Gäste, mit euch feiern zu dürfen. Und das Essen war köstlich. Ich muss mit meiner Mutter und ihrem Verlobten mal hingehen. Ich glaube, er wäre begeistert von der französischen Küche.«

»Und übertrieben teuer war es auch nicht. Das Restaurant hast du ebenfalls für uns entdeckt«, erinnerte Violet sie. »Du solltest Hochzeitsplanerin werden, bei deinem Talent«, fügte sie scherzend hinzu.

»Nee … zu verrückt und stressig«, entgegnete Faith und ging in ihr Büro. Den Karton mit dem Kleid ließ sie in Violets Büro, damit die es später mit nach Hause nehmen konnte. Faith würde es ohnehin niemals tragen. Jetzt war es Violets Kleid, und es gehörte zu ihr.

Als Doug und Phoebes Hochzeit näher rückte, rief er Faith täglich wegen neuer Details an. Phoebe rief nie an, aber Faith meldete sich bei ihr. Sie bot ihr den Ordner mit den Eheversprechen an, für den Fall, dass sie noch auf der Suche war.

»Nein, wir werden es traditionell halten«, erklärte Phoebe leichthin. »Liebe, Ehre und Gehorsam.« Faith stutzte kurz, als sie Phoebe das sagen hörte. Sie hatte es Violet prophezeit, trotzdem traf es sie, als sie die Worte tatsächlich aus Phoebes Mund hörte.

»›Gehorsam‹ ist weitgehend aus dem Hochzeitsvokabular verschwunden«, sagte sie ruhig. »Für die meisten Frauen heute ist das ein bisschen zu hart. Finden Sie nicht? Wie wäre es mit ›lieben und ehren‹?« Sie versuchte es ganz behutsam vorzuschlagen.

»Doug gefällt ›gehorchen‹, er meinte, seine Eltern hätten das auch gesagt, deshalb will er, dass wir das Wort auch benutzen. Es macht mir nichts aus.« Faith hätte am liebsten geschrien: »Aber es *sollte* Ihnen etwas ausmachen!« Doch das brachte sie dann doch nicht über die Lippen.

Einige Tage später tauchte Phoebe mit einem Scheck von Doug auf. Er war für ein paar der zusätzlichen Dinge, die er kürzlich bestellt hatte, wie zum Beispiel, dass ein Video von der Hochzeit gemacht werden würde, was Faith arrangiert hatte.

Sie bot Phoebe eine Tasse Tee an, und sie setzten sich ins Wohnzimmer. Faith wollte sicherstellen, dass es Phoebe gut ging. Normalerweise hatte sie ein gutes Verhältnis zu den Bräuten, aber Phoebe war ein Sonderfall, daher wollte sie ein Auge darauf haben, ob es Anzeichen dafür gab, dass Doug sie noch schlechter behandelte als ohnehin schon.

»Wie läuft es denn allgemein so?«, erkundigte Faith sich. »In wenigen Wochen wird es ernst.« Phoebe wirkte nicht besorgt, sondern saß entspannt auf dem Sofa. Sie war wieder in ihren Job zurückgekehrt, in seiner Klinik, nachdem er ihr mehrere Wochen das Gehalt gekürzt hatte, um seinem Ärger wegen des Kellners Nachdruck zu verleihen, mit dem sie angeblich geflirtet hatte, was sie jedoch nach wie vor bestritt.

»Es ist alles wieder in Ordnung. Doug hat sich beruhigt, und er freut sich auf die Hochzeit.« Sie sah Faith lächelnd an.

»Wie fühlen Sie sich jetzt wegen des Kleids? Da Sie nichts haben ändern lassen, können wir es jederzeit zurückbringen und gegen das Kleid tauschen, das Ihnen so gefiel.« Phoebe sah erschrocken aus, als Faith das sagte.

»Das geht nicht. Doug wäre außer sich. Er war begeistert von dem Kleid, das er gekauft hat, und das andere, das mir gefiel, fand er *schrecklich*.« Faith erinnerte sich nur allzu lebhaft daran und wie wundervoll Phoebe darin ausgesehen hatte.

»Ich will, dass Sie sich an Ihrem Hochzeitstag wie die schönste Braut der Welt fühlen«, erklärte sie freundlich, sah jedoch den besorgten Ausdruck in Phoebes Augen.

»Ich will nichts tun, was Doug missfällt und ihn wütend macht. Jetzt ist gerade alles wieder normal.« Aber Faith spürte, dass »normal« für ihn etwas anderes war als für alle anderen.

»Wissen Sie, Phoebe, Sie können es praktisch bis zur letzten Minute noch entscheiden. Sie haben hier freie Wahl. Die Ehe ist ein großer Schritt.« Sie sprach mit ihr wie eine Mutter oder Tante. »Es spielt keine Rolle, wie weit Sie mit den Vorbereitungen sind. Wenn Ihr Gefühl Ihnen sagt, dass Sie es lieber nicht tun sollten, können Sie getrost darauf hören. Das müssen Sie sogar.«

Phoebe schüttelte den Kopf und wich ihrem Blick aus. »Ich bin mir sicher«, sagte sie leise. »Doug ist der Mann, mit dem ich verheiratet sein will. Ich weiß, dass er der Richtige für mich ist.« Faith wünschte, Phoebe würde nicht so empfinden, aber sie erkannte, dass sie nicht mehr zu ihr durchdrang. Sie würde ihn auf jeden Fall heiraten. Sie hatte viel zu viel Angst davor, es nicht zu tun und möglicherweise allein zu sein. Obwohl sie es nicht lange bleiben würde. Sie war eine sehr hübsche Frau. Aber es gab keine Rettung für sie, wenn sie es nicht selbst wollte. Sie schien sich nach Faiths Fragen unwohl zu fühlen, und kurz darauf ging sie. Faith betrat Violets Büro in düsterer Stimmung.

»Ich fürchte, ich habe es gerade vermasselt. Ich wollte mit Phoebe reden und herausfinden, ob sie Zweifel hat. Sie wirkte verängstigt, kaum hatte ich angefangen. Sie will diese Ehe unbedingt. Ich habe keine Ahnung, warum.«

»Vielleicht ist ihr überhaupt nicht bewusst, wie schlecht sie behandelt wird. Vielleicht denkt sie, das ist bei allen so«, gab Violet weise zu bedenken.

»Ich glaube, er hat ihr einen Schrecken eingejagt, als er die Verlobung löste. Jetzt befürchtet sie, er könnte es wieder tun und sie ihn verlieren. Dabei wäre es das Beste, was ihr widerfahren könnte. Ich habe noch nie eine Hochzeit organisiert, bei der ich ein derartig ungutes Gefühl hatte. Ich komme mir vor, als würde ich ein Lamm zur Schlachtbank führen.«

Violet erschauerte. »Ich hoffe, das ist nicht der Fall.«

»Ich auch«, sagte Faith und kehrte an ihren Schreibtisch zurück. Sie hatte es versucht, und es hatte zu nichts geführt. Phoebe stand so sehr unter Dougs Kontrolle, dass sie unerreichbar geworden war.

Marianne und Jean-Pierre heirateten an einem perfekten Junitag auf Hopes und Angus' Farm. Die Sonne schien warm, eine sanfte Brise wehte. Sie wurden in der Kirche im Ort getraut, unmittelbar nach dem Gottesdienst am Morgen, und anschließend fuhren sie zum Haus, wo vor dem Mittagessen Kaviar und Champagner gereicht wurden.

Faith hatte Blumen für die kleine Kirche besorgt. Hope hatte wunderschöne Sträuße bestellt, die überall im Haus verteilt waren. Marianne trug ihr neues elfenbeinfarbenes Seidenkostüm, und ihre Töchter hatten sich ebenfalls festlich gekleidet. Faith hatte ein pinkfarbenes Chanel-Kostüm gewählt, und Hope hatte sich für einen langen beigefarbenen Faltenrock entschieden, dazu einen Seidenpullover mit V-Ausschnitt. Die Frauen trugen Pumps, und beide Männer trugen Jackett und Krawatte. Jean-Pierre war ebenfalls ziemlich feierlich gekleidet, in einen dunkelblauen Anzug mit weißem Hemd und einer hellblauen Hermès-Krawatte, außerdem tadellos polierte Schuhe. Am Tag zuvor hatte er sich die Haare schneiden lassen, und Hope hatte ihre Friseurin am Morgen der Trauung für Marianne kommen lassen. Jean-Pierre überraschte Marianne mit einem wunderschönen Diamantring als Ehering, da sie keinen Verlobungsring gewollt hatte. Sie hatte einen schlichten Goldring erwartet und war umso verblüffter, als sie den Cartier-Ring sah.

Am Morgen der Hochzeit strahlte sie und war auf dem Weg zur Kirche nervös. Aber sobald sie neben Jean-Pierre stand und sie sich das Eheversprechen gaben, wirkten beide sehr ruhig, als wären sie sich dessen, was sie taten, sehr sicher. Marianne benutzte die Worte, die Faith liebte: »… mit meinem Körper bete ich dich an.« Faiths Augen füllten sich mit Tränen, als sie ihnen lauschte; sie und Hope hielten sich an den Händen. Sie waren da, um ihre Mutter zu unterstützen, und sie hatten volles Vertrauen in ihre Entscheidung und den Mann, den sie im Begriff war zu heiraten. Diesmal war es der richtige.

Jean-Pierres Gesundheitszustand verbesserte sich rapide seit der kurzen Behandlung zur Regulierung seines Herzschlags. Diese hatte korrigiert, was nötig war, und seitdem hatte es keine Probleme mehr gegeben, zu Mariannes großer

Erleichterung, für die dies das beste Hochzeitsgeschenk überhaupt war.

Das Essen war genauso köstlich, wie der Partyservice es versprochen hatte. Faith hatte den besten Kaviar bestellt. Die Menüfolge begann mit Austern, gefolgt von Hummer mit Salat als Hauptgang und anschließend exquisitem Käse. Außerdem gab es eine wunderschöne kleine Hochzeitstorte mit schneeweißem Guss und gefüllt mit Schokolade. Hope hatte eine Braut und einen Bräutigam als Figuren gekauft, um sie auf die Torte zu stellen, und das brachte das Hochzeitspaar zum Lächeln.

Hinterher saßen sie in der Sonne, und die Männer zogen die Jacketts aus und lockerten die Krawatten. Hope hatte alle drei Jungen in kleine weiße Anzüge gesteckt, und jetzt spielten sie in der Nähe, bevor die beiden jüngeren ihren Mittagsschlaf machten und Seamus mit der Babysitterin einen Film schaute.

Es war ein absolut vollkommener Tag für Marianne, den sie mit den Menschen verbrachte, die sie liebte. Die Hochzeit war in friedlicher Atmosphäre verlaufen, als hätten beide Eheleute das Gefühl gehabt, endlich nach Hause zu kommen.

In drei Tagen würden sie nach Paris aufbrechen und anschließend, vor dem sommerlichen Touristenansturm, für zehn Tage nach Südfrankreich reisen, wo Jean-Pierre ein Haus besaß. Das letzte Wochenende wollten sie in Venedig verbringen, das zu ihren Lieblingsstädten gehörte, und dann nach New York zurückkehren. Alles in allem würden sie drei Wochen unterwegs sein, und nach den Flitterwochen waren sie von Freunden in Palm Beach und Newport sowie in den Hamptons eingeladen. Sie würden viel unterwegs sein in diesem Sommer, Freunde besuchen und ihr Dasein als Frischverheiratete genießen. Jean-Pierres Mutter in Frankreich hatte gesagt, sie könne es kaum erwarten, seine Braut kennenzulernen. Marianne fühlte sich jung, als er ihr das erzählte. Alles fühlte sich jetzt leicht und neu an. Trotz ihres Alters war es ein frischer Start.

Der Partyservice war gerade aufgebrochen, und Marianne und Jean-Paul unternahmen einen Spaziergang. Sie hatten sich umgezogen und trugen jetzt praktische Kleidung und Schuhe, um die Pfade entlangzuwandern, auf denen Hope gern ritt.

»Es war eine schöne Hochzeit«, sagte Faith zu Hope und dachte lächelnd daran zurück. »Danke, dass sie hier feiern durften. Das ist persönlicher als in einem Restaurant in New York. Ich glaube, es hat ihr sehr gefallen.«

»Mir auch. Ich glaube, er ist wirklich ein netter Kerl. Ich hoffe, seine Gesundheit spielt mit. Es wäre schrecklich für Mom, wenn er krank würde und sie ihn pflegen müsste.«

»Jetzt scheint es ihm wieder gut zu gehen«, sagte Faith nachdenklich. »Es war beängstigend, als er im Krankenhaus gelandet ist. Die arme Mom war völlig fertig.«

»Irgendwann ist es so weit, schließlich ist er zehn Jahre älter als sie«, meinte Hope. »Hoffen wir, dass es bis dahin noch eine Weile dauert.« Stolz lächelnd sagte sie: »Ich habe übrigens Neuigkeiten zu verkünden.«

»Welche?«

»Ich bin wieder schwanger. Ein Weihnachtsbaby. Ein Mädchen diesmal, hoffe ich.«

»Jetzt schon?« Faith sah aus, als wäre sie sich nicht ganz sicher, ob das wirklich eine gute Nachricht war. Hope war enttäuscht von ihrer Reaktion. »Oliver ist erst ein Jahr alt. Das sind ganz schön viele Kinder, Hopie. Vier? Wie denkt Angus darüber?«

»Er ist begeistert.« Sie sah ihre Schwester strahlend an. »Wir schaffen das, und wir können es uns leisten. Es war jedenfalls kein Unfall.«

»Wirst du mit vier Kindern zurechtkommen?«

»Ich glaube schon. Es wird nicht viel anders als mit dreien – Angus und ich werden uns eben noch mehr ins Zeug legen müssen. Andere Leute packen das auch.«

Faith nickte. Sie hatte recht. Sie stand auf, um ihrer Schwester einen Kuss zu geben und sie zu umarmen. »Na, dann soll es wohl so sein. Glaubst du, ihr werdet nach diesem Kind noch weitere bekommen?«

»Das weiß ich nicht. Ich werde dreiundvierzig sein, wenn es zur Welt kommt. Vielleicht haben wir dann genug. Angus hat immer gesagt, dass er sechs will. Ich dachte, er scherzt.«

»Ich würde im Augenblick ganz bestimmt kein Baby wollen«, erklärte Faith erschauernd. »Oder in irgendeinem anderen Alter. Ich habe die richtige Entscheidung für mich getroffen. Tja, dann werde ich also wieder Tante. Hast du es Mom schon gesagt?«

Hope schüttelte den Kopf. »Sie wird sich wahrscheinlich aufregen und sagen, dass es zu viele Kinder sind. Es wird Spaß machen, wenn sie erst ein bisschen älter sind und wir mit ihnen reisen und mehr unternehmen können. Jetzt sind sie dafür einfach noch zu klein.«

»Und Weihnachten wirst du noch eines mehr haben.« Faith grinste bei der Vorstellung. »Mir kommt das immer wie das reinste Wunder vor. Simsalabim, und im Nu ist da ein neuer Mensch im Raum.«

»Ja, es ist jedes Mal aufs Neue ein Wunder«, bestätigte Hope, und Faith ahnte, dass da wirklich noch ein oder zwei weitere Babys kommen würden.

»Kommst du klar damit?«

»Bestens. Die kleinen Mäuse machen mich einfach glücklich. Ich werde noch eine Weile warten, bis ich es allen erzähle, nur um halbwegs sicher zu sein, dass alles in Ordnung ist.«

Sie plauderten noch eine Weile, bis ihre Mutter und Jean-Pierre von ihrem Spaziergang zurückkamen. Und nachdem die Sonne untergegangen war, gingen sie ins Haus, um bis zum Abendessen zu reden. Angus zündete ein Feuer im Kamin an, und die Männer zogen sich in eine Ecke zurück, um über Berufliches und Sport zu diskutieren, während Marianne und ihre Töchter über alles Mögliche sprachen, von Mode bis Politik. Alle genossen es, Zeit miteinander zu verbringen.

Zum Abendessen gab es Reste vom Mittagessen, und Angus briet Steaks auf dem Grill. Alle aßen ein Stück von der Hochzeitstorte zum Dessert, die allgemein als köstlich befunden wurde.

»Ich bin froh, dass du keine große Feier wolltest, Mom«, sagte Hope, als sie das Geschirr in den Geschirrspüler stellte. »Es ist so gemütlich, euch hier zu haben.«

»Genau so wollte ich es«, erwiderte Marianne mit einem breiten Lächeln. »Danke, dass wir hier feiern durften und ihr es so schön für uns gemacht habt.« Jean-Pierre hatte ihr wiederholt gesagt, wie reizend die Kinder seien. Er mochte die harmonische Familienatmosphäre und wie gut sich alle verstanden.

Als alle sich an diesem Abend in ihre Schlafzimmer zurückzogen, nahmen sie die schönen Erinnerungen an den Tag mit.

An die Trauung in der kleinen Kirche und das stilvolle Essen anschließend. Es war genug Kaviar für das Frühstück übrig geblieben. Dank Faiths zuverlässigen Lieferanten war alles reibungslos verlaufen. Das war wenig überraschend, da es sich um eine Faith-Ferguson-Hochzeitsfeier gehandelt hatte. Hope zog sie damit auf, als sie einander auf dem Treppenabsatz eine gute Nacht wünschten, um sich dann in entgegengesetzter Richtung in ihre Schlafzimmer zu begeben.

Am nächsten Tag ritten Faith und Angus aus. Marianne ritt noch gelegentlich, aber sie wollte Jean-Pierre nicht allein lassen und fand, er sollte sich so kurz nach dem Schwächeanfall keiner Anstrengung aussetzen.

Den restlichen Kaviar aßen sie zum Mittagessen, und am späten Nachmittag holte ein Taxi Faith ab, während Marianne mit Jean-Pierre auf dem Beifahrersitz heimfuhr. Sie plauderten und genossen den Blick auf die Landschaft. Sie waren beide in gehobener Stimmung und freuten sich auf die Flitterwochen. Und als sie in ihrem Apartment in der Park Avenue eintrafen, sagte er, es fühle sich an wie ein Zuhause, jetzt, da sie verheiratet waren.

»Schon komisch. Ich dachte, es macht keinen Unterschied, aber das tut es. Alles zwischen uns fühlt sich jetzt realer an. Ich wünschte, ich hätte dich früher kennengelernt«, sagte er.

»Du bist genau zur richtigen Zeit in mein Leben getreten«, erwiderte sie. »Vielleicht wären wir vorher gar nicht bereit gewesen.«

Er legte lächelnd einen Arm um sie. »Du bist eine weise Frau, Marianne Pasquier«, sagte er, und sie lächelte, als sie ihren neuen Namen hörte.

»Das gefällt mir.«

»Mir auch«, entgegnete er und folgte ihr ins Schlafzimmer. »Ich möchte unser Eheversprechen einlösen«, flüsterte er, und sie sah ihn über die Schulter lächelnd an. Als er das sagte, verschwanden die Jahre, und sie fühlten sich wieder jung; die Zukunft mit all ihren Hoffnungen lag vor ihnen.

9. Kapitel

Als Faith am Montag nach der Hochzeit ihrer Mutter in ihr Büro kam, legte sie sofort schwungvoll los. Sie musste Details zur Hochzeit von Morgan und Alex klären, daher rief sie Morgan in seinem Büro an. Er klang unkonzentriert, was völlig untypisch für ihn war. Nach einigen Minuten vertraute er ihr an, dass die Eizellentnahme ihrer Leihmutter erfolgt war und er und Alex ihren Teil erledigt hätten. Die Eizellen würden nun befruchtet werden, und sie würden auf die Information warten, dass die Eizellen erfolgreich implantiert worden waren und die Leihmutter schwanger war. Der Prozess war in Gang gesetzt. Wenn es gleich beim ersten Mal funktionierte, würden sie im März ein Baby in den Armen halten. Und wenn sie diesmal noch nicht schwanger wurde, würden sie es erneut versuchen. Die Frau hatte es bereits zweimal erfolgreich für andere Paare gemacht. Sie war verheiratet und hatte zwei Kinder. Sie konnten sich nicht mehr Kinder leisten, und sie war der Meinung, sie tue etwas Wichtiges für Leute mit verzweifeltem Kinderwunsch; sie sei außerdem eher für Leihmutterschaft als für Adoption. Alex und Morgan hatten sich für diesen Weg entschieden. Es war ein kostspieliger Prozess, den sie sich finanziell glücklicherweise erlauben konnten. Momentan interessierten sie sich mehr für ihr Baby als für die Hochzeit.

»Mein Bruder war übrigens schwer beeindruckt von dir. Es wird eine große Veränderung für ihn, aus Chicago hierherzuziehen, und er hat nicht viele Freunde hier, außer durch die Arbeit. Vielleicht hast du mal Lust, irgendwann mit ihm zum Abendessen zu uns zu kommen.« Inzwischen waren sie zum Du übergegangen.

»Er schien sehr nett zu sein«, sagte sie höflich. Es konnte nicht schaden, einen neuen Freund kennenzulernen. Sie mochte Alex und Morgan sehr.

»Mein Neffe ist auch ein netter Kerl. Er bleibt manchmal übers Wochenende bei uns, aber die meiste Zeit hockt er in der Bibliothek und lernt. Das Jurastudium ist hart. Mein Bruder war genauso fleißig, als er jung war. Er war ein hervorragender Student, viel besser als ich. Ich habe gerade mal die Parsons School of Design geschafft.«

»Bei uns zu Hause war ich die Streberin«, sagte Faith lächelnd. »Ich habe für Hope sämtliche Referate geschrieben. Niemand hat es je erfahren. Sie hasste die Schule und hat nur zwei Jahre an der New York University verbracht, dann brach sie ihr Studium ab und wurde Model. Sie ging nie zurück an die Uni.«

»Wie laufen die Vorbereitungen für die Hochzeit?«, erkundigte sich Morgan.

»Bestens«, versicherte sie ihm.

»Ich hatte den Kopf derartig voll mit unserer Familiengründung, dass ich kaum an etwas anderes denken konnte. Alex auch. Ich glaube, es wird uns beiden besser gehen, sobald wir wissen, dass sie schwanger ist. Aber neun Monate werden uns wie eine Ewigkeit vorkommen.« Sie erzählte ihm nichts von der erneuten Schwangerschaft ihrer Schwester. Sie musste sich selbst erst an die Vorstellung gewöhnen. Vier Kinder waren eine ganze Menge, auch wenn die drei, die sie bereits hatte, hinreißend waren. Es war so viel Verantwortung, und mit zunehmendem Alter wuchsen auch die Probleme. Faith war erstaunt, dass Hope noch mehr Kinder wollte. Sie hatte gedacht, bei drei würde Schluss sein. Und Hope fand, Faith arbeite zu viel; offenbar machte jede von ihnen sich Sorgen um die andere.

»Ich sage dir Bescheid wegen des Abendessens, wenn Edward hier ist«, meinte er. »In den nächsten ein bis zwei Monaten wird er oft hin- und herfliegen. Er wird die Kanzlei in New York kurz vor unserer Hochzeit im August übernehmen.« Und auch das schien nicht mehr in allzu weiter Ferne zu liegen.

Annabelle Albert schaute am Dienstagnachmittag bei Faith vorbei. Sie war in der Stadt bei ihrem Arzt gewesen. Faith fand sie ziemlich rund, aber sie meinte, der Doktor habe ihr versichert, dass es keine Zwillinge waren. Das Paar hatte gerade erfahren, dass es ein Junge werden würde, und Jeremy war nun noch aufgeregter.

Sie senkte die Stimme. »Ich glaube, mein Vater verlässt seine Freundin. Meine Mom will ihn wirklich zurückhaben. Aber nur, wenn er die andere Frau in den Wind schießt. Und wenn er das wirklich macht, wird Mom grünes Licht für die Hochzeit geben. Sie hat sich ein wenig beruhigt wegen des Babys. Sie war so wütend auf Dad, nicht auf mich, und sie mag Jeremy inzwischen richtig gern. Er hat sich großartig verhalten seit der Trennung von Mom und Dad. Und er freut sich riesig wegen des Babys. Ich habe meinen Dad nicht mehr gesehen, seit er ausgezogen ist«, sagte sie. »Aber er schreibt mir oft. Ich glaube, er fühlt sich schlecht wegen allem, was passiert ist. Mom hat ihn auch nicht gesehen. Sie weigert sich, solange er noch mit der anderen Frau zusammen ist. Sie will nicht einmal mit ihm reden. Alles, was sie ihm zu sagen hat, wird durch die Anwälte weitergeleitet. Ganz schön traurig. Es war dermaßen dumm von ihm.«

Nach dem Arztbesuch wollte sie noch für ein zweites Kleid Maß nehmen lassen. Es war fast fertig, und sie sagte, es sei wunderschön, aber riesig. Passend zu ihrem Umfang.

»Es hat in etwa die gleiche Größe wie das Zelt, das Mom geordert hat«, sagte sie und lachte. »Der Arzt meint, ich hätte zu viel Gewicht zugelegt. Mom sagt, es sei ihr genauso gegangen, und meiner Schwester ebenfalls.« Sie war im vierten Monat schwanger, sah jedoch aus wie im sechsten oder siebten. Faith mochte sich kaum ausmalen, wie sie im November aussehen würde, wenn der Geburtstermin kam. Im Gegensatz dazu war bei Hope noch gar nichts zu sehen.

Amüsiert stellte sie fest, dass ihr Hochzeitsunternehmen sich in eine Babyfabrik verwandelte, mit Annabelles Schwangerschaft und Alex und Morgan, die darauf warteten, dass ihre Leihmutter schwanger wurde. Sie hatte schon vorher schwangere Bräute bei deren Hochzeiten begleitet, aber bei denen war es nicht so offensichtlich gewesen. Entweder hatten die rasch geheiratet, nachdem sie von der Schwangerschaft erfahren hatten, oder sie hatten bis nach der Geburt des Babys gewartet, weil sie nicht deutlich sichtbar schwanger vor den Altar treten wollten. Annabelle erklärte, ihr mache das nichts aus. Zuerst hatte sie sich aufgeregt, doch nach der Trennung ihrer Eltern kam es ihr nicht mehr wichtig vor. Die Leute würden darüber reden, aber die fanden ohnehin immer etwas, über das sie reden konnten. Sie und Jeremy waren glücklich über das Baby, und nur das zählte. Und das neue

Hochzeitskleid, das sie sich anfertigen ließ, war unglaublich elegant, noch edler als das erste, das ein wenig sexier war. Das zweite Kleid war prachtvoll und stand ihr hervorragend. Es strahlte etwas Majestätisches aus.

In der letzten Woche vor Dougs und Phoebes Hochzeit trieb der tyrannische Arzt Faith in den Wahnsinn. Er rief sie täglich an und erkundigte sich nach jedem einzelnen Detail. Zweimal am Tag rief er wegen der Gästeliste und Einladungskarten an, weil die Rückmeldungen auf die Einladungen an Faith gingen. Einige der geladenen Gäste hatten noch nicht geantwortet, aber das war bei jeder Hochzeit üblich. Sie hatte Violet damit beauftragt, sie anzurufen und um eine Antwort zu bitten. Wegen der benötigten Sitzplätze musste Faith langsam die Zahl der erwarteten Gäste wissen. Bisher hatten sich einhundertsechsundzwanzig Leute angemeldet, und vierzig Rückmeldungen standen noch aus. Doug drängte Faith, sie solle verbindliche Zusagen einholen, aber manche Leute brauchten einfach länger mit ihren Antworten. Faith konnte da wenig ausrichten, denn was sollte sie tun? Ihnen drohen?

Doug bestand darauf, selbst mit dem Floristen zu sprechen, mit der für die Hochzeitstorte zuständigen Konditorin sowie mit der Band. Auch den Club rief er beinahe täglich an. Er beschwerte sich bei Faith, dass ihn niemand vom Club zurückrief; sie war sich ziemlich sicher, dass die Leute vom Club mittlerweile die Nase voll hatten von ihm.

Er erzählte Faith, er sei mit Phoebe erneut bei Bergdorf gewesen, um das Kleid noch enger machen zu lassen, als es ursprünglich gewesen war. Er fand den Kragen zu locker, und die Taille sollte stärker betont werden. Faith bedauerte Phoebe. Das Kleid hatte sie bereits bei der ersten Anprobe eingeschnürt. Aber sie war überzeugt davon, dass Phoebe nachgegeben hatte. Doug hatte seine eigene Vorstellung davon, wie das Kleid an der Braut aussehen sollte. Phoebe musste seiner Vision von ihr entsprechen, nicht ihrer eigenen. Sie würde in ihrem Hochzeitskleid wie eine Schullehrerin aus der viktorianischen Zeit aussehen, mit einem Korsett darunter, das zum Ersticken eng geschnürt war. Da Doug groß war, wollte er sie auf turmhohen Pumps, auf denen es schwierig zu gehen sein würde, vom Tanzen ganz zu schweigen. Ihre Füße würden sie umbringen; Faith warnte die Bräute stets vor diesem Problem.

Doug rief auch die Hairstylistin an, um sicherzustellen, dass Phoebes Frisur so sein würde, wie er es wollte. Er überließ nichts dem Zufall und setzte den Zulieferern derartig zu, dass Faith fürchtete, sie würden nie wieder mit ihr zusammenarbeiten. Er geriet in Streit mit der Friseurin und feuerte sie. Sein Club hatte ihm schließlich rundheraus mitgeteilt, er solle die Anrufe einstellen. Das machte ihn wütend, und er verkündete, er werde nach der Hochzeit seine Mitgliedschaft aufkündigen. Ständig lag er mit irgendwem im Streit.

Er hatte sich als ein völlig anderer Mensch entpuppt, als der er sich zuerst dargestellt hatte. Faith hatte selbst die Nase voll von ihm und konnte es kaum erwarten, dass alles vorbei war. Nie zuvor hatte sie bei einer Hochzeit so empfunden. Doch unter der offensichtlichen Anspannung, die er um sich herum verbreitete, spürte Faith noch etwas wirklich Bedrohliches, eine Art lauernde ernste Charakterstörung. Da Phoebe keinerlei Anzeichen zeigte, ihn verlassen zu wollen oder wenigstens seiner obsessiven Kontrolle über sie Einhalt zu gebieten, gab es nichts, was Faith noch tun konnte. Und sobald sie verheiratet war, würde Phoebe ihm ausgeliefert und auf sich allein gestellt sein.

Zwei Tage vor der Hochzeit ging Faith alles mit dem Partyservice des Clubs durch. Sie prüfte die Menüauswahl und Sonderwünsche sowie die Tischdecken, die der Club benutzen wollte. Einige waren nicht so sauber, wie sie sein sollten, auf ihnen waren Flecken zu sehen. Sobald am Morgen der Hochzeit die Tische aufgestellt waren, wollte sie auch diese Anordnung begutachten. Sie beruhigte Doug hinsichtlich jedes Details, aber er rief sie weiterhin an, um »nur noch eine letzte Sache zu klären«, bis sie es nicht mehr ertrug. Von da an ließ sie Violet die Anrufe entgegennehmen und ihm ausrichten, sie sei beschäftigt.

Am Tag vor der Hochzeit traf Faith Phoebe in ihrem Apartment für einen letzten Blick auf das Kleid, damit es am Tag der Hochzeit keine unliebsame Überraschung gab, wie zum Beispiel ein fehlender Knopf.

Faith knöpfte ihr das Kleid zu, und die arme Phoebe sah aus wie eine Mumie. Doug hatte es so eng ändern lassen nach der erneuten Anprobe, dass sie kaum noch darin laufen konnte. Von dem kinnhohen, mit Knochen verstärkten Kragen wurde sie beinahe erwürgt. Das Korsett und der Kragen waren von starken Streben durchzogen. Das Kleid sah aus, als wäre es nur unter Schmerzen zu tragen. Faith schlug Doug vor, es ein wenig zu weiten, aber er beharrte darauf, das sei nicht nötig, und Phoebe erhob keine Einwände. Sie war zu eingeschüchtert, um sich nicht zu fügen.

Phoebe hatte entschieden, allein zum Altar zu gehen. Es gab keinen Mann in ihrem Leben, der ihr etwas bedeutet hätte und den sie hätte bitten können, sie zum Altar zu führen. Ihre Schwester saß mit ihrer Mutter in San Diego fest, wie Phoebe vorausgesehen hatte, denn die Mutter war zu krank, um zu kommen. Phoebe hätte sehr gern in San Diego geheiratet, damit ihre Mutter dabei sein konnte, aber Doug hatte auf New York bestanden, wo alle seine Freunde wohnten. Phoebe hatte keine Freunde, abgesehen von den Krankenschwestern, mit denen sie zusammenarbeitete und die Doug nicht hatte einladen wollen. Er meinte, dann wäre er zu befangen, weil sie seine Untergebenen waren. Doch selbst Phoebe begriff, dass ihre Kolleginnen in seinen Augen nicht vornehm genug waren und seinem Ansehen schaden würden. Er ließ Phoebe auch nicht ihre früheren Mitbewohnerinnen einladen. Die einzigen Freunde bei der Hochzeit würden seine sein.

Phoebe verbrachte den Abend vor der Hochzeit mit ihren früheren Mitbewohnerinnen in ihrem Apartment, damit Doug sie vorher nicht sah. Faith suchte sie dort auf, um ihr mit dem Kleid zu helfen. Sie war bereits früh am Morgen im Club gewesen, um den Aufbau zu beaufsichtigen. Faith trug ein langes schlichtes dunkelblaues Seidenkleid, das sie oft zu Hochzeiten anzog. Es war vollkommen neutral, sodass sie nicht aus der Menge hervorstach und womöglich irrigerweise den Eindruck erweckte, als würde sie mit den Gästen konkurrieren.

Sie fand Phoebe in Panik vor, und ihre Mitbewohnerinnen waren unterwegs. Da diese nicht zur Hochzeit eingeladen waren, waren sie nicht geblieben, um ihr beim Anziehen zu helfen. Faith hatte eine Hairstylistin und Kosmetikerin für sie buchen wollen, aber Doug hatte es nicht gestattet. Er meinte, er bevorzuge den natürlichen Look bei ihr, statt dass sie von einer Stylistin zurechtgemacht würde, um anschließend wie eine Prostituierte auszusehen. Also hatte sie die Haare zu einem schlichten Knoten hochgesteckt, und sie sah wunderschön aus, auch ohne professionelle Hilfe. Sie war so hübsch, dass nichts ihrem Aussehen etwas anhaben konnte.

»Der Club sieht fantastisch aus«, versicherte Faith ihr, um sie zu beruhigen. Phoebe nickte und sah ihr in die Augen. Faith las Kummer und Angst in ihren, und Enttäuschung.

»Ich dachte, heute würde es anders sein«, sagte sie traurig. »Ich habe mir immer gewünscht, dass meine Schwester und meine Mom dabei wären, wenn ich heirate, auch meine Kolleginnen und Mitbewohnerinnen. Die sind alle sauer auf mich, weil ich sie nicht eingeladen habe, aber das ging nicht. Doug wollte es einfach nicht. Das Kleid ist so eng, dass ich mir nicht sicher bin, ob ich es bis zum Altar schaffe. Was ist, wenn ich stolpere?«

»Das werden Sie nicht, gehen Sie einfach langsam«, riet Faith ihr mit sanfter Stimme. »Möchten Sie von mir zum Altar geführt werden?«, bot sie an. Phoebe zögerte, aber dann nickte sie.

»Würden Sie das tun?«

»Natürlich. Das habe ich schon mehrmals getan.«

»Doug will, dass ich allein gehe, aber ich glaube nicht, dass ich das in diesem Kleid kann. Hinten war ein Schlitz, aber den hat er zunähen lassen. Er meinte, es sähe vulgär aus.« Er hatte alles getan, damit sie sich unbehaglich und unbedeutend fühlte. Er konnte nicht einmal bis nach der Hochzeit warten, um sie zu quälen und zu kontrollieren. Er hatte die Hochzeit zu einer Veranstaltung gemacht, die nur ihm und seinen Kollegen und Freunden Freude bereiten würde. Die Braut war völlig unwichtig und höchstens sein Anhängsel.

Trotz allem, was Doug angerichtet hatte, sah Phoebe noch wunderschön aus in dem strengen Kleid. Sie strahlte etwas Majestätisches aus, wie sie dastand, beinahe erwürgt von dem viktorianischen Kragen. Sie konnte nur ganz kleine Schritte machen. Faith benutzte ihr eigenes Make-up, um Phoebes

Augen zu akzentuieren und ein wenig Rouge auf ihre Wangen aufzutragen. Die junge Frau war weiß wie das Kleid, das sie trug. In den Wagen zu steigen, den Faith unten mit einem Fahrer warten ließ, gestaltete sich sehr sportlich, und sie mussten ihr mit vereinten Kräften beim Einsteigen helfen. Sie musste sich auf dem Rücksitz nach hinten fallen lassen und zur Seite drehen, da sie sonst kaum atmen konnte; der Schlitz in ihrem Kleid war bis zum Knöchel zugenäht. Das Aussteigen vor dem Seiteneingang des Clubs, der normalerweise von Lieferanten genutzt wurde, war einfacher. Faith zog sie heraus, bis sie vor ihr stand, und dann ging sie mit Trippelschritten in den schmerzenden Pumps an Faiths Arm.

Phoebe hatte von Anfang an gesagt, dass sie in einer Kirche heiraten wollte, wogegen Doug frühzeitig sein Veto eingelegt hatte, denn er war Atheist.

Violet erwartete sie im Club, um ihnen zu helfen. Sie erzählte, Doug habe sie alle drei Minuten auf dem Handy angerufen, um sich nach letzten Details zu erkundigen. Dies war eine völlig andere Veranstaltung als Violets freundliche, elegante kleine Hochzeit nur einen Monat zuvor, auf der sie Faiths Kleid getragen hatte.

»Sie sehen wunderschön aus«, flüsterte sie Phoebe zu, kurz bevor sie den Warteraum verließen, und Phoebe lächelte.

»Danke für alles«, sagte sie leise. »Ohne meine Mom ist es schwerer, als ich dachte. Ich glaube, ich kenne hier niemanden. Ich bin Dougs Freunden bisher nicht begegnet. Für gewöhnlich geht er ohne mich aus.«

Erneut fragte Faith sich, warum er sie heiratete, aber vor allem fragte sie sich, wie Phoebe es zulassen konnte, dass ein Mann jede ihrer Bewegungen und jeden ihrer Atemzüge kontrollierte. Der einzige tröstliche Gedanke bei der ganzen Geschichte war, dass sie es vermutlich nicht lange aushalten würde. Zumindest konnte Faith sich das nicht vorstellen. Ab einem gewissen Punkt würde es zu schmerzlich werden, und dann würde sie explodieren. Faith hoffte, dass dieser Moment bald kommen würde. Bis dahin aber mussten sie erst einmal die Hochzeit durchstehen.

Violet gab ihnen ein Zeichen, als die Musik einsetzte, und Faith machte kleine, gemessene Schritte, zusammen mit Phoebe, die sich Balance suchend bei ihr untergehakt hatte. Sie ließ es aussehen, als sollte es so sein. Die beiden Frauen gingen durch die Tür und einen schmalen Flur, von wo aus sie in den Raum treten würden, in dem die Trauung stattfinden sollte. Faith sah, dass die Leute sie anstarrten. Trotz allem, was Doug getan hatte, war Phoebe eine wunderschöne Braut. Ihre schlichte Erscheinung in dem quälend engen Kleid unterstrich ihre Schönheit noch.

»Wir sind fast da«, flüsterte Faith, um sie zu ermutigen, aber da waren Phoebes Blicke schon fest auf Doug gerichtet. Die Art, wie er sie ansah, verriet Faith, dass er Phoebe allein mit dem Ausdruck in seinen Augen kontrollieren konnte. Sie bewegte sich roboterhaft auf den Mann zu, den sie heiraten würde. Jetzt hielt sie Faith auch weniger fest und schien fast über den Boden zu gleiten, trotz des engen Kleides und der hohen Absätze.

Faith übergab sie sicher und ohne jedes Missgeschick, und Doug sah Phoebe an, ohne eine Bemerkung darüber zu machen, wie schön sie aussah, wie es die meisten Männer beim Anblick ihrer Braut taten. Alles an Doug strahlte etwas Soziopathisches aus, das für Faith immer offensichtlicher wurde.

Sie richtete Phoebes Schleier und trat zurück, gerade weit genug, um helfen zu können, falls das nötig sein würde, und gleichzeitig aus dem unmittelbaren Blickfeld der Gäste zu verschwinden. Zu ihrem Job gehörte es, unsichtbar zu sein und zugleich in Reichweite, wenn sie gebraucht wurde.

Die Gäste hatten gestanden, während Phoebe sich langsam dem improvisierten Altar näherte; jetzt wurden sie vom Pfarrer aufgefordert, wieder Platz zu nehmen. Doug hatte immerhin so viel Kompromissbereitschaft gezeigt, ihr die Wahl des Pfarrers zu überlassen. Die Trauung war kurz, wie Doug es wollte, mit möglichst wenig Erwähnung des Religiösen. Sie benutzten die alte Version des Ehegelübdes, in dem »gehorchen« vorkam. Faith zuckte beinahe zusammen, als sie es hörte. Und gefühlt nur Augenblicke später wurden die beiden zu Mann und Frau erklärt; damit war Phoebes Schicksal besiegelt. Doug führte sie vom Altar weg und bewegte sich dabei ein wenig zu schnell, sodass sie kleine fliegende Schritte machen musste und fast stolperte. Dann stellten sie sich auf, und Faith blieb direkt hinter ihnen, um alles im Blick zu behalten, während die Gäste an ihnen vorbeizogen und gratulierten. Unmittelbar danach tauchte Doug in der Menge unter, um Freunde und Kollegen zu begrüßen. Phoebe blieb allein zurück, mit dem Brautstrauß aus weißen Orchideen in der Hand, und wirkte verloren. Faith ging sofort zu ihr und reichte ihr ein Glas Champagner. Phoebe trank einen großen Schluck und schien ein paar Minuten später schon weniger erstarrt.

Faith leistete ihr Gesellschaft, bis Doug zurückkam, kurz bevor alle sich zum Dinner setzten. Die Gäste in Abendgarderobe sahen sehr elegant aus, ebenso Doug in seinem neuen Smoking, den er für diesen Anlass gekauft hatte. Phoebe sah aus, als würde sie sich in dem steifen engen Kleid unwohl fühlen.

»Amüsierst du dich?«, erkundigte er sich, was für Faith fast wie ein Witz klang. Wie konnte sie sich amüsieren, wenn sie auf ihrer eigenen Hochzeit keinen einzigen Menschen kannte und der Bräutigam sie fast eine ganze Stunde lang allein gelassen hatte?

Sie gingen in den Ballsaal des Clubs, und die Blumenarrangements sahen wunderschön aus. Sie waren weniger üppig, als Faith es sich gewünscht hätte, aber Doug hatte streng auf die Preise geachtet. Er wollte Qualität, aber auf keinen Fall zu viel Geld dafür ausgeben. Der Club hatte sich aber alle Mühe gegeben, und Faith war sich sicher, dass es niemand bemerkte oder überhaupt so sehr auf die Blumen achtete wie sie. Phoebe schien von der Dekoration absolut gar nichts wahrzunehmen. Sie war überwältigt. So viele Fremde, und Doug lief umher, um mit Bekannten zu plaudern und andere willkommen zu heißen, und kein einziges Mal kam es ihm in den Sinn, Phoebe mitzunehmen. Die ganze Hochzeit schien allein seine Show zu sein, statt der besondere Tag des Hochzeitspaares, das in eine gemeinsame Zukunft startete. Faith kam die frischgebackene Ehefrau eher wie ein Teil der Dekoration vor, nicht wie zum Mittelpunkt der Feier gehörend. Es war allein Dougs Hochzeit, und Phoebe war lediglich am Rande dabei. Sie entspannte sich erst, als er sich endlich neben sie setzte.

Faith stand diskret an der Tür, von wo aus sie alles gut im Blick hatte, während Violet sich um den Partyservice und die Musiker kümmerte, damit alles reibungslos lief. Faith hatte sie sehr gut ausgebildet.

Reden wurden gehalten, voll des Lobes über Dougs Leistungen, aber auch zwei clevere, lustige, in denen er durch den Kakao gezogen wurde. Niemand erwähnte Phoebe, außer dass man ihr alles Gute wünschte, da niemand sie kannte.

Und in einem Raum voller Fremder, in einem fürchterlich unbequemen Kleid, in dem zu sitzen noch schwerer war als zu stehen, wirkte Phoebe unnahbar und kühl wie ein Mannequin. Leute lächelten sie an und bewunderten ihre Schönheit, aber Faith bemerkte erschrocken, dass niemand mit ihr sprach. Es war Dougs Aufgabe, sie den anderen vorzustellen und auf diese Weise miteinzubeziehen. Aber er machte keine Anstalten, das Scheinwerferlicht mit ihr zu teilen.

Faith war darüber nicht allzu überrascht, aber es machte sie traurig. Die Hochzeit war ziemlich exakt so, wie sie befürchtet hatte. Wie bei allem anderen ging es nur um ihn. Faith fiel auf, dass Phoebe nichts aß, und einige Male sah sie Tränen in ihren Augen. Sie dachte bestimmt an ihre Mutter und an ihre Schwester, die sie gern dabeigehabt hätte oder überhaupt eine weniger formelle Feier mit ihren alten Freunden. Aber das hätte Doug niemals zugelassen. Die meisten Gäste waren Ärzte, mit denen er in irgendeiner Weise beruflich zu tun hatte oder die er beeindrucken wollte. Es sah aus wie ein Medizinerkongress, bei all den vielen akademischen Titeln vor den Namen, in manchen Fällen galt das für beide Ehepartner. Faith fragte sich, wie viele von denen wirklich Dougs Freunde waren. Wie dem auch sei, es war eine perfekt organisierte Veranstaltung an einem tollen Ort, und alle freuten sich, dabei zu sein.

Doug tanzte den ersten Tanz mit Phoebe, was ein wichtiger Moment bei jeder Hochzeit war, ob groß oder klein. Die Gäste scharten sich um das Paar, schauten ihm zu und wünschten ihnen alles Gute. Doug hatte einen formellen und eleganten Walzer ausgesucht und Phoebe die Tanzschritte beigebracht. Anmutig bewegten sie sich durch den Raum, allerdings ein bisschen zu schnell für Phoebe, weshalb sie so verlegen und unbeholfen wirkte, wie sie sich fühlte.

Sie würden eine zweiwöchige Hochzeitsreise nach Bali und Vietnam unternehmen; Doug meinte, dorthin habe er schon immer reisen wollen. Eine Woche würden sie am Strand verbringen und sich entspannen, bevor er zu einem Medizinerkongress in Peking reisen und Phoebe allein nach Hause fliegen würde. Faith wusste, dass sie auf dem Rückweg in San Diego Station machen wollte, um ihre Mutter wiederzusehen, da Doug ohnehin nicht dabei wäre. Darauf freute sie sich mindestens so sehr wie auf den Rest.

Faith hoffte nur, dass sich irgendwie alles zum Guten wenden und er nett zu ihr sein würde, dass seine Schroffheit sich in Luft auflösen und er sein Herz für seine Frau öffnen würde. Sie hielt es nicht für sehr wahrscheinlich, aber vielleicht war er lernfähig, und die Freundlichkeit, die Phoebe in sein Leben brachte, würde ihn sanfter machen.

Jetzt, da Phoebe den Sprung gewagt hatte, hoffte Faith, dass es für sie gut ausgehen würde. Sie war eine reizende junge Frau und verdiente einen liebenden Ehemann, der sie zu schätzen wusste. Allerdings war es schwer, sich Doug in dieser Rolle vorzustellen. Aber möglicherweise würden sie alle überrascht sein. Faith am meisten. Sie konnte sich an keine Braut erinnern in all den Jahren, seit sie Hochzeiten plante und organisierte, um die sie sich solche Sorgen gemacht hatte. Oder eine Ehe, die sie derartig skeptisch betrachtet hatte.

Die Hochzeit verlief exakt so, wie Doug es gewollt hatte. Es herrschte keine warme Atmosphäre, aber es war eine schöne Veranstaltung. Er hatte die versammelte Gesellschaft beeindrucken wollen, und das war ihm gelungen. Faith schnappte Gesprächsfetzen auf, in denen die Leute sich gegenseitig versicherten, wie toll sie das Fest fanden. Niemand erwähnte die Braut. Es war das genaue Gegenteil der Hochzeiten, die sie normalerweise organisierte, bei denen die ganze Aufmerksamkeit beiden Brautleuten galt. Bevor der Pfarrer sich diskret aus dem Staub gemacht hatte, bat er Faith, die Heiratsurkunde als Zeugin zu unterschreiben. Dougs Geschäftspartner war der andere Zeuge. Sie fühlte sich beinahe schuldig, als sie es tat. Es hätte ein Familienmitglied oder eine Freundin sein sollen.

Die meisten Gäste blieben bis ganz zum Schluss. Phoebe warf ihren Brautstrauß, bevor sie gingen, und eine ältere Dame fing ihn; sie schien begeistert zu sein. Dann verschwanden Doug und Phoebe in einem Regen aus Rosenblättern und Reis vor dem Eingang des Clubs. Sie stiegen in einen Rolls-Royce mit Chauffeur, den Doug gemietet hatte, und sie sahen im Wegfahren sehr glamourös aus. Der attraktive Arzt und die wunderschöne blonde Braut.

Faith sah Phoebes trauriges, ernstes Gesicht durch das Fenster, dann ging sie wieder hinein, um schweren Herzens die Aufräumarbeiten zu beaufsichtigen. Es schien vorhersehbar zu sein, wie die Sache ausgehen würde. Sie hoffte, dass sie sich irrte.

Am Montagmorgen saß Faith an ihrem Schreibtisch und unterschrieb die letzten Rechnungen für die Kirk-Hochzeit. Die Summe deckte sich fast exakt mit der, die sie kalkuliert hatte. Alle waren innerhalb ihrer Kostenvoranschläge geblieben; das war der Vorteil einer Zusammenarbeit mit Lieferanten, die sie gut kannte. Sie konnte sich darauf verlassen, dass diese genau das taten, was sie angekündigt hatten, pünktlich und innerhalb des von ihnen angegebenen preislichen Rahmens. Die ließen sie nie im Stich, weshalb Faiths kleines Unternehmen so gut lief und ihre Hochzeiten stets erfolgreich über die Bühne gingen. Sie arbeitete nicht mit windigen Unternehmen zusammen, die sie möglicherweise betrogen oder gar nicht erst auftauchten.

Sie war gerade mit der letzten Rechnung fertig, als Miriam Albert sie anrief. Faith meldete sich sofort. Sie nahm an, dass es der Anruf war, den sie schon die ganze Zeit befürchtet hatte und bei dem es um die Stornierung der Hochzeit ging. Sie brauchte auch allmählich Gewissheit, da die Feier in drei Wochen stattfinden sollte.

Sie schlug einen heiteren Ton an und rechnete mit Tränen am anderen Ende.

Miriam kam gleich zur Sache. »Die Hochzeit wird doch stattfinden.« Sie war nie offiziell abgesagt worden, obwohl Miriam mehrmals damit gedroht hatte, um sich nicht der öffentlichen Demütigung auszusetzen, eine Hochzeit mit ihrem Mann zu veranstalten, der sie betrog und mit einer anderen Frau zusammenlebte. »Er ist aus der Wohnung ausgezogen und will wieder nach Hause kommen.« Sie klang aufgeregt. »Die kleine Hure ist gestern nach Italien abgereist. Mein Privatdetektiv hat es bestätigt, und wenn er zu mir zurückkommt, werde ich ihn umbringen, sollte er sich jemals wieder in ihre Nähe begeben. Er hat gesagt, dass er wieder nach Hause und es mit uns hinkriegen will.«

Faith hatte den Eindruck, dass der Geldbetrag, um den Miriam ihn zu erleichtern beabsichtigte, mehr mit dieser neuen Ergebenheit zu tun hatte, als echte Leidenschaft für seine Frau. Aber Hauptsache, es funktionierte für sie beide. Sie freute sich für die zwei, dass sie sich statt für die Scheidung für die Hochzeit entschieden hatten. Die frischen Wunden mussten erst noch verheilen, was Zeit brauchen würde, aber Miriam klang schon zuversichtlicher und schien zu glauben, dass die Absichten ihres Mannes ehrlich waren. Faith wusste, dass Annabelle erleichtert darüber sein würde, dass ihre Eltern wieder zusammenfinden wollten.

»Ich freue mich wirklich, das zu hören«, sagte Faith zu ihr. »Nicht nur wegen der Hochzeit. Ich weiß, wie schwer diese Sache für Sie und Annabelle war.« Der Vorteil bestand darin, dass Miriam auf diese Weise ihren Schwiegersohn besser kennengelernt hatte und dabei feststellen konnte, dass er ein guter Kerl war, wenn auch ein bisschen unkonventionell. Sie mochte ihn, und das war gut, würde er doch der Vater ihres neuen Enkels werden und auf diese Weise zu einer Person, die für immer in ihrem Leben sein würde. Er würde nun wirklich ein Mitglied der Familie werden. Selbst wenn er und Annabelle sich später scheiden ließen, würde er doch der Vater ihres Kindes bleiben und dadurch weiterhin eine Rolle in ihrem Leben spielen.

»Jack schwört, dass er so etwas nie wieder tun wird«, sagte Miriam und klang hoffnungsvoll. »Das sollte er auch besser nicht, denn ich werde ihn überprüfen. Ich werde ihm nie wieder vertrauen.« Faith fand, das war eine traurige Art zu leben, aber angesichts dessen, was passiert war, schien Miriams mangelndes Vertrauen in ihn gerechtfertigt zu sein. Einem Mann wie ihm konnte man nicht trauen, sobald es um Frauen ging. »Ich will, dass die Hochzeit fantastisch wird. Geben Sie so viel Geld aus, wie Sie wollen, es soll ihn ruhig etwas kosten. Nichts anderes hat er verdient, nachdem, was er uns zugemutet hat.«

»Jetzt gibt es ja wieder Hoffnung. Ich hatte gehofft, dass Sie die Dinge klären können, um Ihretwillen, aber vor allem wegen Annabelle. Sie hat sich große Sorgen gemacht.«

»Das weiß ich, und es ist nicht gut für sie und das Baby.« Miriams plötzliche Sorge um Annabelles ungeborenes Kind war ebenfalls neu und eine weitere Nebenwirkung ihrer Trennung von Jack. »Ich nehme an, wir werden einfach damit leben müssen. Jeremy ist ein guter Kerl. Er will sich jetzt einen richtigen Job suchen, und er hat sich mir und meiner Tochter gegenüber sehr lieb verhalten. Die beiden sollen, trotz des Verhaltens von Annabelles Vater, eine schöne Hochzeit bekommen. Warum sollte Annabelle auch darunter leiden, was ihr Vater getan hat?« Dann fiel ihr noch etwas anderes ein. »Wie hässlich ist das neue Kleid, das sie sich nähen lässt?«

»Es ist spektakulär. Sie sieht darin aus wie eine Prinzessin. Mir persönlich gefällt es sogar besser als das erste. Außerdem ist es derartig voluminös, dass man überhaupt nichts von ihrer … äh, ihrem Zustand sieht.«

Zum ersten Mal lachte Miriam. »Ihr ›Zustand‹ ist enorm. Sie sieht aus, als würde sie Drillinge bekommen. Als ich schwanger war, sah ich genauso aus. Manche Frauen legen sehr viel Gewicht zu, und später verlieren sie es wieder.« Miriam hatte es nie vollständig verloren, und Annabelle würde es möglicherweise ebenso ergehen. Bei ihrer Verlobung hatte sie vielleicht fünf Kilo zu viel gewogen, und jetzt wurde es rasch mehr wegen der Schwangerschaft. Das neue Kleid verbarg das jedoch sehr gut.

»Die Hauptsache ist, dass zwischen Ihnen und Jack alles wieder okay ist. Das sind großartige Neuigkeiten«, sagte Faith diplomatisch und meinte es aufrichtig. Es war besser für alle, wenn die Familie zusammenblieb. Schaden und Auswirkungen einer Scheidung wären größer als alles andere gewesen. Da Jack wieder an Bord war, wurde Annabelles Schwangerschaft zu dem, was sie war: einfach eine unerwartete frühe Schwangerschaft, aber keine Tragödie. Zusätzlich zu einer Scheidung hätte das zu einer katastrophalen Familiensituation geführt.

Jetzt hatten sie es nur mit einer verfrühten Schwangerschaft zu tun. Das kam oft vor, und durch die Ablenkung, die eine märchenhaft inszenierte Hochzeitsfeier bot, würden die Gäste schnell das Interesse daran verlieren. Eine skandalöse Scheidung wegen einer Ex-Stripperin hätte die Aufmerksamkeit viel länger gefesselt.

»Müssen wir alles neu buchen?«, fragte Miriam, bereit, weitere Schecks auszustellen, falls nötig, die durch das Konto ihres Mannes gedeckt waren.

»Es ist alles bestens. Ich habe nichts storniert, da ich nicht wusste, ob Sie absagen würden oder nicht.«

Eine ganze Weile sah es ganz danach aus, als würden sie genau das tun, nur hatte Miriam es eben nie bestätigt. Sie hatte abgewartet, was Jack wegen seiner Freundin unternehmen würde. Jetzt hörte sie sich an, als wäre sie bereit, es noch einmal mit ihm zu versuchen, falls er die Freundin wirklich verlassen hatte und sie auch nach der Hochzeit nicht wiedersehen würde. Tat er es doch, würde er einen enormen Preis dafür zahlen, und das war ihm gewiss auch klar. Faith war überzeugt, dass er der Freundin auch etwas hatte zahlen müssen. Sie fragte sich, ob die Freundin das Apartment behalten durfte für die Zeit nach ihrer Rückkehr aus Italien, und wenn nicht, ob er sie finanziell dafür entschädigt hatte.

Momentan sah es also so aus, als wäre jeder als Gewinner aus der Sache hervorgegangen. Miriam würde Jack zurückbekommen, er vermied eine teure Scheidung und Annabelle bekam ihre millionenteure Hochzeit. Was immer die Stripperin erhalten hatte, war eine Angelegenheit zwischen ihr und Jack. Faith nahm jedenfalls an, dass es eine großzügige Summe war.

»Es geht also mit Volldampf voran. Schnallen Sie sich gut an, Faith. Und ich muss mein Kleid ändern lassen, da ich wegen all des Stresses sechs Kilo abgenommen habe. Das Kleid, das ich gekauft habe, ist mir jetzt zu groß.«

»Na, das ist doch ein willkommener Nebeneffekt«, bemerkte Faith heiter und bedankte sich bei Miriam, dass sie Bescheid gesagt hatte.

Tatsächlich hätten einige Dinge längst geklärt sein müssen. Aber es war kein echter Schaden entstanden, und Faith konnte alles schnell in Ordnung und wieder auf den Weg bringen. Es wäre eine sehr teure Angelegenheit geworden, alles zu stornieren, aber Faith hätte es getan, wenn ihre Kunden es so gewollt hätten. Es waren tolle Nachrichten, dass sie es nicht tun musste. Und es war ziemlich offensichtlich, dass viele Kräfte gewirkt hatten, um Jack und Miriam wieder zusammenzubringen, hauptsächlich finanzielle. Miriam hatte diesmal die Oberhand behalten. Jack hatte kein Interesse daran, mehr als die Hälfte seines Geldes loszuwerden, und es lagen viele Ehejahre hinter ihnen. Miriam wollte ihren Mann nicht verlieren, und Annabelle wollte keine Hochzeitsfeier, auf der ihre Eltern sich im Krieg befanden. Alles lief also wieder nach Plan.

Nachdem sie aufgelegt hatte, ging Faith in Violets Büro, wo sie einen Ordner mit Vorschlägen rund um den großen Tag zusammenstellte, für zwei neue Kunden, die im Dezember heiraten wollten. Das Leben ging eben immer weiter, geheiratet wurde immer. Das war einer der großen Vorteile von Faiths Job. Es würde stets Leute geben, die heiraten wollten, mit den dazugehörigen Dramen. Normalerweise ging es in dem Beruf darum, einem glücklichen Ereignis einen entsprechenden Rahmen zu verschaffen, doch manchmal ergab sich ein Schlamassel wie dieser.

»Die Albert-Hochzeit findet statt«, rief Faith ihrer Assistentin von der Tür zu. »Wir legen los.«

»Und haben nur noch drei Wochen Zeit«, stellte Violet mit Blick auf ihren Kalender fest. Aber sie hatten die Vorarbeiten schon vor Monaten erledigt. Die Ehekrise zwischen Jack und Miriam hatte ihnen allen die Gelegenheit gegeben, darüber nachzudenken, was ihnen wichtig war. Die Hochzeit gehörte ganz offensichtlich dazu, und nur darauf kam es an. Nüchtern betrachtet ergab eine millionenteure Hochzeit keinen Sinn. Aber mit Vernunft hatte es auch nichts zu tun. Jack Albert konnte es sich leisten, und jetzt waren alle wieder an Bord. Mehr musste Faith nicht wissen, um weiterzumachen. Es stand ihr nicht zu, darüber zu urteilen oder eine Bemerkung zu machen, was man alles mit dem Geld sonst noch hätte anstellen können. Sie hatte jetzt einen Job zu erledigen und die bestmögliche Hochzeitsfeier zu organisieren, ganz den Wünschen der Alberts entsprechend. Es war das, was sie am besten konnte und weshalb sie sich überhaupt erst an Faith gewandt hatten. Und nun war sie es ihnen schuldig, für sie die größte, protzigste, extravaganteste und schönste Hochzeit der Welt auf die Beine zu stellen. Dafür blieben ihr noch drei Wochen Zeit.

Sie arbeitete gerade am Sicherheitskonzept für die Albert-Hochzeit, als Morgan sie am nächsten Tag anrief. Überall auf ihrem Schreibtisch verteilt lagen Verträge, Tabellen und Zeitpläne. Sie war dabei auszurechnen, wie viel die Überstunden der Security-Leute kosten würden.

»Sie ist schwanger!«, schrie er ins Telefon, und für einen Moment war Faith nicht ganz sicher, wer da sprach, aber dann begriff sie. Die Leihmutter war schwanger. Der Countdown bis zur Vaterschaft hatte begonnen.

»Herzlichen Glückwunsch!«, sagte sie. »Gut gemacht!«

»Im März soll das Kind zur Welt kommen. Ich kann es kaum erwarten. Alex will gleich anfangen, das Kinderzimmer einzurichten. Ich finde allerdings, wir sollten noch warten, um sicher zu sein, dass sie es nicht verlieren wird«, meinte er, aber Faith hörte seine Freude heraus. Sie hatten sich das Kind schon lange gewünscht und die Sache mit Ernsthaftigkeit und Verantwortungsbewusstsein in Angriff genommen. Und nun passierte es wirklich. Die zwei waren seit zehn Jahren zusammen und hatten in den vergangenen fünf Jahren ständig über die Gründung einer Familie gesprochen. Faith freute sich für sie. Die beiden waren gute, integre Menschen mit soliden Wertvorstellungen, einem warmherzigen Charakter und stabilen Lebensumständen. Faiths Ansicht nach würden sie tolle Eltern werden.

10. Kapitel

Die drei Wochen zwischen der Ankündigung Miriam Alberts, dass die Hochzeit stattfinden sollte, und dem vierten Juli, dem Tag der Veranstaltung, vergingen wie im Flug. Violet und Faith arbeiteten auf Hochtouren, klärten jedes Detail mehrfach ab und besuchten den Veranstaltungsort auf Long Island beinahe täglich. Es dauerte drei Tage, um das Hauptzelt für die Hochzeitsfeier aufzustellen, das Zelt, in dem der Partyservice das Essen vorbereitete, ein weiteres Zelt für das Mitternachtstanzen mit der zweiten Band, die Böden der Zelte einzubauen, die elektrischen Leitungen zu verlegen, die Kronleuchter aufzuhängen und die Generatoren aufzubauen, die alles mit Strom versorgten. Möbel wurden aus dem Haus geschafft, um mehr Platz für die Gäste zu haben, falls sie hineingingen. Formschnittpflanzen wurden geliefert, ebenso die gemieteten Stühle für die Trauung. Der Florist begann um fünf Uhr morgens am Freitag.

Es gab Hecken voller weißer Orchideen, Pfade, gesäumt von eleganten Topfpflanzen, Skulpturen aus fest verschnürten weißen Blumen, außerdem zwei enorme überlebensgroße Pferde aus weißen Rosen, die ihre Nüstern aneinanderschmiegten. Zusätzlich zierten aus Orchideen gefertigte weiße Schwäne den vorderen Rasen, zur Begrüßung der Gäste.

Fünfhundertsiebenundvierzig Gäste hatten zugesagt, von

sechshundertfünfzig verschickten Einladungen, und Annabelle kümmerte es mittlerweile nicht mehr, wie groß die Hochzeit würde. Für sie zählte nur der eine Gast, der sie zum Altar führen würde, und das war ihr Vater. Am vergangenen Wochenende war er wieder eingezogen und kam jeden Tag früh von der Arbeit nach Hause. Er war mit einem wunderschönen Diamantarmband für Annabelles Mutter zurückgekommen. Über den Tornado, den sie gerade durchgestanden hatten, wurde kein Wort mehr verloren. Sie ließen es hinter sich, und das zentrale Thema, das einzige momentan, war die Hochzeit.

Jeremy war erstaunt, als er die Vorbereitungen sah, erst die Konstruktion der Zelte, dann der Aufbau, dazu die Klimaanlagen und die Blumenskulpturen. Jeder Lieferant hatte seinen eigenen Arbeitsbereich und zahlreiche Mitarbeiter. Auf dem Gelände waren locker hundert Leute mit den Aufbauten und Installationen beschäftigt. Lieferwagen parkten mit Sondergenehmigung in der Straße. Alles wurde orchestriert und beaufsichtigt von Faith und Violet. Violet kümmerte sich um die Telefonate, während sich Faith am Veranstaltungsort aufhielt und jede mitarbeitende Person zur Höchstleistung und Perfektion anstachelte.

Jack und Miriam zeigten sich beeindruckt davon, wie gut Faith ihren Job machte, aber genau deswegen hatten sie sich ja an sie wegen Annabelles Hochzeit gewandt. Obwohl deren Schwangerschaft inzwischen offensichtlich wurde, kam das Thema nie zur Sprache. Es war völlig überlagert worden von der Affäre ihres Vaters. Später würde noch genügend Zeit sein, um das Baby gebührend zu feiern. Jetzt drehte sich alles nur um Annabelle und Jeremy. Faith versuchte sich auf die Braut zu konzentrieren.

Sie trat hinaus auf den vorderen Rasen, um gemeinsam mit Faith die fertigen Orchideen-Schwäne zu bewundern.

»Die sind fantastisch geworden«, sagte Annabelle dankbar, und Faith lächelte. Es war ihre Idee gewesen.

»Ich freue mich, dass sie Ihnen gefallen. Der Florist hielt mich für verrückt. Jetzt will er sie kopieren.«

»Sie sind fantastisch«, wiederholte Annabelle. Das Kleid war geliefert worden. Sie hatte es anprobiert, und es hatte perfekt gepasst. Es war von ihren nackten Schultern abwärts aus üppiger französischer Seide, mit langer Schleppe und einem zarten Schleier. Niemand würde sich dafür interessieren, dass sie schwanger war, außerdem gab es eine Menge anderer Dinge, die man sich ansehen konnte. Die zwei großen Pferde aus Rosen waren das Schönste, was jeder je gesehen hatte. Sie sahen aus, als wären sie aus Schnee gemacht, und ihre Pose, Nüstern an Nüstern, war ungewöhnlich und romantisch. Sie sahen fast echt aus, trotz ihrer enormen Größe.

Sobald die Tische aufgestellt und eingedeckt waren, verteilte Violet die Platzkarten und Tischnummern. Es gab Begleitkarten und Listen an verschiedenen Stellen, damit die Leute ihre Plätze mithilfe einer von Hand gezeichneten Karte leichter finden konnten. An jedes Detail war auf kreative Weise gedacht worden.

Annabelle beobachtete alles, während es Gestalt annahm. Es würde die Hochzeit des Jahrhunderts werden, und Faith hatte das großzügige Budget des Brautvaters gut eingesetzt.

An diesem Abend fand das Abendessen für alle Beteiligten der Hochzeitsprobe statt, das Jeremys Eltern ausrichteten, die ebenfalls wohlhabend waren, aber weniger zum Protzen neigten. Sie weigerten sich schlicht, ein Abendessen für annähernd sechshundert Leute zu veranstalten, was ihnen völlig übertrieben erschien. Sie begrenzten die Anzahl der Gäste auf hundert und wählten ein kleines exklusives Hotel. Sie schienen nette Leute zu sein, die in gewissem Wohlstand lebten, aber nicht annähernd in dem Stil der Alberts. Sie liebten ihren Sohn und mochten Annabelle, und sie waren sichtlich überwältigt von der Größe und dem Luxus der Hochzeit. In einem Moment allein mit Faith gestand Jeremys Mutter ihr, dass sie sich zuerst über die unerwartete Schwangerschaft aufgeregt, jetzt aber ihren Frieden damit gemacht hätten. Das Dinner wurde eine amüsante, entspannte Angelegenheit, die alle jungen Leute genossen.

Es endete früh, wie es bei einem Probedinner sein sollte, laut Faiths Buch der Etikette, und es wurde nicht getanzt. Jeremy übernachtete bei seinen Eltern, damit er Annabelle nicht vor der Hochzeit am nächsten Tag sehen würde.

Am Tag der Hochzeit tauchte eine Schar Hairstylistinnen und Kosmetikerinnen auf, um Miriams und Annabelles Haare und Make-up zu machen sowie die Brautjungfern und Annabelles Schwester Eloise zu stylen, die ihre Trauzeugin sein würde. Alle waren schwer beeindruckt von den Vorbereitungen, die sie draußen sahen. Sie verbrachten den Nachmittag damit, sich zurechtzumachen, und Annabelle und ihre Mutter hatten einen tränenreichen Moment, als Annabelle ihr Kleid anprobierte. Sie sah darin atemberaubend aus. Faith und Violet waren dabei, um ihnen zu helfen. Faith trug ihre dunkelblaue »Uniform«, wie sie ihr Outfit nannte, das dezent und angemessen war. Die Haare hatte sie zu einem tief sitzenden Dutt im Nacken zusammengebunden. Sie sah schön aus, weil sie es war, blieb jedoch so neutral wie möglich, um niemandem sonst auf der Hochzeitsfeier die Aufmerksamkeit zu stehlen. Annabelles Dutzend Brautjungfern hatten aufwendige Frisuren, waren sorgsam zurechtgemacht und trugen die gleichen braun-grauen Organza-Kleider, schlicht und sehr schick. Auch die hatte Jack bezahlt. Das Kleid von Annabelles Schwester war einen Ton dunkler. Faith hatte auch bei dieser Auswahl geholfen und eine Farbe empfohlen, die alle tragen konnten. Die Manolo-Blahnik-Pumps aus Satin hatten eine dazu passende Farbe, mit cognacfarbenen Strassschnallen. Alle Brautjungfern sahen hervorragend aus.

Die Gäste waren für sieben Uhr eingeladen, und die Feier sollte um halb acht beginnen. Vor der Trauung wurde kein Alkohol ausgeschenkt, wie es der Tradition entsprach. Auf dem weitläufigen vorderen Rasen sollten später Cocktails angeboten werden, und das Dinner war zwischen halb zehn und zehn geplant, wenn auch die Band zu spielen begann. Jeremy und Annabelle hatten ihre Lieblingssongs ausgewählt.

Alle fünfhundert Gäste saßen um sieben Uhr fünfundzwanzig auf ihren Plätzen. Annabelle brauchte ein paar Minuten, um sich zu sammeln. Sie hatte sich Perlen- und Diamantenohrringe von ihrer Mutter geliehen, trug ein blaues Seidenstrumpfband unter dem Kleid, und Faith gab ihr einen Penny, um ihn als Glücksbringer in den Schuh zu legen. Sie hatte auf jeder Hochzeit einen für die Braut dabei, weil jeder den Teil des Reimes, *... something blue, and a silver sixpence in her shoe*, in dem der Glückspenny erwähnt wurde, einfach vergaß. Faith hatte auch Phoebe einen gegeben und ihrer Mutter, als sie Jean-Pierre heiratete. Ihre Mutter war über dieses Detail amüsiert gewesen und hatte den Penny in einen ihrer Chanel-Pumps gelegt, damit er ihr Glück brachte.

Die Brautjungfern gingen über den langen weißen Satinläufer nach vorn. Es war exakt sieben Uhr fünfundvierzig, als

Annabelle am Arm ihres Vaters zum Altar geführt wurde. Sie sah elegant und prachtvoll aus. Sie lächelte scheu, als Jeremy sie ansah, nachdem sie durch die weißen Zeltvorhänge getreten war. Sie war eine wunderschöne Braut, und Jack hatte Tränen in den Augen, als er sie Jeremy übergab, ihren Schleier anhob und seinem Schwiegersohn den Arm tätschelte. Miriam weinte, als er sich neben sie setzte, und tupfte sich die Augen mit einem Spitzentaschentuch. Auch sie sah wunderschön aus in ihrem smaragdgrünen Satinkleid. Sie hatte das neue Diamantarmband umgebunden und trug Smaragdohrringe. Wohl niemand hätte beim Anblick der Alberts geahnt, was für eine traumatische Zeit sie gerade erst durchgemacht hatten. Irgendwie war es Miriam gelungen, ihre Ehe zu retten und ihre Würde zu bewahren, und dafür respektierte Faith sie. Sie war mehr als glitzernde Kleider und große Diamanten. Sie war eine starke Frau mit Herz und Mut, die entschlossen war, ihren Mann zu behalten.

Die Trauung verlief reibungslos und wurde von einem Pfarrer vorgenommen, den die Familie kannte. Annabelle hatte den gleichen Trauspruch gewählt wie Faiths Mutter, als sie Jean-Pierre geheiratet hatte, und es hatte eine ganz besondere Bedeutung, als Annabelle die Worte sagte, da das ungeborene Kind eine zusätzliche Verbindung zwischen ihr und ihrem künftigen Ehemann darstellte.

»… mit meinem Körper bete ich dich an …« Jeremy wiederholte die gleichen Worte nach ihr, mit bebender Stimme. Die Zeremonie war sehr bewegend. Dann schritten sie den Gang hinunter, bejubelt von ihren Freunden, nachdem sie Mann und Frau geworden waren, und Jeremy küsste Annabelle auf dem Rasen vor den beiden Rosen-Pferden und sagte ihr, dass sie die schönste Frau auf der ganzen Welt sei.

Faith und Violet lächelten sich von verschiedenen Standorten zu, und jede hatte ihre Funkverbindung im Ohr. Nach den vorangegangenen turbulenten Monaten der Vorbereitung lief die Hochzeit gut. Es folgte eine fröhliche Feier mit ausgezeichneten Weinen, köstlichem Essen und einer Band, die alle zum Tanzen brachte; später am Abend spielte eine weitere Band. Die Hochzeitstorte war eine magische Kreation. Es gab keine einzige Sache, mit der Faith unzufrieden gewesen wäre, und die Alberts versicherten ihr mehrmals, was für einen fantastischen Job sie gemacht habe.

Die Fotografen der *Vogue*, die über die Hochzeit berichteten, waren diskret und zogen sich früh zurück. Die Fotografin, die Faith für die Alberts engagiert hatte, arbeitete mit vier Assistentinnen zusammen und fotografierte alle den ganzen Abend lang.

Die Party dauerte bis vier Uhr morgens, und Faith blieb wie immer bis zum Ende. Als sie ging, waren die Abbau-Teams bereit. Braut und Bräutigam hatten sich gegen drei verabschiedet. Annabelle verließ die Feier nur sehr schweren Herzens, aber sie war erschöpft. Eine ihrer Freundinnen fing den Brautstrauß, und ihre Schwester war mit einem der Trauzeugen um zwei verschwunden.

Faith bot an, zurück in die Stadt zu fahren. Violet war müde, und zehn Minuten nachdem sie das Tor des Anwesens der Alberts passiert hatten, war sie tief und fest eingeschlafen. Sie wachte erst wieder auf, als Faith sie zu Hause absetzte.

Faith empfand eine tiefe innere Zufriedenheit, wie stets, wenn sie einen Job erfolgreich erledigt hatte. Und es war eine der herausforderndsten Hochzeiten gewesen, die sie je organisiert hatte. Am Ende hätte es nicht besser laufen können.

Als sie Jack und Miriam auf der Tanzfläche sah und er sie küsste, hatte sie lächeln müssen.

Die Hochzeitstorte war besonders schön geworden, mit Miniaturen der beiden weißen Pferde obendrauf. Faith hatte an alles gedacht, und Jack und Miriam bedankten sich überschwänglich, bevor sie sich auf ihr Zimmer zurückzogen, weit nach zwei Uhr morgens. Danach waren die jungen Leute am Zug. Faith wünschte, alle ihre Hochzeiten wären so erfolgreich wie diese, immerhin trotz der vorangegangenen Dramen wegen Jacks Untreue und Annabelles Baby. Allerdings konnte sie auch nur selten mit einem so großen Budget arbeiten, und sie wusste, dass das so bald nicht wieder vorkommen würde.

Das Feuerwerk um Mitternacht war besonders beeindruckend gewesen und hatte die feierliche Atmosphäre verstärkt.

Als sie sich in der Stille ihres Hauses auszog, war es schon fast sechs Uhr morgens. Die Sonne war noch nicht aufgegangen, und sie hörte die ersten Vögel zwitschern, die darauf warteten, dass es hell wurde. Sie wusste, dass sie sich an diese Nacht und die Alberts noch sehr lange erinnern würde.

Am Montag erhielt sie von den Alberts eine kleine Schachtel. Die lag auf ihrem Schreibtisch, als sie um zehn in ihr Büro kam. Violet tat geheimnisvoll. Jack hatte es persönlich auf dem Weg zur Arbeit abgegeben.

Faith öffnete die Schachtel und fand ein schmales funkelndes Diamantarmband, zusammen mit einer Nachricht von Jack und Miriam: »Für die beste Hochzeitsplanerin der Welt. Es war traumhaft! Alles Liebe, Jack und Miriam.«

Verblüfft sah sie Violet an. Niemand hatte ihr je zuvor ein Geschenk wie dieses gemacht. Violet half ihr, das filigrane Armband aus Diamanten anzulegen.

»Du hast es dir verdient«, sagte Violet mit tiefem Respekt. »Eine solche Hochzeit habe ich noch nie gesehen.«

»Ich konnte auch mit einem großen Budget arbeiten«, erwiderte sie, sehr gerührt von dem großzügigen Geschenk. Die Alberts waren nette Leute, wenn auch ihrerseits Rohdiamanten, aber am Ende hatte Faith sie dann doch gemocht, selbst Jack mit seinen umherstreifenden, flirtenden Blicken. Sie hatte den Eindruck, dass er sich von nun an nicht mehr viel erlauben konnte in der Hinsicht.

»Es lag nicht am Geld«, meinte Violet. »Die Blumenpferde waren unglaublich, und dann noch die Schwäne. Es sah alles so wunderschön aus, und es hat Spaß gemacht. Ich fand es toll.«

»Ich auch. Und ich glaube, Annabelle und Jeremy hat es auch gefallen, obwohl sie anfangs ja keine große Hochzeit wollten. Sie haben es gut aufgenommen. Ich habe versucht, es nicht zu pompös zu gestalten, sondern der ganzen Veranstaltung eine intime Atmosphäre zu geben, was bei fast sechshundert Gästen nicht leicht war.«

»Es war magisch«, sagte Violet, während Faith sich wieder hinsetzte. Das Geschenk war völlig unerwartet gekommen, aber es bedeutete ihr viel.

Faith lächelte noch, als Violet an ihren Schreibtisch zurückkehrte und ihr Tränen übers Gesicht liefen. Sie hatte Faith etwas zu sagen, doch wollte sie ihr die momentane Freude nicht verderben.

Zwei Tage nach der Hochzeit riefen Morgan und Alex an. Sie wussten, dass Faiths große Long-Island-Hochzeit am Wochenende stattgefunden hatte, und erkundigten sich bei ihr, ob alles wie gewünscht geklappt hatte. Sie schilderte ihnen einige Eindrücke und wollte schon stolz von den Blumenpferden berichten, aber dann sah sie davon ab und konzentrierte sich ganz auf die bevorstehende Hochzeit der beiden. Bis zu dem Ereignis waren es nur noch sechs Wochen, und sie wollte, dass es ein großer Erfolg für die zwei wurde. Jetzt, da sie von der Schwangerschaft der von ihnen ausgewählten Leihmutter wussten, galt ihre Aufmerksamkeit wieder ganz ihrer Hochzeit. Außerdem lag bis März noch eine lange Wartezeit vor ihnen. Zwei der Embryos waren nicht angenommen worden, worüber sie froh waren, da sie nun mit nur einem Baby rechnen mussten. Es war ein Mädchen. Die Aussicht, möglicherweise Zwillinge oder Drillinge zu bekommen, hatte sie beunruhigt, aber die Leihmutter war bereit gewesen, das Risiko einzugehen, als drei befruchtete Eizellen eingesetzt wurden. Auf dem Ultraschallbild war dann jedoch zu sehen gewesen, dass die Leihmutter nur mit einem Kind schwanger war. Alles war auf dem modernsten technischen und wissenschaftlichen Stand erfolgt, und der Spezialist, mit dem sie zusammenarbeiteten, hatte großartige Resultate vorzuweisen. Bis jetzt war alles sehr gut verlaufen.

Die beiden luden Faith für Freitagabend zum Essen ein, und sie nahm mit Vergnügen an. Sie sagte, dass sie ihnen bei der Gelegenheit noch ein paar letzte Fragen zur Veranstaltung stellen wollte. Vor ihr lag eine ruhige Woche, in der sie sich von der Albert-Hochzeit erholen konnte.

Sie freute sich darauf, Alex und Morgan zu sehen.

Faith hatte Hope alles von der Albert-Hochzeit erzählt und Handyfotos von der Dekoration geschickt. Sie fand, dass es ihre bisher schönste Hochzeit war, sogar noch besser als die große Hochzeit, die sie im vorhergehenden Jahr organisiert hatte. Die war zwar größer gewesen, aber nicht so detailverliebt oder persönlich, und da hatte sie sich auch der Braut nicht so nah gefühlt. Bei den Alberts hatte sie sich mitten in einem Familiendrama wiedergefunden und sich ihnen dadurch am Ende verbunden gefühlt.

Alex und Morgan hatten ihr gesagt, sie könne Jeans zum Dinner tragen. Man würde zwanglos im Garten essen, und als sie dort eintraf, war sie erstaunt, Morgans Bruder Edward zu sehen. Sie hatten ihr nicht erzählt, dass er kommen würde, und prompt fragte sie sich, ob das geplant war, was ein gewisses Unbehagen in ihr auslöste, obwohl sie ihm ja schon einmal begegnet war.

»Ich hoffe, es macht Ihnen nichts aus, dass ich auch heute Abend dabei bin«, meinte er freundlich. »Ich habe erst gestern Abend erfahren, dass ich heute Morgen zu einem Meeting in die Stadt muss, daher habe ich die Jungs gefragt, ob ich vorbeikommen kann. Ich reise morgen wieder ab, deshalb war es meine einzige Chance, die zwei zu sehen. Und da mein Sohn in den Hamptons ist, wäre ich ansonsten aufgeschmissen gewesen.«

»Nein, es macht mir überhaupt nichts aus.« Sie lächelte ihn an, und sie plauderten ein wenig. Er berichtete, dass er ein Apartment gefunden habe, nicht weit von ihrem Haus. Es gefiel ihm, und es lag in angenehmer Entfernung zu seinem Büro. Er begann seinen Tag gern mit einem Fußweg zur Arbeit, bevor er für den Rest des Tages an den Schreibtisch gekettet war. Morgan erzählte, er sei ein begeisterter Tennisspieler und habe in seiner Jugend Meisterschaften gewonnen.

»Danke für die Warnung.« Faith grinste breit. »Ich kann kaum den Ball treffen. Sport war nie meine Stärke. Ich war die Studentin, meine Zwillingsschwester war die Athletin. Ist sie immer noch.«

Er fand es faszinierend, dass sie eine Zwillingsschwester hatte, auch wenn sie keine eineiigen Zwillinge waren. Während des Dinners zeigte sie Fotos der Albert-Hochzeit herum, und alle drei waren beeindruckt.

»Sie sind ein kreatives Genie, wenn Sie diese Dekoration entworfen haben«, sagte Edward voller Bewunderung. »Diese Pferde sind unglaublich, sie sehen nahezu echt aus.«

»Mein Florist ist ein Künstler, das Lob gebührt also ganz ihm«, erklärte sie bescheiden. »Ich hatte bloß die Idee. Er hauchte ihr Leben ein. Alle waren begeistert.« Sie zeigte ihm auch die Schwäne.

»Ich wünschte, wir könnten etwas Ähnliches haben, aber in dem Haus, in dem wir feiern, ist kein Platz, trotz des Ballsaals.«

»Eure Hochzeit wird genauso etwas Besonderes werden und euch beide repräsentieren«, erklärte sie. Die Feier würde außerdem klassisch und elegant und weniger pompös sein, was zu ihnen passte.

Sie sprachen über eine Vielzahl von Themen während des Essens bei Kerzenschein im Garten, das in entspannter, angenehmer Atmosphäre verlief. Es gab Pasta und Salat und kaltes Huhn. Es war das perfekte Essen an einem sehr warmen Abend. Beim Dessert stieß Alex einen dramatischen Seufzer aus und erklärte, sie müssten eine schwierige Entscheidung treffen. Faith war besorgt, dass etwas mit der Leihmutter passiert sein könnte.

»Wir waren uns nicht sicher, was wir tun sollen, Adoption oder Leihmutterschaft«, erklärte Alex. »Daher entschlossen wir uns, beides in die Wege zu leiten und das zu nehmen, was zuerst kommen würde. Uns beiden gefiel die Vorstellung, ein Baby via Leihmutter zu bekommen, das genetisch zu uns gehört, zumindest *auch* zu uns. Aber wir waren ebenso offen für die Adoption eines Babys, mit dem wir nicht biologisch verwandt sind. Der Adoptionsprozess ist langwieriger, und keiner von uns beiden wollte drei oder vier Jahre warten müssen. Wir sind schon seit einer Weile bereit. Wir fanden eine wundervolle Leihmutter und setzten auf sie.«

»Ist etwas vorgefallen?«, fragte Faith besorgt. Vielleicht hatte die Leihmutter das Baby verloren, oder sie waren bei ihr auf etwas Übles gestoßen, wie Drogen oder riskantes Verhalten. Oder dass sie rechtlich gegen die beiden vorging, nachdem sie schwanger geworden war. Dabei freuten die beiden sich schon auf ihr Töchterchen.

»Ja, es ist tatsächlich etwas geschehen«, antwortete Morgan, der noch keine Gelegenheit bekommen hatte, es seinem Bruder zu erzählen. »Gestern Abend erhielten wir einen Anruf von einer privaten Adoptionsagentur in Florida, bei der wir uns registriert haben. Die haben ein Baby, das perfekt zu uns zu passen scheint. Ein Junge. Die Mutter ist ein junges Mädchen aus einer verantwortungsbewussten Familie. Sie studiert im ersten Semester am College, hat einen festen Freund seit dem sechzehnten Lebensjahr, nette Eltern, alle respektabel und mit Collegebildung, ihr Vater ist Arzt. Sie wurde schwanger und merkte es erst im fünften Monat. Sie ist ein wenig naiv und wollte es nicht wahrhaben. Ursprünglich wollte sie das Baby behalten, aber inzwischen haben ihr Freund und sie sich getrennt, und ihr wird klar, dass sie das nicht allein schafft. Er hat auf dem College ein anderes Mädchen kennengelernt, deshalb ist es aus zwischen ihnen. Es sind eben noch Kids. Klingt, als hätten sie noch einen weiten Weg vor sich, bis sie erwachsen genug sind, um eine Familie zu gründen. Sie sind selbst noch Kinder. Das Mädchen und ihre Eltern haben beschlossen, dass es das Beste für das Kind ist, es Leuten zu geben, die ihm ein gutes Leben bieten können. Der Vater des Babys ist einverstanden.

Florida gehört zu den Bundesstaaten, in denen es ein wenig einfacher ist, ein Kind zu adoptieren. Es funktioniert unkompliziert und relativ schnell. Dort gibt es keine Widerrufsfrist. Das Einverständnis für eine Adoption ist dauerhaft und nach der Unterschrift nicht mehr rückgängig zu machen. Die Agentur hat noch zwei andere Paare, die interessiert sind, aber es ist für beide der falsche Zeitpunkt. Für uns auch. Wir haben schon ein Baby, das unterwegs ist, und wir wollen nicht zwei gleichzeitig, wie Zwillinge, obwohl wir auch das natürlich akzeptiert hätten, wenn es so gekommen wäre. Allerdings waren wir froh, dass es nicht der Fall ist. Der errechnete Geburtstermin dieses Babys ist in zwei Wochen, daher könnte es jeden Tag so weit sein. Wir müssen uns also jetzt entscheiden. Sie wollen vor der Geburt alles Nötige für die Adoption in die Wege leiten. Es wäre vernünftig, Nein zu sagen, aber nun wissen wir nicht, was wir tun sollen.«

Sie sahen beide sehr bekümmert aus, und es war offensichtlich, dass sie mit sich rangen. »Irgendwie fühlt es sich bei diesem Baby richtig an, für uns beide. Aber sie wären acht Monate auseinander. Wir wollen ein zweites Baby, aber nicht gleich. Wir wären auf der Stelle eine komplette Familie und sind überhaupt nicht vorbereitet.« Die beiden Männer sahen sich an.

»Wir würden in zwei Wochen Eltern sein. Wir wollen mehr Zeit für uns. Wir haben alles sorgfältig geplant. Und jetzt überschlagen sich die Ereignisse. Bis März hätten wir genug Zeit, um alles in die Wege zu leiten. Kann man innerhalb von zwei Wochen überhaupt für ein Baby bereit sein? Unseren Adoptionseignungstest haben wir bestanden, also gibt es von der Seite grünes Licht. In Florida kann die Mutter achtundvierzig Stunden nach der Geburt das Adoptionseinverständnis geben. Wir müssten noch zwei Wochen auf die behördlichen Papiere bei einer Adoption aus einem anderen Bundesstaat warten, dann könnten wir das Baby zu uns nach Hause holen. Drei Monate später wäre die Adoption endgültig. Und da es in Florida keine Widerrufsphase gibt, kann die Mutter auch ihre Meinung nicht mehr ändern, ein Szenario, vor dem wir uns bei einer Adoption stets gefürchtet haben. Wir haben mit dem Vater der jungen Frau gesprochen, und er meint, seine Tochter sei entschlossen, das Baby abzugeben, weil es ihrer Ansicht nach das Beste für das Kind wäre.

Trotzdem käme es mir so vor, als würden wir jemandem das Kind wegnehmen. Sie will wissen, wo es lebt, damit sie sich eines Tages, irgendwann in der Zukunft, kennenlernen können. Aber sie will keinen dauerhaften Kontakt, damit wäre das also für uns geklärt. Ich will schließlich nicht auch noch die Mutter adoptieren.«

»Das klingt nach echtem Leben für mich«, meinte Edward mit einem ironischen Lächeln. »Das Leben passiert, während man gerade andere Pläne macht. Morgan weiß genau, wie es mir ergangen ist. Ich besuchte das College und war in einer ähnlichen Situation wie diese junge Frau jetzt. Neunzehn Jahre alt, und meine Freundin wurde schwanger. Sie hatte solche Angst vor ihren Eltern, dass sie es niemandem erzählte, nicht einmal mir. Im Schnelldurchlauf: Wir heirateten und bekamen Wesley, als ich zwanzig war. Seine Mutter war ein nettes Mädchen, nur hatten wir außer ihm nichts gemeinsam. Die Ehe hielt zwei Jahre. Wir trennten uns am Ende des Studiums und ließen uns scheiden. Und es waren keine glücklichen zwei Jahre. Kinder sind besser dran, wenn sie von Erwachsenen erzogen werden, nicht von Kids. Wes hatte einen holprigen Start. Seine Mutter bekam nach dem College Drogenprobleme. Die überwand sie zwar, aber es brauchte eine Weile, weshalb er ständig zwischen seinen Großeltern und mir pendelte. Ich studierte damals Jura und konnte mich nicht um ihn kümmern. Letztlich erhielt seine Mutter wieder das Sorgerecht, aber sie ist immer noch unreif und ein bisschen verrückt. Wes und ich lernten uns erst richtig kennen, als er schon ein Teenager war. Mittlerweile stehen wir uns nah, aber das hat gedauert. Ich musste selbst erst richtig erwachsen werden, als er geboren wurde. Also glaube ich, dass dieses Mädchen die richtige Entscheidung trifft. Die Frage lautet demnach, was die richtige Entscheidung für euch ist.

Ich sollte mich vielleicht heraushalten, aber das tue ich nicht. Ihr zwei werdet fantastische Eltern sein, ob ihr nun im nächsten März oder jetzt im Juni loslegt. Ihr seid bereit und beide reif und verantwortungsbewusst genug. Ihr wollt zwei Kinder, also welchen Unterschied macht es, ob sie ein Jahr auseinanderliegen oder zwei oder acht Monate? Was ich bisher gehört habe, klingt nach einer idealen Gelegenheit, die sich nicht oft bietet. Wird das Baby euer Leben durcheinanderwirbeln? Verdammt, ja!« Er grinste. »Ständig, für die nächsten vierzig oder fünfzig Jahre. Nichts wird euer Leben je mehr durcheinanderbringen als ein Kind. Oder euch so viel Freude schenken. Das eine Kind kommt also zu früh. Wenn ihr meine Meinung hören wollt – ich würde Ja sagen, nehmt den Jungen, und dann legt los, und im März wird eure Familie vollständig sein. Wenigstens sind sie zur gleichen Zeit in den Windeln.« Er lachte, und Morgan lächelte.

»Mein Bruder hat seine eigene Art, die Dinge zusammenzufassen, und er trifft sämtliche relevanten Aspekte genau auf den Punkt. Wir denken ganz ähnlich und sind nur ein wenig überrumpelt. Es wirft unsere Pläne über den Haufen. Meint ihr, wir sollten die Hochzeit verschieben und es einfach tun?«, wandte er sich an die anderen.

»Warum die Hochzeit verschieben?«, gab Edward zurück. »Ihr habt doch dadurch noch mehr Grund zu feiern. Außerdem freut ihr euch auf die Hochzeit. Also los! Was macht es schon, dass ein Baby auf euch wartet? Eure Kinder werden euch für den Rest eures Lebens überraschen. Dieses fängt nur etwas früher damit an. Ihr müsst tun, was euer Gefühl euch sagt. Niemand kann euch die Antwort geben. Sprecht miteinander und folgt euren Herzen.« Das war ein guter Rat. Er war ein warmherziger, einfühlsamer und vernünftiger Mann. Faith mochte ihn und das, was er sagte.

Sie hatte bisher geschwiegen, da sie nicht sicher gewesen war, was sie sagen sollte, aber jetzt meldete sie sich zu Wort. »Mir hat es immer gefallen, ein Zwilling zu sein, falls euch das weiterhilft. Acht Monate Altersunterschied ist doch ganz ähnlich. Meine Schwester und ich stehen uns sehr, sehr nah, und ich wäre verloren ohne sie. Sie ist meine beste Freundin.«

Sie nickten beide und wirkten nachdenklich. Edward und Faith blieben lange, und nachdem sie sich verabschiedet hatten, nahm Edward sie im Taxi mit.

»Es ist schwer zu entscheiden, was die beiden tun sollten«, sagte sie. »Aber so ist das Leben immer. Alles geschieht auf einmal. Entweder hat man zu viel oder zu wenig.«

»Haben Sie Kinder?«, erkundigte er sich, und sie schüttelte den Kopf.

»Es hat nie gepasst. Zwei gelöste Verlobungen. Ich habe nie geheiratet. Vermutlich bin ich zu freiheitsliebend. Meine Zwillingsschwester bekommt ihr viertes Kind und ist begeistert. Ich glaube, es gefällt mir besser, eine Tante zu sein als eine Mom, denn das wäre mir wohl zu viel Verantwortung.«

Er bewunderte ihre Aufrichtigkeit. »Meine Bräute sind meine Kinder, bis zur Hochzeit, danach sind sie auf sich allein gestellt.« Sie lächelte. »Die werden schnell groß.«

»Es war hart, mit zwanzig ein Kind zu haben. Er ist das einzige, das ich habe. Manchmal bedaure ich das, manchmal nicht. Es ist wie bei Ihnen. Auch ich liebe meine Unabhängigkeit. Man muss viel aufgeben, um gute Eltern zu sein. Mit zwanzig war ich nicht mal annähernd bereit für eine Frau und ein Kind. Ich habe es komplett vermurkst. Aber die Jungs werden es hinbekommen. Sie sind bereit. Ich hoffe, sie machen es und adoptieren dieses Baby.«

»Ich auch«, sagte sie nachdenklich. »Wir sehen uns auf der Hochzeit, und danke fürs Mitnehmen.« Sie sah ihn lächelnd an, als das Taxi vor ihrem Haus hielt. Es war ein schöner Abend gewesen.

»Vielleicht sehen wir uns vorher bei der Taufe«, sagte er, und sie lachten beide. Sie hatten keine Ahnung, was Alex und Morgan tun würden.

Er ließ das Taxi warten, bis sie sicher im Haus war. Sie dachte an Morgan und Alex und wie die beiden sich wohl entscheiden würden. In seinem neuen Apartment, ein paar Blocks weiter, dachte Edward an Faith. Ihm gefiel, wie couragiert und aufrichtig sie war und wie kreativ. Die Hochzeit, von der sie ihnen Fotos gezeigt hatte, musste spektakulär gewesen sein, und die Rosenpferde, die sie entworfen hatten, waren ein Kunstwerk. Er hoffte, Faith besser kennenzulernen. Es wäre schön, sie als Freundin zu haben, und er war froh, ihr begegnet zu sein.

Morgan und Alex lagen im Bett und redeten in dieser Nacht noch lange darüber, was sie wegen des Babys tun würden, das ihnen zur Adoption angeboten worden war.

»Fühlst du dich bereit?«, fragte Alex.

»Ich weiß nicht. Manchmal glaube ich, dass ich ein wirklich guter Vater sein werde, und dann wieder habe ich Angst, es zu vermasseln.«

»Wirst du nicht«, versicherte Alex ihm lächelnd. »Ich glaube, alle Eltern fühlen sich so. Im März werden wir nicht bereiter sein als jetzt.« Da hatte er wohl recht.

Über das Gespräch schliefen sie ein und wurden um sechs Uhr morgens vom Telefon geweckt. Morgan ging an den Apparat, am anderen Ende hörte er eine unbekannte Stimme.

»Tut mir leid, Sie geweckt zu haben. Hier spricht Dr. Greenville in Miami. Die Agentur hat Sie wegen meiner Tochter Heather Greenville kontaktiert. Sie erwartet ein Baby, einen Jungen. Ich weiß, dass Sie darüber nachdenken wollten, ihn zu adoptieren, und ich habe keine Ahnung, ob Sie sich schon entschieden haben. Die Agentur hat mir Ihre Nummer gegeben. Der Geburtstermin wäre eigentlich erst in zwei Wochen gewesen, aber ihre Wehen haben schon eingesetzt. Wir sind jetzt im Krankenhaus. Bei der ersten Geburt dauert es meistens eine Weile. Ich wollte es Sie nur wissen lassen, für den Fall, dass Ihre Entscheidung positiv ausgefallen ist und es Ihnen etwas bedeuten würde, bei der Geburt dabei zu sein. Damit will ich keinen Druck erzeugen, ich wollte Ihnen nur die Chance geben, anwesend zu sein, sollte es Ihnen wichtig sein.« Morgan starrte Alex erschrocken an.

»Das ist sehr nett von Ihnen, Dr. Greenville. Können Sie einen Moment dranbleiben?« Morgan hielt das Telefon mit einer Hand zu und sagte zu Alex: »Das Mädchen liegt in den Wehen. Das Baby kommt. Sie möchten wissen, ob wir der Geburt beiwohnen wollen.«

»Jetzt?« Alex sah aus, als hätte man ihm einen Eimer kaltes Wasser ins Gesicht geschüttet, während er nickte.

»Na los, machen wir es«, sagte Morgan und fühlte sich auf einmal mutig. »Ist das okay für dich?« Alex grinste und nickte.

»Ja«, sagte er und sprang aus dem Bett, während Morgan Dr. Greenville mitteilte, dass sie so schnell wie möglich kommen würden. Dann informierte der Doktor ihn, um welches Krankenhaus es sich handelte.

Mit emotionsgeladener Stimme fügte er hinzu: »Danke, auch im Namen meiner Tochter und des Babys. Gott segne Sie.«

Morgan standen Tränen in den Augen. »Wir erwarten im März ein Baby. Ich glaube, man könnte behaupten, wir bekämen so etwas wie Zwillinge«, sagte er und lachte trotz der Tränen. Sekunden später war das Gespräch beendet. Morgan eilte ins Badezimmer, um sich die Zähne zu putzen und Wasser ins Gesicht zu spritzen. Dann rannte er zum Kleiderschrank, um sich anzuziehen. Er stieg in seine Jeans und zog ein blaues Oxfordhemd sowie Gucci-Slipper an. Alex trug ein T-Shirt und ebenfalls Jeans und zog einen Blazer über. Morgan sah ihn an.

»Warum bist du so schick gekleidet?«

»Ich werde Vater, da muss ich respektabel aussehen«, erwiderte er, und Morgan lachte.

»Ich liebe dich. Wir sind beide verrückt, das weißt du, oder?« Alex grinste und nickte, und drei Minuten später steckten sie ihre Brieftaschen ein und eilten zur Tür hinaus. Alex strich sich die Haare glatt, weil er vergessen hatte, sie zu kämmen. Sie fanden ein Taxi und fuhren zum LaGuardia Airport. Der Fahrer brachte sie für ein großzügiges Trinkgeld in zwanzig Minuten dorthin. Sie erwischten um 7:20 Uhr einen Flug nach Miami, dessen Passagiere bereits an Bord gingen, und nahmen, einander anlächelnd, ihre Plätze ein. Ihr gemeinsames Leben war immer ein Abenteuer gewesen, und ganz sicher würde es jetzt noch aufregender werden. Die Hochzeit, die sie planten, war im Vergleich dazu nichts. Dies war eine richtig große Sache.

Morgan schrieb per Handy an seinen Bruder und Faith die gleiche Botschaft: »Baby kommt. Fliegen nach Miami. Gruß, Dad und Dad.«

11. Kapitel

Das Flugzeug landete ohne Verspätung um 9:50 Uhr auf dem Miami International Airport. Alex und Morgan nahmen ein Taxi zum Krankenhaus und eilten, kaum waren sie ausgestiegen, zum Informationstresen.

»Wir müssen zur Entbindungsstation. Wo ist die? Wir bekommen ein Baby«, sagte Alex, der seit der Landung ganz hibbelig war. Morgan war deutlich ruhiger.

»Ist das Baby schon zur Welt gekommen?«, erkundigte sich die Frau.

»Nein, die Frau liegt in den Wehen. Wohin müssen wir?«

Die Frau erklärte ihnen den Weg, und die beiden rannten zum Fahrstuhl.

Alex sah Morgan an, nachdem er den Knopf für das entsprechende Stockwerk gedrückt hatte. »Sehe ich schlimm aus?« Er wies auf den Blazer, den er trug.

»Ja«, antwortete Morgan, »wir beide. Ich habe mir die Haare nicht gekämmt, und du hast dich im Flugzeug mit Kaffee bekleckert. Ich glaube, so sollte man auch aussehen, wenn ein Baby zur Welt kommt. Das gehört irgendwie dazu. Männer eben.«

»Das ist so erwachsen. Sind wir bereit dafür?«, fragte Alex.

»Ja«, versicherte Morgan ihm und klang überzeugt, was Alex beruhigte.

»Ich dachte, alles würde organisiert und geordnet sein, wenn wir unser Baby bekommen. Wir würden sie in einem kleinen pinkfarbenen Outfit in ihrem neuen Kindersitz nach Hause fahren. Stattdessen sehen wir aus, als wären wir aus dem Gefängnis geflohen.«

»Das können wir im März immer noch hinbekommen. Dies hier ist etwas anderes«, meinte Morgan, als sie den Fahrstuhl verließen und zum Schwesternzimmer eilten. Tatsächlich hörten sie eine Frau hinter einer der Türen schreien. Es kam ihnen beiden wie eine TV-Show vor.

»Wir sind auf der Suche nach Dr. Robert Greenville und seiner Tochter Heather.« Die Krankenschwester am Tresen lächelte, als er ihr die Namen nannte.

»Sie erwarten Sie«, sagte sie ruhig. »Sie haben noch reichlich Zeit, es geht langsam voran.« Sie führte die beiden in einen kleinen Vorbereitungsraum, wo sie ihnen OP-Kleidung reichte und auf das Waschbecken zeigte, an dem sie sich die Hände waschen konnten. Außerdem gab es einen Spind für die Kleidungsstücke, die sie nicht im Kreißsaal tragen wollten. »Ich werde Bescheid sagen, dass Sie hier sind.«

Alex und Morgan fingen an, sich am Waschbecken die Hände zu schrubben, anschließend zogen sie die OP-Kleidung über ihre Jeans und Shirts. Alex hängte seinen Blazer in den Spind. Sie setzten sich etwas auf den Kopf, das wie eine Duschhaube aussah, und zogen Papierschoner über die Schuhe. Alex sah Morgan erschrocken an.

»Bringen wir das Baby zur Welt?«

»Ich hoffe nicht«, erwiderte Morgan grinsend.

»Ich dachte, wir sehen es auf der Säuglingsstation nach der Geburt.«

»Ich habe keine Ahnung, wie der Plan aussieht.« Noch

während Morgan das sagte, betrat ein freundlich aussehender Mann Mitte vierzig in gleicher Chirurgenkleidung den Raum.

»Danke, dass Sie gekommen sind. Ich bin Heathers Vater.« Er schüttelte beiden die Hand, und prompt fühlte Alex sich wieder wie ein Erwachsener. »Die Wehen kommen noch in recht großen Abständen. Ihre Mom ist jetzt bei ihr. Man wird ihr eine Periduralanästhesie geben, aber noch ist es zu früh dafür, daher muss sie es noch eine Weile aushalten. Die Wehen setzten ein, kurz bevor ich Sie angerufen habe. Beim ersten Baby kann es lange dauern, aber die PDA wird es ihr leichter machen. Bekommt sie die jedoch zu früh, hören die Wehen auf. Heather ist bereit, Sie dabei sein zu lassen, wenn Sie das möchten. Aber Sie müssen hinter ihrem Kopf bleiben. Sie ist erst achtzehn. Es ist hart für sie. Ich bin Geburtshelfer, aber ich bringe das Baby nicht zur Welt. Ich bin nur zur moralischen Unterstützung hier. Sie ist froh, dass Sie das Baby nehmen. Sie will einfach sicher sein, dass es ein gutes Zuhause haben wird. Die Agentur hat in den höchsten Tönen von Ihnen beiden gesprochen.«

»Es wird ein gutes Zuhause haben«, versicherte Alex ihm feierlich, und Morgan nickte. Sie folgten Dr. Greenville hinaus und in einen anderen Raum, ein paar Türen weiter. Dort lag ein hübsches junges Mädchen in einem Krankenhausnachthemd im Bett. Sie sah aus wie vierzehn und hatte lange blonde Haare. Sie richtete den Blick auf Morgan und Alex. Sie war mit einer Bettdecke und einer Wolldecke zugedeckt und an piepende Monitore angeschlossen.

»Sind das zusätzliche Ärzte, Dad? Stimmt etwas nicht?«

»Nein, dies sind Alex und Morgan, die beiden Männer aus New York, über die wir gesprochen haben. Die Dads des Babys.« Er hatte hörbar einen Kloß im Hals, als er das sagte.

Seine Frau saß neben ihrer Tochter und hatte die gleiche Kluft an wie die anderen. Heather hielt ihre Hand und verzog in plötzlichem Schmerz das Gesicht. Der Monitor zeigte an, dass sie eine Wehe hatte. Ihr Vater erklärte die Funktion der Monitore, einer für die Wehen, der andere für den Herzschlag des Babys, der, wie er sagte, kräftig und gleichmäßig war. Es handelte sich um eine heftigere Wehe, und Heather schrie auf und bat um die PDA. Ihr Vater entgegnete, dafür sei es noch zu früh. Eine Krankenschwester kam herein und forderte alle auf hinauszugehen, während sie Heather untersuchte, um zu sehen, wie es voranging. Heathers Mutter blieb bei ihr, und die drei Männer traten hinaus in den Flur.

»Wir wollen nicht stören, wenn unsere Anwesenheit es für sie schwerer macht«, sagte Morgan. Es war alles plötzlich überwältigend real. Sie hatten zwar ohnehin vorgehabt, bei der Geburt des Babys der Leihmutter dabei zu sein, wussten aber noch nicht viel über den Vorgang oder was sie dabei erwartete. Im Januar würden sie einen Kurs machen, jetzt aber waren sie unvorbereitet.

»Es war ihre Idee, Sie anzurufen und zu fragen, ob Sie hier sein wollen, wenn das Kind zur Welt kommt«, erklärte der Vater.

»Wir müssen nicht mit im Zimmer sein, wenn sie es nicht möchte«, sagte Alex. »Kann man ihr nicht jetzt schon etwas gegen die Schmerzen geben?« Es nahm ihn mit, das Mädchen leiden zu sehen, und schließlich würde sie mit leeren Händen nach Hause gehen, während sie ihr Kind mitnahmen. Plötzlich wurde ihnen beiden die ganze Tragweite voll bewusst. Die Leihmutter hatte einen Ehemann und zwei eigene Kinder, außerdem war sie schon zweimal Leihmutter gewesen. Es gab einen Vertrag. Alex und Morgan bezahlten sie, und sie war doppelt so alt wie Heather. Das hier war völlig anders, eine Teenagerin, die eine Geburt durchmachte, verängstigt, unter Schmerzen, und anschließend würde sie ihr Baby Fremden übergeben, zwei Männern, die sie nie zuvor gesehen hatte. Es war für alle Beteiligten schwer, obwohl Alex und Morgan dankbar dafür waren, hier sein zu dürfen und dass der Vorschlag von ihr gekommen war. Mehr denn je war ihnen jetzt klar, was für eine große Sache das war. Es war nicht mehr nur ein Plan oder eine Idee. Hier lag eine Person, ein junges Mädchen, das dieses Baby neun Monate in sich getragen hatte und es vielleicht liebte, wie den Vater des Kindes, und nun würden Alex und Morgan das Baby mitnehmen. Das kostbarste Geschenk, das sie in ihrem Leben jemandem machen konnte. Alex und Morgan wollten es ihr so leicht wie möglich machen und empfanden tiefe Dankbarkeit und Liebe auch, obwohl sie sie nicht kannten.

Ein paar Minuten später kam die Krankenschwester heraus und berichtete, es gehe gut voran. Sie sei bei vier, und Robert Greenville erläuterte Alex und Morgan, was das bedeutete: Ihr Gebärmutterhals war vier Zentimeter geweitet. Es mussten jedoch zehn Zentimeter werden, bevor das Baby herauskommen konnte. Die Wehen bewirkten, dass der Gebärmutterhals sich weiter öffnete, das war ihre Funktion.

»Sie sollte versuchen, sich zwischen den Wehen auszuruhen, um mit ihren Kräften zu haushalten«, erklärte der Arzt, während die drei Männer den Kreißsaal wieder betraten. Die Krankenschwester hatte das Licht im Zimmer gedimmt, und Heather hatte die Augen geschlossen, während ihre Mutter still auf einem Stuhl neben ihrem Bett saß. Morgan und Alex nahmen ihre Plätze in der Ecke hinter dem Kopfende des Bettes ein, auf zwei Stühlen, die von der Krankenschwester bereitgestellt worden waren. Von dort behielten sie die Monitore im Auge. Morgan zeigte mit dem Finger auf den Monitor, auf dem plötzlich die von den Wehen verursachten Ausschläge zu sehen waren. Heather schlug die Augen auf und schrie vor Schmerz. Die Wehe schien sich lange hinzuziehen. Heather hielt die Hand ihrer Mutter gedrückt und schloss wimmernd wieder die Augen. Vier Minuten später folgte die nächste heftige Wehe, danach schrumpften die Abstände auf drei Minuten. Als sie alle zwei Minuten kamen, konnten die Männer auf dem Monitor sehen, dass die Wehen an Intensität zunahmen und immer länger anhielten. Die Krankenschwester kam erneut herein, um nach Heather zu sehen. Diesmal blieb ihr Vater, um zu hören, was die Krankenschwester sagte. Alex und Morgan verließen das Zimmer und sahen einander im Flur stehend an.

»Das ist schrecklich. Warum gibt man ihr nicht irgendetwas? Armes Ding. Sie ist noch ein Kind«, sagte Alex aufgewühlt. Sie sah jünger aus, als sie war.

»Ihr Vater meinte, das geht noch nicht, sonst würde es den ganzen Prozess verlangsamen oder sogar die Wehen zum Erliegen bringen.« Morgan hatte das Gefühl, als wären sie Zeugen einer Art von Wunder, doch Alex konnte nur an die Tortur denken, die das Mädchen durchmachte, weshalb er hoffte, dass man ihr bald helfen würde.

Einige Minuten später kam ihr Vater heraus und berichtete, dass der Gebärmutterhals jetzt sechs Zentimeter geweitet sei und man ihr das Anästhesiemittel verabreichen werde. Der Narkosearzt sei auf dem Weg. Nach der Betäubung werde sie die Wehen nicht mehr spüren. Bei zehn Zentimetern könne sie anfangen zu pressen, und das Baby werde zur Welt kommen. Aus seinem Mund klang das ganz einfach, aber diesen

Eindruck machte es auf die beiden momentan nicht. Sie waren einverstanden damit, draußen zu warten, bis Heather die Periduralanästhesie bekommen hatte. Sie konnten das Mädchen schluchzen hören, als ihr Vater wieder hineinging.

Der Anästhesist kam fünf Minuten später und blieb für zwanzig Minuten, dann winkte Dr. Greenville sie wieder herein. Heather hatte eine Spritze in den Rücken bekommen, die eine lokale Betäubung für die restliche Dauer der Geburt auslöste. Alles von der Taille abwärts war nun taub. Sie lächelte Morgan und Alex zu und sagte »Hi«, als diese in ihre Ecke zurückkehrten. Sie sah jetzt viel entspannter aus als noch vor wenigen Minuten. Die Wehen waren weiterhin auf dem Monitor zu sehen, nur spürte Heather sie nicht mehr. Sie sprach leise mit ihrer Mutter und meinte, sie empfinde großen Druck, als wollte das Baby heraus.

Die Krankenschwester kam wieder herein und untersuchte sie unter einem Tuch, das sie komplett bedeckte. Lächelnd verkündete sie Heather, sie sei jetzt bei zehn und könne anfangen zu pressen. Sie verschwand, um den diensthabenden Arzt zu holen, der kurz darauf hereinkam und Heathers Vater begrüßte. Die beiden kannten sich. Der Arzt untersuchte das Mädchen und übernahm alles Weitere. Die Krankenschwester stand neben ihm, und Heathers Vater stellte sich neben seine Frau.

Inzwischen stand ihre Mutter über Heather gebeugt und strich ihr die Haare zurück, während auf dem Monitor eine sehr heftige Wehe zu sehen war. Heathers Füße wurden in einer Art Steigbügel fixiert, das Tuch blieb über ihr. Alex und Morgan konnten nichts sehen außer den Gesichtern der Leute im Raum. Der Arzt forderte Heather auf zu pressen. Er bat die Krankenschwester, bei der nächsten Wehe Druck auszuüben, und die Mutter, Heathers Schultern zu stützen, während sie presste. Die Wehen kamen jetzt im Abstand von einer Minute, und jedes Mal musste sie pressen. Man konnte ihr die Erschöpfung ansehen, und die Krankenschwester legte ihr eine Sauerstoffmaske an. Bei jeder Wehe feuerten die Krankenschwester, der Arzt und die Eltern das Mädchen an, zu pressen. Das tat sie, aber nichts passierte, weshalb die Krankenschwester Druck ausübte, damit das Baby herauskam. Der Arzt behielt Heather sehr genau im Auge, ihr Vater wirkte besorgt.

Es fühlte sich an wie eine Ewigkeit. Heather hatte zwar keine Schmerzen mehr, aber sie war erschöpft und sagte ständig, sie könne nicht mehr pressen. Die beiden Ärzte tauschten einen Blick, und Morgan und Alex fragten sich, was der zu bedeuten hatte. Dann sprach der Arzt in freundlichem Ton mit Heather.

»Wir sind da, um Ihnen zu helfen, Heather. Ich will, dass Sie so fest pressen, wie Sie können. Ich möchte einen Kaiserschnitt vermeiden. Ich weiß, dass Sie es schaffen.« Sie nickte und presste bei der nächsten Wehe noch stärker, und die Krankenschwester lächelte. Das Baby bewegte sich abwärts, die Bemühungen zeigten Erfolg. Heather sah ziemlich mitgenommen aus, und Morgan drückte Alex die Hand. Keiner von beiden gab einen Laut von sich. Nach einer halben Stunde des Pressens sagte der Arzt zu Heather, sie habe es bald geschafft. Das Baby war fast draußen, nur noch ein paarmal fest pressen, und es würde vorbei sein. Heather brachte noch einmal übermenschliche Kräfte auf, während Alex und Morgan sich fragten, ob das Baby jemals herauskommen würde. Dann ging alles sehr schnell. Die Krankenschwester zog die Abdeckung ein wenig zur Seite, damit der Arzt besser sehen konnte. Nachdem Heather erneut mit aller Kraft gepresst hatte, verkündete er, er könne den Kopf des Babys sehen. Im Zimmer war es still, während sie erneut presste, und das Baby glitt heraus und gab einen Schrei von sich. Es war ein starker, herzhafter Schrei, und Heather ließ den Kopf ermattet aufs Kissen sinken. Sie verabreichten ihr per Infusion ein Schmerzmittel, sobald das Baby geboren war, und der Arzt sah lächelnd zu den beiden Männern in der Ecke.

»Möchten Sie die Nabelschnur durchschneiden?«, fragte er sie, worauf beide den Kopf schüttelten. Sie weinten. Das Baby war ein großer, wunderschöner Junge, und seine Mutter hatte so hart gearbeitet, um ihn zur Welt zu bringen und ihnen zu übergeben. Ihr Sohn war ein wunderbares Geschenk.

Der Arzt durchtrennte die Nabelschnur, und die Krankenschwester erkundigte sich mit sanfter Stimme bei Heather, ob sie das Baby halten wolle. Sie schüttelte den Kopf. Sie war bereits ein wenig benommen von dem, was man ihr verabreicht hatte. Der Kinderarzt kam zusammen mit einer Krankenschwester herein, die den Jungen wog.

»Neun Pfund und 113 Gramm«, verkündete sie, und alle machten erstaunte Gesichter. Heather war inzwischen von den Medikamenten eingedöst, und die Krankenschwester kümmerte sich um den Rest, bevor der Arzt Heather nähte. Sie war ein wenig eingerissen, was bei einem Baby dieser Größe keine Überraschung war. Sie schlief, während sie versorgt wurde, und ihre Eltern sprachen leise miteinander. Auch für sie war es ein emotionaler Moment, schließlich handelte es sich um ihr erstes Enkelkind, das sie nie wiedersehen würden. Robert rieb seiner Frau zärtlich den Rücken. Sie hatte die ganze Zeit neben Heather gestanden. Dann fragte der Kinderarzt die beiden neuen Väter, ob sie ihren Sohn halten wollten. Alle Anwesenden waren über die heikle Situation informiert worden und gingen sehr achtsam und mitfühlend damit um.

Alex trat vor und streckte die Arme aus, als die Krankenschwester ihm das Baby gab, den Erstgeborenen der beiden. In diesem Augenblick begriffen sie, dass es keine Rolle spielte, wer das Kind geboren hatte oder wie; allein dass sie da waren, war ein Geschenk, und sie liebten das in eine Decke gewickelte Baby vom ersten Moment an. Sie hatten den Jungen gewaschen, und Alex küsste ihn und gab ihn behutsam an Morgan weiter, der den Kleinen hielt und ehrfürchtig betrachtete. Sie waren so glücklich, dass sie dabei gewesen waren und Heather ihnen erlaubt hatte, diese gesegnete Zeit mit ihr zu teilen, immerhin die ersten und letzten Momente mit dem Kind für sie, das auch ihr Sohn war. Alex und Morgan würden ein ganzes Leben mit ihm haben, Heather nur Stunden, und sie hatte diese Zeit mit ihnen geteilt. Keiner von den beiden konnte sich ein großzügigeres Geschenk vorstellen.

Eine Krankenschwester führte sie zur Säuglingsstation und legte das Baby in einen durchsichtigen Kinderkorb. Heathers Eltern waren bei ihr geblieben. Sie würde bald in den Aufwachraum gebracht werden und dort, angesichts der Medikamente, die man ihr verabreicht hatte, noch einige Stunden schlafen.

Alex und Morgan saßen abwechselnd in einem Schaukelstuhl im Säuglingszimmer und hielten das Baby, während sie sich ehrfürchtige Blicke zuwarfen. Nach einer blitzschnellen Entscheidung vor vierzehn Stunden würde diese kleine Person für immer in ihrem Leben sein, während sie doch vor zwei Tagen nicht einmal von der Existenz des Kleinen gewusst hatten. Es kam ihnen vor wie ein Geschenk, das ihnen aus heiterem Himmel in den Schoß gefallen war.

Robert Greenville kam herein, um nach ihnen und dem Baby zu sehen und ihnen noch einmal zu danken.

»Wie geht es Heather?«, fragten sie beide gleichzeitig.

»Sie schläft. Es war eine ziemlich anstrengende Geburt. Er ist ein sehr großes Baby und sehr schön. Jemand von der Agentur wird morgen vorbeikommen und Heather die Papiere unterschreiben lassen, falls sie bis dahin entlassen wurde. Oder einen Tag später. Sie können den Jungen mit ins Hotel nehmen, während Sie auf die Papiere warten, die Sie zur Überführung des Kindes in einen anderen Bundesstaat berechtigen. Der Kinderarzt wird Ihnen mitteilen, wann der Junge fliegen darf, aber Sie werden sich wohl nicht lange gedulden müssen. Der Vater hat bereits vor einem Monat auf seine Rechte verzichtet. Er ist ein anständiger Junge. Wir kennen ihn und seine Familie gut. Die zwei waren während der ganzen Highschoolzeit zusammen. Sie haben sich jetzt einfach in unterschiedliche Richtungen entwickelt. Sie merkte erst, dass sie schwanger war, als es schon zu spät war. Die beiden sind selbst noch Kinder. Es war ihre gemeinsame Entscheidung, das Baby zur Adoption freizugeben. Wir glauben, es ist die richtige Entscheidung.«

»Was ist mit Heather?«, wollten sie von ihm wissen. »Wie möchte sie die Sache jetzt angehen?« Sie wollten tun, was die junge Frau sich wünschte.

»Sie sagt, sie will ihn nicht sehen. Aber ihre Mutter und ich sind der Meinung, dass sie sich verabschieden sollte. Es wird für eine Weile hart sein für sie. Es ist ein schwieriger Weg, aber es wird für das Kind am besten sein, und auf lange Sicht auch für Heather. Sie ist noch nicht bereit für diese

Verantwortung, und der Vater des Kindes ebenso wenig.« Die beiden neuen Väter nickten, fühlten sich aber Heathers wegen auch schrecklich. Immerhin gab sie einen Menschen auf, der ihr eigen Fleisch und Blut war. Sobald sie die Papiere unterschrieben hatte, war es nicht mehr rückgängig zu machen. Jetzt verstanden sie alle besser, was das bedeutete. »Sie waren beide wundervoll«, sagte der Vater von Heather zu ihnen.

»Sie und Ihre Frau und Heather auch. Es tut mir leid, dass die Geburt schwer war. Sie war sehr tapfer.«

»Ja, das war sie«, pflichtete er ihnen bei. Er sah traurig aus, und das konnten Alex und Morgan nachvollziehen. Für sie war es ein glücklicher Tag, aber ein trauriger für ihn und seine Familie. Es schien einer der grausameren Momente des Lebens zu sein und ein hoher Preis, den Heather für einen jugendlichen Fehler zu zahlen hatte.

Alex und Morgan verließen benommen das Krankenhaus und nahmen sich ein Zimmer in einem Hotel, in dem sie schon einmal an einem Wochenende in Miami übernachtet hatten. Sie hatten nicht allzu viel übrig für diese Stadt, aber sich damals trotzdem amüsiert. Es gab viele Clubs, es wurde gefeiert und getanzt, überall herrschte Partystimmung. Das Hotel, in dem sie wohnten, war etwas ruhiger.

Alex sah Morgan an und lachte. »Ist dir klar, dass wir gar keine Sachen zum Wechseln mitgenommen haben?« Morgan dachte darüber nach und nickte. Sie hatten New York in der Kleidung verlassen, die sie trugen, und nicht einmal eine Zahnbürste eingepackt.

»Stimmt tatsächlich.« Sie gingen in die Hotelboutique und kauften Shorts, eine Badehose für jeden und T-Shirts mit dem Hotelnamen darauf, außerdem Zahnbürsten, Zahnpasta,

Rasierer und was sie sonst noch brauchten. Dann fuhren sie hinauf zu ihrem Zimmer.

»Ich komme mir vor wie in einem Traum«, sagte Alex. »All das Leiden und das wunderschöne Baby, und plötzlich bin ich Vater, wir beide. Seit Jahren sprechen wir davon, und hier sind wir nun. In zwei Wochen werden wir mit einem Baby nach New York zurückkehren. Wir haben nicht einmal ein Babybett. Wir müssen noch alle möglichen Sachen besorgen. Ich weiß nicht mal genau, was wir brauchen.«

»Ich schon«, sagte Morgan. »Bestellen wir etwas beim Zimmerservice. Wir müssen uns stärken.« Sie hatten seit den Snacks im Flugzeug den ganzen Tag nichts mehr gegessen. Sie hatten das Zimmer nicht verlassen wollen, aus Angst, die Geburt des Babys zu verpassen. Jetzt bestellten sie Cheeseburger und Champagner, und dann saßen sie am Tisch und grinsten sich an. Auf ihre Handys hatten sie ebenfalls den ganzen Tag nicht geschaut. Morgan hatte eine Textnachricht von Faith erhalten und eine von seinem Bruder. Sein Bruder hatte geschrieben: *WTF? Alles Gute!* und Faith fragte: *Neuigkeiten?* Er rief sie zuerst an und berichtete ihr alles, von dem Anruf um sechs Uhr morgens und dem Baby und dass der Junge neun Pfund und 113 Gramm wog und seine Mutter ein liebes Mädchen war und ihre Eltern sehr nett waren. Alex übernahm das Telefon, und sie gratulierte auch ihm. Dann war Morgan wieder am Apparat.

»Du musst uns einen riesigen Gefallen tun. Wir haben nichts für das Baby. Zero. Kannst du bitte in ein Babygeschäft gehen und uns alles kaufen, was wir brauchen? Babybodys, Flaschen, Windeln, Tragekorb, Kinderwagen? Ich gebe dir das Geld wieder, sobald wir zu Hause sind. Ach, und ein Körbchen oder so was, in dem er schlafen kann.«

»Das wird Spaß machen. Ich werde mir eine Liste von meiner Schwester Hope erstellen lassen, weil ich nicht viel Ahnung von Babyzubehör habe«, gestand sie, und darüber mussten sie beide lachen. »Wann kommt ihr zurück?«

»Wir müssen die Agentur fragen. Die werden den Papierkram beschleunigen, aber eine bundesstaatenübergreifende Adoption dauert etwa zwei Wochen. Die biologische Mutter unterschreibt die Papiere, wenn sie das Krankenhaus verlässt. Sobald die zwischenstaatliche Genehmigung da ist, können wir ihn mit nach Hause nehmen. Und neunzig Tage später ist die Adoption abgeschlossen. Das Mädchen ist noch sehr jung. Sie will den Jungen nicht sehen.«

»Das ist traurig. Aber ich freue mich für euch beide. Es sollte so sein. Ich werde alles besorgen, was ihr braucht.«

Er dankte ihr und rief als Nächstes seinen Bruder an. Edward war inzwischen zurück in Chicago.

»Ich freue mich, dass ihr das Wagnis eingegangen seid«, sagte er. »Ich denke, es ist richtig.« Morgan erzählte ihm die Ereignisse, vom Anruf von Heathers Vater morgens um sechs bis zur Geburt des Babys. Und nun hatten sie einen Sohn. »Du bist Onkel.«

»Das wurde aber auch Zeit. Ich mag übrigens eure Freundin. Sehr. Faith ist eine bemerkenswerte Frau.«

»Ja, das ist sie. Du wirst sie auf unserer Hochzeit wiedersehen«, entgegnete Morgan.

»Möglicherweise sehe ich sie schon vorher, weil ich keinen Monat mehr warten will. Sie ist eine liebenswerte Person.«

»Ich habe sie gerade gebeten, alle Babysachen für uns zu kaufen, die wir benötigen. Ich bin ja davon ausgegangen, dass wir noch acht Monate Zeit hätten, um uns vorzubereiten. Nicht zwei Wochen.« Und für ihren Aufenthalt in Miami mussten sie auch noch alles besorgen.

»Wisst ihr schon, wie ihr ihn nennen wollt? Hat er einen Namen?«, fragte Edward.

»An dem Punkt waren wir noch nicht. Alex und ich sind immer noch vollkommen überwältigt.«

»Nun, herzlichen Glückwunsch, kleiner Bruder, euch beiden. Du wirst ein toller Dad. Besser als ich mit zwanzig.«

»Wesley liebt dich, und du bist ihm jetzt ein toller Vater«, erinnerte Morgan ihn.

»Ich war ein bisschen spät dran damit, aber ich glaube, wir haben es wiedergutgemacht. Aber ihr beide seid bereit. Ich kann es kaum erwarten, den Kleinen kennenzulernen, wenn ich das nächste Mal in der Stadt bin.«

»Er wird bei der Hochzeit auch dabei sein«, sagte Morgan grinsend. »Auch darauf waren wir nicht vorbereitet.«

»Eines weiß ich jedenfalls«, sagte sein Bruder. »Das Leben steckt voller Überraschungen. Das ist das Beste daran. Genieße es.«

»Das tue ich«, erwiderte Morgan. Kurz darauf beendeten sie das Gespräch. Sein älterer Bruder hatte recht. Morgan war in seinem Leben nie glücklicher gewesen.

Heather sah am Tag nach der Geburt noch erschöpfter aus. Sie hatte dunkle Ringe unter den Augen, außerdem schien sie geweint zu haben. Sie hatte noch Schmerzen und bekam Medikamente dagegen. Bei den meisten Frauen blendete die Freude über das Baby die Unannehmlichkeiten hinterher aus. Heather hatte nichts, was sie für die durchlittenen Qualen entschädigte. Keine Belohnung. Nur Schmerzen und den schlimmsten Verlust. Sie gab ihr Kind weg und verzichtete auf eine gemeinsame Zukunft mit ihm. Aber sie wusste, dass es die falsche Entscheidung gewesen wäre, den Jungen zu behalten. Es war das größte Opfer ihrer kurzen Mutterschaft, ihn abzugeben, weil es das Beste für ihn war.

Alex und Morgan trafen sich mit den Leuten von der Adoptionsagentur am Sonntagmorgen. Dokumente mussten für die zwischenstaatliche Adoption unterschrieben werden, damit sie zur entsprechenden Agentur in New York weitergeleitet werden konnten. Heather überließ den beiden offiziell ihr Baby, aber die Adoption von einem Bundesstaat in den anderen musste von beiden Staaten genehmigt werden. Vor der Unterschrift konnte Heather immer noch ihre Meinung ändern. Sie war jung und angeschlagen, sowohl körperlich als auch psychisch. Auch in ihrem Alter hatte sie das Recht, ihr Baby zu behalten und sich selbst darum zu kümmern, wenn sie das wollte. Ihre Eltern schienen nette Leute zu sein und unterstützten sie. Morgan hatte den Eindruck, dass sie Heather helfen würden, falls sie sich dazu entschloss, das Baby zu behalten. Abgesehen davon wollten Morgen und Alex ihr das Baby nicht wegnehmen. Sie würden es bei sich aufnehmen, wenn Heather es hergeben wollte, andernfalls nicht.

Sie weigerte sich nach wie vor, das Baby zu sehen, aber wenn sie ihre Meinung ändern sollte, konnte sie es jederzeit sehen und im Arm halten. Diese Entscheidung lag ganz allein bei ihr.

Nachdem sie sich mit den Leuten von der Adoptions-Agentur getroffen hatten, verbrachten Alex und Morgan eine Stunde auf der Säuglingsstation, wo sie den Kleinen in den Armen hielten. Dann sprachen sie mit dem Kinderarzt, der ihnen eröffnete, dass sie den Jungen mitnehmen könnten, sobald die Papiere unterzeichnet waren. Es war ein gesunder

Säugling und nur ein kurzer Flug nach New York, außerdem würde er dann zwei Wochen alt sein.

Nachdem sie mit dem Kinderarzt gesprochen hatten, fuhren sie im Taxi zu einer Mall und kauften alles, was sie im Hotel und für den Rückflug brauchten. Kleine Bodys, Strampler, Windeln, Fläschchen. Glücklicherweise gab es eine lange Liste an Babyausstattung in dem Laden. Sie benötigten eine Babyschale für das Auto, um ihn vom Krankenhaus abholen zu können, und sie kauften einen Kinderwagen. Alles war zusammenklappbar, praktisch, vielseitig verwendbar, mit nicht weniger als fünf bis sechs verschiedenen Funktionen. Morgan war damit ein wenig überfordert, während Alex es gut hinbekam.

»Man muss Ingenieur sein, um mit den Sachen zurechtzukommen«, beschwerte Morgan sich, als er versuchte, den Kinderwagen aufzustellen, der prompt wieder zusammenklappte. Oder als er damit zu kämpfen hatte, ihn wieder aufzuklappen, nachdem er ihn reisefertig zusammengefaltet hatte, das Ding jedoch hakte.

»So schwer ist es nicht.« Alex lachte.

»Bis ich das hinbekomme, wird er aufs College gehen«, sagte Morgan frustriert. »Wieso können wir nicht einen dieser fantastischen riesigen Kinderwagen haben, wie die Queen sie für ihre Kinder benutzt hat?«

»Die sind nicht praktisch. Man muss mit der Zeit gehen.« Alex sah ihn grinsend an.

»Dieses moderne Zeug ist nicht nur unmöglich zu handhaben, sondern obendrein hässlich. Das verdammte Ding hat einen Getränkehalter, und ich habe keine Ahnung, wo der befestigt wird.« Sie hatten einen Koffer gekauft, um alles darin zu verstauen, und Faith hatte ihnen geschrieben, dass sie alles besorgt habe, was die drei in New York brauchten, und zwar anhand einer Liste ihrer Schwester. Sie waren bereit. Sie hatten genug Zeug für zehn Babys, als sie zurück ins Hotel kamen, und in New York wartete noch mehr auf sie.

In dieser Nacht schrieb Morgan einen Brief an Heather, in dem er sie wissen ließ, wie viel es ihnen bedeutet hatte, der Geburt beiwohnen zu dürfen und nun Eltern des Babys zu werden. Er versprach ihr, stets gut auf den Kleinen aufzupassen und ihn immer zu lieben. Alex fügte ebenfalls ein paar Zeilen hinzu. Er war so von seinen Gefühlen überwältigt, dass es ihm schwerfiel, sie in Worte zu fassen. Morgan war darin viel besser als er. Sie ergänzten sich, und so war es schon immer zwischen ihnen gewesen.

»Meinst du, er wird eines Tages unglücklich sein, weil er keine Mutter hat?«, fragte Alex ihn, als sie im Bett lagen und fernsahen.

»Er wird uns beide haben, das gleicht es irgendwie aus. Außerdem bekommt er eine Schwester, dadurch wird er einen weiblichen Aspekt im Leben haben. Wie soll er denn nun heißen?« Sie hatten den ganzen Tag darüber nachgedacht, aber kein Name war ihnen bisher wie der richtige vorgekommen. Sie brauchten einen Namen für die Geburtsurkunde, wenn sie am nächsten Tag mit ihm das Krankenhaus verlassen wollten. Sie konnten ihn nicht weiterhin einfach nur »Baby Boy« nennen. Er würde beide Nachnamen bekommen und daher Phillips-Bates heißen. Aber sie konnten sich nicht entscheiden, welcher Vorname am besten dazu passte, da sein Nachname schon ziemlich lang und nicht gerade leicht auszusprechen war.

»Wie wäre es mit Blake?«, schlug Morgan vor, während sie zu einer anderen TV-Sendung umschalteten. Alex dachte darüber nach und nickte.

»Der gefällt mir. Hübsch.« In letzter Zeit hatten sie nur über Mädchennamen gesprochen und mussten jetzt umdenken. »Wie wäre es mit Blake und Andrew als Zweitname? Das passt doch ganz gut zusammen. Blake Andrew Phillips-Bates.« Das war ein großer Name für einen kleinen Jungen.

Am nächsten Morgen fuhren sie wieder ins Krankenhaus, um dabei zu sein, wenn der Kinderarzt das Baby noch einmal untersuchte. Der Arzt erklärte den Jungen für gesund und bereit, das Krankenhaus zu verlassen. Die Krankenschwester gab Morgan eine Mappe mit einer Liste von Impfempfehlungen, die Blake innerhalb seines ersten Lebensjahrs erhalten sollte. Gleich nach ihrer Rückkehr würden sie den Kinderarzt aufsuchen. Außerdem fanden sie in der Mappe noch Instruktionen für die Ernährung und das Baden des Babys. Sie erhielten Milchpulver. Sie hatten die Babyschale fürs Auto mitgebracht, um den Jungen sicher zum Hotel transportieren zu können. Sie hatten auch einen kleinen blauen Baumwolloverall dabei, außerdem eine blaue Decke und eine kleine hellblaue Mütze, um seinen Kopf warmzuhalten. Sie zeigten der Krankenschwester alles, was sie besorgt hatten, und sie hieß es lächelnd gut. Sie hatte ihnen auch gezeigt, wie sie das Baby halten, füttern und ihm die Windeln wechseln mussten.

Dann entdeckten sie Heathers Eltern vor den Fenstern der Säuglingsstation und gingen hinaus, um ihnen Hallo zu sagen.

»Möchten Sie ihn sehen?«, bot Alex an. »Er darf jetzt das Krankenhaus verlassen.« Heathers Mutter nickte; die beiden sahen traurig aus. Alle vier gingen wieder in die Säuglingsstation, und Heathers Mutter setzte sich in den Schaukelstuhl, um das Baby auf dem Arm zu halten. Der Junge war inzwischen angezogen und in seine Decke gehüllt. Sie sah ihn an, als wollte sie sich sein Gesicht für alle Zeiten einprägen.

»Dürfen wir ein Foto machen?«, fragte Robert.

»Selbstverständlich«, versicherte Morgan und erkundigte sich mit sanfter Stimme: »Was ist mit Heather? Wie geht es ihr?«

»Nicht so gut. Und die Hormone nach der Geburt machen es nicht besser.« Ihre Milch war noch nicht eingeschossen, und es würde noch einen oder zwei Tage dauern; auch das würde schwer für sie werden. Sie hatte keinen leichten Weg gewählt. Aber sie war entschlossen, auf diesem Weg zu bleiben.

Ihre Mutter Betty ging, um Heather noch einmal zu fragen, ob sie das Baby nicht doch sehen wollte, bevor Morgan und Alex mit dem Jungen das Krankenhaus verließen. Auch Heather würde heute Morgen aus dem Krankenhaus entlassen werden, und vorher würde sie die nötigen Papiere unterschreiben. Wenn sie bei ihrem Plan blieb, würde sie ihren Sohn nie wiedersehen, höchstens später vielleicht, wenn er ein erwachsener Mann sein würde und sie kennenlernen wollte, um besser zu verstehen, weshalb sie ihn weggegeben hatte. Er würde es verstehen, und es würde leichter sein für sie, wenn sie ein gutes Leben bis dahin geführt und weitere Kinder zur Welt gebracht hatte. Momentan war da nur eine Leere dort, wo das Baby neun Monate lang gewesen war. Es gab nicht einmal einen Vater des Kindes, der sie hätte trösten können. Sie hatten sich getrennt, als er aufs College ging und sich in jemand anderen verliebte. Sie hatte ihm eine Textnachricht geschrieben, dass das Baby geboren sei, und dann hatten sie beide geweint, als er sie anrief. Aber sie waren sich einig, das Richtige zu tun.

Heather hatte ihre Eltern, das war schon viel, aber in solch einer Situation nicht genug. Dies war ein Erwachsenenmoment wie kein anderer, und sie versuchte die Aufgabe zu meistern. Es war eine harte Methode, um erwachsen zu werden, mit einer Entscheidung, die ihr Leben für immer beeinflussen würde.

Als Betty zurückkam, war zu aller Überraschung Heather bei ihr. Alex und Morgan befürchteten, dass sie Blake nicht mehr hergeben wollte, wenn sie ihn erst einmal sah und in den Armen hielt. Möglicherweise würde sie die Papiere nicht unterschreiben, trotzdem mussten sie ihr diese Chance geben, das Kind zu sehen. Sie konnten ihr den Jungen nicht einfach wegnehmen. Die Papiere warteten in ihrem Krankenhauszimmer auf ihre Unterschrift.

»Ich würde ihn gern sehen«, sagte sie mit leiser Stimme. »Ich will ihn nicht im Arm halten. Ich will nur einmal sein Gesicht sehen.« Alex hatte ihrem Vater den Brief gegeben, den sie ihr geschrieben hatten. Ihre Eltern waren in jeder Hinsicht sehr anständig gewesen, mitfühlend und freundlich.

»Wir haben Fotos für dich gemacht«, sagte ihre Mutter.

Alex und Morgan traten zurück, während eine Krankenschwester das Baby hielt und Heather es lange und genau betrachtete. Ihre Augen füllten sich mit Tränen, die ihr über die Wangen liefen, und beide Männer sowie Heathers Mutter weinten. Ihr Vater wirkte gefasster, doch seine Lippen zitterten, während er seine kummervolle Tochter beobachtete.

»Sei ein guter Junge«, flüsterte Heather dem Baby zu. »Hab ein glückliches Leben. Ich werde mich immer an dich erinnern … bitte versuch dich auch ein wenig an mich zu erinnern«, sagte sie, berührte mit der Fingerspitze zärtlich seine

Wange und verließ mit gesenktem Haupt die Säuglingsstation. Sie weinte immer noch. Ihre Eltern folgten ihr, während Alex und Morgan ihnen hinterherschauten, ebenfalls weinend. Alex legte einen Arm um Morgan und drückte ihn. Sie standen einige Minuten da, bis sie sich beruhigt hatten, und fühlten Heathers Schmerz, während Blake unschuldig in den Armen der Krankenschwester schlief.

Zehn Minuten später kam Heathers Vater mit ihrer Verzichtserklärung zurück. Der Vertreter der Agentur war auch da und kümmerte sich um die weiteren Formalitäten. Robert, Alex und Morgan schüttelten einander die Hände und umarmten sich kurz. Dann ging Robert wieder zu seiner Tochter, während Alex und Morgan ihren Sohn übernahmen.

Gemeinsam mit der Krankenschwester gingen sie nach unten zum Van, den sie samt Fahrer gemietet hatten, und brachten den Jungen in ihr Hotelzimmer. Den Rest des Tages saßen sie bei ihm und betrachteten ihn wie das Wunder, das er war. Die zwei bisherigen Tage in Miami waren die emotionalsten ihres Lebens gewesen.

In den nächsten zwei Wochen, während sie auf die Klärung aller Formalitäten warteten, lernten sie die Bedürfnisse des Babys besser kennen, wie sie ihn füttern mussten, die Windeln wechseln und baden, nachdem der Nabel verheilt war. Sie schliefen, wenn er schlief. Als die Papiere fertig waren, fuhren sie zum Flughafen und trugen jeder Windelpakete mit Windeln und Fläschchen, außerdem Strampler zum Wechseln und zusätzliche Decken für den Flug. Blake schlief die ganze Zeit und wachte nur einmal auf, um gefüttert zu werden, was Morgan meisterhaft hinbekam. Alex wechselte seine Windel. Morgan und er sahen sich lächelnd über ihr Kind hinweg an; später schnallten sie den Jungen wieder auf dem

Sitz zwischen ihnen in seiner Babyschale fest. Sie reisten auf drei Plätzen Erster Klasse ihrem Abenteuer zu dritt entgegen. Und Blake Andrew Phillips-Bates war auf dem Weg in sein Zuhause, zusammen mit seinen beiden Dads.

12. Kapitel

Als Alex und Morgan nach Hause kamen, hatte Faith schon die Ausstattung, die sie für Blake gekauft hatte, vorbeigebracht. Sie verstauten alles im Gästezimmer, das sie nun früher als geplant in ein Kinderzimmer umwandeln würden. Sie verfügten noch über ein weiteres Zimmer, das im März das Zimmer ihrer Tochter werden sollte. Sie legten das Baby in seinem kleinen Körbchen in ihr Schlafzimmer und schauten alle paar Minuten nach ihm. Sie standen da und betrachteten ihn, als befürchteten sie, er könnte verschwinden.

»Ich fühle mich wie ein Kinderräuber«, gestand Alex. »Ich frage mich, wie es Heather geht.« Sie hatten in den vergangenen zwei Wochen oft an sie gedacht.

»Ich glaube, ihr Vater hat recht. Es wird für lange Zeit ziemlich hart für sie sein.« Das war die Realität einer Adoption, weshalb sie sich zuerst für die Leihmutterschaft entschieden hatten. Zumindest brauchten sie sich keine Sorgen mehr darüber zu machen, dass sie ihre Meinung ändern würde. Die Adoption würde neunzig Tage nach ihrer Rückkehr nach Hause endgültig sein. Sie hatten Horrorgeschichten gehört von Müttern, die ihre Entscheidung überdachten und die Babys zurückholten. Alex und Morgan liebten Blake bereits. Und Heather hatte eingesehen, dass sie zu jung war, um ihm auf angemessene Weise eine Mutter zu sein. Nach nur zwei Wochen hatten sie ihn ins Herz geschlossen und kannten inzwischen seine Bedürfnisse und wussten, wie sein Schreien zu deuten war. Am nächsten Tag hatten sie den Termin für die Untersuchung beim Kinderarzt.

Den Termin hatten sie von Miami aus vereinbart und dann eine Agentur angerufen, die Kindermädchen vermittelte. Sie waren sich einig, dass es mehrere Monate bleiben sollte, und jetzt erschien es ihnen sinnvoll, die junge Frau zu behalten, bis ihre Tochter zu ihnen kommen würde. Nach der Geburt des Mädchens sollte das Kindermädchen dann noch weitere fünf oder sechs Monate bleiben. Glücklicherweise konnten sie sich diese Vollzeithilfe leisten, da sie sehr gut bezahlte Jobs hatten. Blakes plötzliche Ankunft bedeutete eine riesige Veränderung in ihrem Leben. Aber Morgan fand, dass sein Bruder recht hatte. Ob es jetzt geschah oder erst in sieben Monaten, machte keinen großen Unterschied. Sie hatten sich beide drei Wochen freigenommen für die erste Zeit mit dem Baby. Schnell hatten sie sich für ein Kindermädchen entschieden und konnten es kaum erwarten, die Nachricht an alle Freunde zu verschicken, dass sie nun zu dritt waren, sobald die Adoption abgeschlossen war.

In der letzten Woche ihres unerwarteten Vaterschaftsurlaubs machten sie Spaziergänge mit Blake im Kinderwagen und kauften den Baby-Monitor, den zu besorgen sie in Miami vergessen hatten und der gar nicht auf Hopes Liste gestanden hatte. Plötzlich waren sie mit allen Elternthemen konfrontiert, ohne dass sie sich hatten vorbereiten können. Schon am zweiten Tag nach ihrer Rückkehr begann das Kindermädchen, das ihnen beiden zusagte, mit der Arbeit. Die junge Frau kostete ein Vermögen, hatte hervorragende Referenzen, und sie waren sich schnell einig, dass sie ihr Geld wert war.

Faith hatte am Abend ihrer Heimkehr angerufen, um sich nach ihnen zu erkundigen. Sie war beeindruckt davon, wie ruhig sie waren. Sie gestalteten ein Gästezimmer als Kinderzimmer, wollten Babymöbel bei einem schicken französischen Laden bestellen. Sie passten sich mit hoher Geschwindigkeit der neuen Situation an; Alex entfernte das Toile-de-Jouy-Bettzeug aus dem Gästezimmer, das sie in Paris gekauft hatten, und auch die kleinen antiken Objekte, die überall herumstanden. Sie würden die Möbel einlagern, für den Fall, dass sie sich nach einem größeren Haus umsahen, was wegen der bevorstehenden Ankunft des zweiten Babys allmählich nach einer guten Idee klang. Das war ohnehin ihr langfristiger Plan gewesen, aber jetzt mussten sie die Dinge etwas beschleunigen. Sie hatten sich innerhalb von zwei Wochen an die Vaterschaft gewöhnt und liebten es, und Morgan sagte, es fühle sich an, als wäre Blake schon immer ein Teil ihres Lebens gewesen. Sie konnten sich ihr Leben ohne ihn nicht mehr vorstellen. Er gehörte jetzt zu ihnen.

Faith betrat Violets Büro, um ihr von Blakes Ankunft zu berichten. Sie hatte noch keine Gelegenheit gehabt, ihr alle Einzelheiten zu erzählen, und sie fand, es wäre eine erstaunliche Geschichte, die sehr gut illustrierte, wie sich das Leben innerhalb eines Augenblicks ändern konnte, zum Guten wie zum Schlechten.

Während sie davon sprach, wurde Violet blass.

»Ist alles in Ordnung mit dir? Fühlst du dich nicht gut?« Es war ein glühend heißer Tag, und die Klimaanlage lief immer wieder. »Es ist verdammt heiß.« Und Violet hatte wegen einer Erkältung in der vergangenen Woche einige Tage gefehlt; sie sah nach wie vor nicht ganz fit aus.

»Es ist nicht die Hitze«, sagte Violet und fing auf einmal an zu weinen.

»Oh, Vi, was ist denn los?«, fragte Faith und umrundete den Schreibtisch, um sie in den Arm zu nehmen. »Hast du Streit mit Jordan?«

Violet schüttelte den Kopf. »Nein, es ist schlimmer als das«, sagte sie gequält. »Ich kann es immer noch nicht fassen. Ich bin während unserer Flitterwochen schwanger geworden, habe es aber erst gar nicht realisiert. Als mir ständig übel war, dachte ich, es läge an den Nachwirkungen vom Stress wegen der Hochzeit. Dann fiel mir ein, dass ich vor lauter Aufregung ein bis zwei Mal vergessen hatte, die Pille zu nehmen. Ich bin im dritten Monat. Ich habe es gleich nach der Albert-Hochzeit erfahren. Du warst so glücklich darüber, wie es gelaufen ist, dass ich dir die Freude nicht mit schlechten Neuigkeiten vermiesen wollte. Ich wollte dich nicht aufregen und konnte es ja selbst nicht glauben. Das Baby kommt in sechs Monaten, im Februar. Das ist das Letzte, was ich wollte. Wir können es uns nicht leisten, und ich will mir nicht freinehmen. Ich werde bis zum letzten Tag arbeiten, das verspreche ich, und nach der Geburt werde ich nur vier Wochen aussetzen. Wir bringen das Baby schon irgendwo unter.« Sie war regelrecht verzweifelt wegen der Situation, aber auch erleichtert, dass sie es Faith endlich gestanden hatte.

»Du meine Güte, das ist ja die reinste Epidemie. Annabelle Albert im November, meine Schwester Weihnachten, du im Februar und Alex' und Morgans Babytochter im März. Und dann noch das Baby, das sie gerade adoptiert haben. Ich hoffe, das ist nicht ansteckend. Komm mir bloß nicht zu nahe!« Sie machte ein Kreuz mit den Fingern, als wollte sie Vampire abwehren, was Violet trotz der Tränen zum Lachen brachte.

»Ich komme mir so blöd vor. Jordan ist auch nicht glücklich darüber. Wir haben einfach nicht genug Geld, und ich wollte in den nächsten Jahren noch kein Baby. Ich liebe meinen Job. Und ich werde aussehen wie ein Elefant, wenn ich dir bei deinen Weihnachtshochzeiten helfe.« Bisher hatten sie für diese besondere Zeit des Jahres noch keine weiteren Aufträge außer einem, aber mit den ersten Anfragen war täglich zu rechnen. Im letzten Dezember war eine sehr große Hochzeit in Auftrag gegeben worden, und sie würden im September mit den Vorbereitungen dafür beginnen. Die Feier sollte bei den Eltern der Braut stattfinden, in Locust Valley auf Long Island; ein Veranstaltungsort musste daher nicht gesucht werden. Die Leute hatten einen großen Garten, in dem Faith lauter Eisskulpturen aufstellen wollte, um die Atmosphäre eines Zarenpalastes zu erzeugen. Sie hatte bereits einige Skizzen angefertigt, um sie den Kunden nach dem Labour Day zu zeigen, aber vorher wollte sie sich auf Alex' und Morgans Hochzeit konzentrieren. Außerdem hielt die Dezemberbraut sich mit ihrer Familie bis zum Labour Day in Südfrankreich auf.

»Das wird schon klappen«, versicherte Faith ihr, obwohl auch sie nicht begeistert war. Aber Violet war eine so engagierte Mitarbeiterin, dass die Mutterschaft ihren Job sicher nicht beeinträchtigen würde. Violet meinte, dass Jordan an den Wochenenden einspringen würde, wenn sie mit den Hochzeiten zu tun hatte. Er hatte versprochen zu helfen.

Sie würde Faith beweisen, dass ihre Schwangerschaft keine negativen Auswirkungen auf ihre Arbeit haben würde, auch wenn sie im vergangenen Monat an schlimmer Morgenübelkeit gelitten hatte, weswegen sie überhaupt erst darauf gekommen war, schwanger zu sein. Und in der vergangenen

Woche war sie gar nicht erkältet gewesen, sie hatte sich nur ständig übergeben müssen. In den letzten Tagen war es besser geworden, aber ihr war weiterhin übel, und heute Morgen hatte sie sich erneut mehrere Mal übergeben. Jeder Tag begann nun auf diese Weise.

»Ich habe morgen einen Termin für die Ultraschalluntersuchung. Ich gehe in der Mittagspause hin. Es wird nicht lange dauern. Es ist eine Routineuntersuchung. Meine erste.« Sie klang nicht aufgeregt, nur angespannt. Es waren weder für sie noch für Jordan gute Nachrichten, denn es war zu schnell gegangen. Sie hatten nicht einmal Zeit gehabt, ihre Ehe richtig zu genießen, und demnächst würde ein schreiendes Baby im Haus sein, sie nächtelang wachhalten, während sie ihren anstrengenden Jobs nachgehen mussten.

Faith versuchte gute Miene zu machen, aber an diesem Abend sprach sie mit Hope darüber.

»Ich kann es ihr nicht zum Vorwurf machen. Sie ist wegen der Sache viel aufgebrachter als ich.« Faith hatte Hope von Alex' und Morgans überraschendem Nachwuchs erzählt, als sie sie um die Liste mit den Babysachen gebeten hatte.

»Du scheinst ja momentan von Babys umzingelt zu sein«, scherzte Hope. »Pass auf, dass du dir nicht auch noch eines einfängst oder Mom.«

»Sehr witzig. Ich würde wahrscheinlich Zwillinge bekommen.«

»Ich hoffe, ich bekomme welche«, erwiderte Hope. »Ich hätte gern ein kleines Mädchen. Aber man hat mir bereits gesagt, dass es nur eines ist. Man kann es auf dem Ultraschallbild erkennen. Wie gesagt, ich hoffe, es ist ein Mädchen.« Sie hatten entschieden, sich überraschen zu lassen, und wussten es deshalb nicht. Sie war im fünften Monat schwanger, aber da sie sehr groß und schlank war, sah man ihr die Schwangerschaften lange nicht an.

Am nächsten Tag kam Violet von der Ultraschalluntersuchung zurück und sah blass und elend aus. Faith bemerkte es sofort und erkundigte sich, ob alles in Ordnung war.

»Nein, die haben was entdeckt.« Sie sah ihre Freundin und Arbeitgeberin an. »Zwillinge. Was soll ich bloß tun? Wir können uns ein Kind schon nicht leisten, ganz zu schweigen von zweien. Jordan wird mich umbringen.« Aber das tat er nicht. Er war begeistert, als sie es ihm am Telefon erzählte. Er hatte sich nicht von der Arbeit freinehmen können, um bei der Ultraschalluntersuchung dabei zu sein. Sie hatte die Neuigkeit allein erfahren.

»Bist du verrückt? Was sollen wir nur machen?«, hatte sie gerufen. Der Gedanke an Zwillinge versetzte sie in Panik.

»Uns wird schon etwas einfallen. Ich werde um eine Gehaltserhöhung bitten. Und meine Eltern werden uns ein Darlehen geben«, hatte er tröstend entgegnet. Zuerst war er wegen der Schwangerschaft beunruhigt gewesen, doch die Vorstellung von Zwillingen fand er aufregend. »Sind es eineiige Zwillinge?«

»Ja«, bestätigte sie gequält.

»Woher weiß man das?«

»Es ist nur eine Fruchtblase. Offenbar gibt es bei eineiigen Zwillingen mehr Komplikationen. Sie sagten, dass ich möglicherweise in den letzten vier oder gar fünf Monaten Bettruhe halten muss. Jordan, das ist in zwei Monaten. Wenn das passiert, wird Faith mich feuern. Sie braucht eine Assistentin, auf die sie sich verlassen kann«, erklärte sie bei geschlossener Bürotür.

»Nein, sie wird dich nicht feuern. Du kannst Telefonate von zu Hause aus erledigen. Faith liebt dich, und sie weiß, wie fantastisch du bist. Konnte man schon das Geschlecht erkennen?«

»Noch nicht, das erfahren wir erst in einigen Wochen.« Sie war mit neunundzwanzig zu jung, um eine Fruchtwasseruntersuchung zu benötigen, und der Ultraschall hatte keine Hinweise darauf ergeben, dass etwas nicht in Ordnung war. Die Werte befanden sich alle im Normbereich, aber man warnte sie, dass die Zwillinge vermutlich zu früh kommen würden, was in ihrem Fall Januar bedeuten konnte. Sie war froh, dass Jordan so gelassen blieb, aber sie fühlte sich keineswegs so. Sie war alles andere als glücklich, und ihre Stimmung besserte sich nicht dadurch, dass alle anderen Leute auch Babys bekamen, wie zum Beispiel Faiths Schwester oder Morgans und Alex' Leihmutter und die Albert-Braut. Die konnten es sich alle wenigstens leisten. Sie und Jordan nicht, sie konnten sich nicht einmal ein Baby leisten, ganz zu schweigen von zweien.

Alex und Morgan hatten sich mit erstaunlicher Effizienz an ihre neuen Lebensumstände gewöhnt. Sie hatten Helen, das Kindermädchen, das ihnen dabei half, den Alltag zu organisieren. Sie kam aus England, und sie waren schwer beeindruckt von ihr. Ihre Referenzen waren ausgezeichnet. Sie war erfahren und achtunddreißig Jahre alt. Sie schien äußerst behutsam mit dem Baby umzugehen und hatte nicht das geringste Problem damit, für zwei schwule Männer zu arbeiten. Sie hatte schon vorher für ein schwules Paar gearbeitet. Morgan und Alex engagierten sie für ein Jahr.

Helen machte einen deutlich effizienteren Eindruck als Hopes Nanny, fand Faith bei ihrem Besuch. Die Gästezimmereinrichtung war verschwunden. Blake schlief noch in seinem Körbchen, aber am Samstag sollte ein Kinderbett kommen. Im Zimmer stand eine Kommode, auf die ein Teddybär gemalt war, in der Blakes Kleidung ordentlich verstaut war. Die Nanny wohnte mit im Haus und würde in seinem Zimmer schlafen, bis das neue Baby kam, und dann würde sie bei dem Mädchen schlafen. An den Wochenenden hatte sie frei und würde bei ihrem Freund in New Jersey sein. Alex und Morgan würden sich an den Wochenenden selbst um das Baby kümmern. Während des ersten Monats würde die Nanny keinen Tag freihaben, bis das Neugeborene käme, und sie würde bis nach den Flitterwochen nicht freinehmen, sodass sie für die erste Zeit permanent anwesend sein würde und Alex und Morgan alles beibringen konnte, was es über ihren Sohn zu lernen gab. Sie waren begeistert, und die Nanny war das Vermögen wert, das sie ihr zahlten. Faith war beeindruckt. Bei den beiden daheim herrschte kein Chaos, und das Baby schrie nur dann, wenn es hungrig war. Er schien sehr pflegeleicht zu sein. Eine Woche nach ihrer Rückkehr aus Miami waren die beiden wieder in ihren Büros. Es waren sehr anstrengende drei Wochen für sie gewesen.

»Bei euch sieht das ja wirklich leicht aus«, sagte Faith anerkennend zu ihnen, als sie die zwei einige Tage nach ihrer Rückkehr besuchte. Blake war jetzt drei Wochen alt, und der gut organisierte Alltag des Paars hatte sich kaum verändert nach dem anfänglichen Durcheinander. Manchmal sprachen sie noch über Heather und fragten sich, wie es ihr wohl ging. Sie fühlten sich ihr gegenüber nach wie vor ein wenig schuldig, aber sie liebten ihren Sohn.

Sie schmiedeten bereits Pläne für die Taufe im Oktober, die sie mit einer großen Feier begehen wollten, auch um die

Adoption zu feiern. Sie baten Faith, Patentante zu werden, und Edward würde ebenfalls Pate werden. Somit hatten sie gute Gründe, sich in naher Zukunft wiederzusehen, nämlich die Hochzeit und die Taufe. Faith gefiel das, und sie erwähnte Hope gegenüber, wie attraktiv er sei.

»Liegt da etwa Liebe in der Luft?«, fragte Hope.

»Nein, er ist nur ein sehr netter Kerl. Er ähnelt Morgan sehr, nur dass er zehn Jahre älter und nicht schwul ist. Er ist geschieden und hat einen Sohn, der Jura studiert.«

»Er hört sich jedenfalls absolut interessant an. Ich drück die Daumen!«

»Sag Mom nichts, sonst ist sie ganz aus dem Häuschen. Da läuft nichts zwischen uns. Er ist einfach nur nett. Und warum solltest du die Daumen drücken?«

»Damit du heiratest. Es gefällt mir nicht, dass du die ganze Zeit allein bist. Du arbeitest immer nur«, sagte Hope und klang besorgt.

»Ich mag meine Arbeit, und ich will nicht heiraten. Es macht mir Angst. Du und Angus seid das einzige glückliche Paar, das ich kenne.«

»Mom scheint mit Jean-Pierre sehr glücklich zu sein.« Das hatten sie beide bemerkt und freuten sich für Marianne. Die zwei hatten eine wundervolle Zeit in ihren Flitterwochen verbracht, und Jean-Pierre ging es gesundheitlich gut.

»Die sind immer noch in der Flitterwochenphase«, erklärte Faith. »Und ihre drei vorangegangenen Versuche waren Desaster, auch der mit unserem Vater. Sie hat vier Versuche gebraucht, um es richtig hinzubekommen. Das würde mich umbringen.«

»Na ja, schau halt, wie es mit Morgans Bruder läuft, und schreib ihn nicht gleich ab.«

»Tue ich nicht. Wir können Freunde sein. Wir werden Paten des Babys.« Hope verzichtete auf weitere Argumente zu seinen Gunsten. Sie wusste nur zu gut, dass Faiths Widerstand umso heftiger werden würde, je mehr sie drängte.

Faith hatte danach mit den letzten Einzelheiten für Alex' und Morgans Hochzeit zu tun. Alles war bestätigt und in Ordnung.

Als Morgans Eltern aus Chicago eintrafen, waren sie entzückt von dem Baby, sodass sie außer der Hochzeit noch etwas zu feiern hatten. Faith lernte Morgans Eltern kennen, die sehr freundlich zu ihr waren. Blake sah aus wie ein Baby in einer Werbeanzeige, und Morgan meinte, er sei sehr weit für fünf Wochen und entspreche sämtlichen Entwicklungskriterien. Sie lächelte, als Morgan das sagte. Vaterstolz hatte sich eingestellt. Der Junge war ein kleines pummeliges lebhaftes Baby mit knubbeligen Beinchen, und er schenkte ihnen am Morgen der Hochzeit sein erstes Lächeln.

Alle waren aufgeregt wegen der Hochzeit. Helen war in jeder Hinsicht hilfreich. Sie war überaus kompetent und sehr britisch. Sie half beiden Bräutigamen bei der Vorbereitung, kümmerte sich um die Telefone und kleidete das Baby in ein langes Mäntelchen, das Morgan in seinem Lieblingsgeschäft für französische Babyausstattung gekauft hatte. Blake sah für die Hochzeit feierlich gekleidet aus. Helen brachte den Kleinen mit zur Trauung und zur anschließenden Cocktailstunde, damit alle ihn sehen konnten. Sie trug ihre offizielle braune Uniform mit der gebügelten weißen Schürze, dazu sämtliche ihrer Anstecknadeln vom edlen Norland-College. Deshalb war sie so teuer. Es war die beste Kindermädchenschule in England. Zusätzlich hatte sie eine Ausbildung im Krankenhaus absolviert, in Theorie und Praxis, und mit der Greencard war sie daher Gold wert. Blake jedenfalls schien mit ihr glücklich zu sein. Sie verstand es, ihn zu beschäftigen, und hatte einen guten Tagesrhythmus etabliert. Nachts schlief er sechs Stunden, die sie auf sieben auszudehnen versuchte. Sie mochte ihre Arbeitgeber und fand, dass sie wundervoll mit dem Baby umgingen. Sie konnte die Ankunft des Mädchens in sieben Monaten kaum erwarten.

Das Haus, das sie sich von ihrem Schauspielerfreund für die Hochzeit geliehen hatten, war noch schöner als in ihrer Erinnerung, nachdem Faith es mit Blumen und Kerzen geschmückt und ihren ganz eigenen Zauber entfaltet hatte. Die Hochzeit war viel bescheidener und traditioneller als die Albert-Hochzeit, aber es gab ein hohes Maß an Eleganz und Stil, das dem Haus eine ganz eigene Note verlieh. Die Gäste waren ebenso schick wie die beiden Männer, die heiraten würden. Es war eine beeindruckende Mischung von Leuten, viele aus der Mode und Filmbranche, was mit den Jobs der beiden zusammenhing. Überall standen Orchideen, und nach dem Dinner spielte eine fantastische Band im Ballsaal.

Die Trauung im Saal war sehr bewegend, und die beiden verwendeten ebenfalls Faiths Lieblingstrauspruch. Es berührte sie jedes Mal. »With my body I thee worship.« Alex und Morgan waren sofort begeistert davon gewesen, als sie es lasen. Während des Empfangs floss der Champagner in Strömen, und Helen bahnte sich ihren Weg durch die Menge und zeigte allen das Baby. Danach kehrten sie und Blake in ihr Apartment zurück, während sich die Gäste zum Abendessen unter einem Baldachin aus Lilien und Orchideen in den Garten setzten. Auch hier hatte Faith an jedes Detail gedacht. Die

Hochzeit mit ihren elitären Gästen verströmte eine glamouröse, kultivierte Atmosphäre.

Faith hatte auf Morgans und Alex' Bitte für den späteren Teil des Abends eine Salsa-Band engagiert. Die Bräutigame waren beide hervorragende Tänzer. Morgans Eltern hatten sich nach der ersten Band zurückgezogen. Sie waren Trauzeugen gewesen, sowohl für Morgan als auch für Alex, ebenso Edward, der in seinem Smoking fabelhaft aussah. Er war vierundvierzig Jahre alt, sah aber zehn Jahre jünger aus.

Morgan und Alex hatten sich selbst um die Sitzordnung gekümmert und Edward neben Faith platziert, da sie darauf bestanden hatten, dass sie als Hochzeitsgast mit am Tisch saß, was sie sehr rührte. Faith nahm höchst selten als Gast an den Hochzeiten teil, die sie ausrichtete. Violet blieb im Dienst, beaufsichtigte die Bedienung und sorgte dafür, dass die exquisite Torte zum richtigen Zeitpunkt hereingebracht wurde. Faith hatte eine Tortenverzierung anfertigen lassen – zwei Männer und ein Baby. Alex und Morgan fanden die Idee sehr amüsant.

Und wieder war kein Detail vergessen worden, und wunderbarerweise ging nichts schief. Es gab keine Pannen. Neben Edward zu sitzen gefiel Faith genauso gut, wie sie es erwartet hatte. Sie tanzten viel miteinander und unterhielten sich angeregt mit den anderen Gästen an ihrem Tisch. Edward war ein fantastischer Tänzer, genau wie sein Bruder. Beide Bräutigame tanzten mit Faith, ebenso Morgans und Edwards Vater, bevor die heißere Band loslegte. Die Party dauerte bis vier Uhr morgens, und fast alle blieben bis zum Schluss. Nachts um drei gab es ein Büfett mit Käse, kaltem Fleisch, Omeletts, Eggs Benedict, Beggar's Purses, Sandwiches, mit Kaviar gefüllte Kartoffeln sowie mit Kartoffelbrei gefüllte Martinigläser. Das Essen sah so köstlich aus, wie es schmeckte. Wohin man schaute, war alles erlesen und wundervoll zubereitet. Unter den Gästen gab es einige Prominente, Filmstars, mit denen Alex zusammengearbeitet hatte, außerdem zwei berühmte Modedesigner, die Morgan eingeladen hatte. Die Bräutigame und ihre Gäste genossen die Hochzeitsfeier sehr.

Edward und Faith amüsierten sich prächtig auf der Tanzfläche, besonders beim Samba und der südamerikanischen Musik. Sie bedienten sich am nächtlichen Büfett und setzten sich wieder. Sie verbrachten den überwiegenden Teil des Abends zusammen.

»Sie veranstalten hier die beste Hochzeit, auf der ich je gewesen bin«, sagte er gut gelaunt, nachdem er einen Happen des exzellenten Kaviars gekostet hatte. »Wie machen Sie das?« Er sah sie bewundernd an.

»Ich liebe das, was ich tue. Das hilft immer.« In diesem Fall mochte sie auch die Brautleute sehr und wollte, dass alles perfekt für sie war.

»Seniorpartner einer Anwaltskanzlei zu sein ist nicht so aufregend, aber auch ich liebe meine Arbeit.« Er war sehr intelligent und besaß einen guten Sinn für Humor, was ihr gefiel.

Um halb vier erklärte Faith Edward, dass sie sich nun verabschieden würde. Sie war zu müde, um noch einen Tanzschritt zu machen. Es war ein langer Tag für sie gewesen. Sie hatte die letzten Aufbauten ab sechs Uhr morgens beaufsichtigt und seitdem ununterbrochen zu tun gehabt.

Er wirkte auf einmal wach und nüchtern, nahm ihre Hand und hielt sie.

»Gehen Sie diese Woche mit mir essen?«, fragte er ernst.

»Sehr gern«, antwortete sie lächelnd.

»Ich breche auch gleich auf«, sagte er. Die Band spielte zwar noch, aber die Feier ging allmählich zu Ende.

Edward nahm sie im Taxi mit und setzte sie zu Hause ab; er brachte sie bis an die Tür, während das Taxi wartete, und stand da, bis sie aufgeschlossen hatte.

»Es hat Spaß gemacht heute Abend«, sagte sie, und er nickte mit einem Lächeln, das seine Augen aufleuchten ließ.

»Das finde ich auch«, erwiderte er. »Das war die beste Hochzeit, die ich je besucht habe.« Sie konnte sehen, dass er das aufrichtig meinte. Er sah sie noch einen Moment an, dann beugte er sich vor und küsste sie. Es war ein zärtlicher, sinnlicher Kuss, der in ihr das Verlangen nach mehr weckte. Das war eine interessante Entwicklung ihrer Freundschaft. Er hob sie nach der Hochzeit auf ein neues Level, mit einer Option auf die Zukunft. Der Kuss war voller Verheißungen, die erst noch eingelöst werden mussten.

Als Edward sich verabschiedet hatte, schlüpfte Faith ins Haus und schlief eine Weile später, nachdem sie sich bettfertig gemacht hatte, in Gedanken an ihn lächelnd ein. Es war eine wunderbare Nacht gewesen und eine ihrer besten Hochzeiten, für Menschen, mit denen sie wirklich gern zusammen war und die sie mochte, was alles noch viel besser machte.

Am Morgen nach Alex' und Morgans Hochzeit wurde Faith vom Klingeln ihres Telefons geweckt. Sie tauchte aus dem Schlaf auf und war plötzlich hellwach, als sie die Anspannung in der Stimme ihrer Mutter hörte.

»Was ist los, Mom?« Sie schaute zur Uhr. Es war neun, und sie war um halb fünf ins Bett gegangen. Es war eine kurze Nacht für sie gewesen, aber eine großartige Party, und Violet hatte sich in dieser Nacht um sämtliche Details gekümmert, da Faith als Gast teilnahm.

»Wir sind wieder in Lenox Hill«, sagte Marianne zutiefst besorgt. »Jean-Pierre hatte letzte Nacht einen weiteren Anfall. Er muss jetzt dauerhaft Medikamente nehmen. Sollte noch einmal einer auftreten, wird er einen Schrittmacher bekommen. Er will keinen, aber möglicherweise ist es das, was er braucht. Gestern ging es ihm gut, aber dann bekam er letzte Nacht ohne jeden Grund Herzrasen. Er behauptete, es sei alles in Ordnung, aber er fühlte sich nicht gut, deshalb habe ich ihn ins Krankenhaus gebracht.«

»Du hättest mich anrufen sollen«, sagte Faith und setzte sich auf.

»Hope meinte, dass gestern die Hochzeit stattfand, von diesen beiden attraktiven Männern mit dem Baby.«

»Stimmt auch. Es war fantastisch. Eine weitere großartige Feier. Wir haben sie in einem unglaublichen Haus ausgerichtet, das einem berühmten Schauspieler gehört.« Sie kannte seine Identität inzwischen, behielt ihr Wissen aber für sich.

»Du übertriffst dich stets aufs Neue«, meinte ihre Mutter stolz.

»Es war definitiv eine gute Feier. Der Veranstaltungsort und zwei tolle Bands haben dazu beigetragen. Ich habe die ganze Nacht getanzt. Meine Füße fühlen sich an wie Fußbälle. Ich bin in einer halben Stunde bei dir, Mom, und richte Jean-Pierre liebe Grüße aus.« Faith spürte, dass es diesmal kein schlimmer Notfall war, sonst hätte ihre Mutter nicht auch über andere Dinge, wie die Hochzeit, gesprochen. Aber Faith konnte ihre Besorgnis hören. Sie war so glücklich und wollte ihn nicht verlieren. Die beiden liebten einander wirklich. Endlich hatte sie es richtig getroffen.

Faith kam fünfundvierzig Minuten später im Krankenhaus an und fand ihre Mutter auf einem Stuhl neben Jean-Pierres Bett sitzend vor. Er las die Sonntagsausgabe der *New York Times* und lächelte, als Faith eintrat. Sie hatte sich ein bisschen benommen gefühlt nach dem Aufstehen, und sie war blasser als er. Offenbar litt sie an einem leichten Kater von der Hochzeit.

»Du siehst ziemlich gut aus«, sagte sie zu ihrem Stiefvater.

»Du eher nicht. Bist du krank?«

»Ich war gestern auf einer grandiosen Hochzeit, mit zwei Bands. Und ich fürchte, ich habe zu viel Champagner getrunken. Aber ich hatte Spaß.«

»Das ist gut. Deine Mutter sagt, du arbeitest zu hart.« Sie widersprach nicht. »Du musst dir auch Zeit nehmen, um dich zu amüsieren. Jeder Moment ist kostbar.« Er schaute zu seiner Frau, während er das sagte. Und Faith begriff durchaus, was er damit meinte – man sollte das Leben auskosten, jeden einzelnen Moment, den Tag genießen, leben, lieben und lachen und nicht nur arbeiten. Er schien sich gut darauf zu verstehen. Ihre Mutter hatte nie besser ausgesehen. Faith verstand, was sie taten. Sie nutzten die Augenblicke und Tage, solange sie konnten. Die Zukunft würde so oder so kommen, und das Schicksal würde entscheiden, wie immer. Faith verließ die beiden nach einer Stunde. Jean-Pierre würde das Krankenhaus bald verlassen können, und sie brauchten Faith dort nicht mehr. Es hieß, sie könnten zur Mittagszeit gehen. Die beiden würden allein zurechtkommen. Faith hatte den Eindruck, dass es ihnen so lieber war.

Sie erhielt einen Anruf von Morgan, als sie auf der Rückfahrt im Taxi saß.

»Das war die beste Hochzeit ever! Wir waren begeistert. Jetzt sind wir auf dem Weg zum Flughafen. Unser Flug nach Paris geht in drei Stunden. Wir werden dort gut essen gehen, obwohl viele Restaurants im August geschlossen haben. Anschließend reisen wir weiter nach Monaco, wo wir ein Segelboot gechartert haben. Auf den Fotos ist es eine echte Schönheit. Ich kann es kaum erwarten. Helen hat hier die Verantwortung. Ich habe ihr für den Notfall deine Nummer gegeben. Wir werden Blake vermissen, aber er ist in guten Händen. Und noch mal vielen Dank für die unglaublich schöne Hochzeit, Faith. Für alles.« Sie war für die beiden zu einer Freundin geworden.

»Dankt mir nicht. Ihr habt ein Vermögen dafür bezahlt. Ich bin heute verkatert. Ich glaube, ich habe zu viel Champagner getrunken.«

»Ich auch. Es war eine absolut perfekte Hochzeit. Und die Musik war toll. Wann bist du gegangen?«

»Gegen halb vier. Und als ich nach Hause kam, habe ich erst noch meine E-Mails durchgesehen.«

»Das ist eine schlechte Gewohnheit. Du musst auch mal abschalten.«

»Ich wünsche euch wundervolle Flitterwochen. Amüsiert euch. Vergesst New York. Lasst alles hinter euch.« Sie dachte an Jean-Pierre und ihre Mutter, die das Leben genossen und einander liebten. Gutes war nie selbstverständlich, aber wenn es sich zeigte, musste man die Chance ergreifen.

13. Kapitel

Faith schlief tief und fest, als ihr Handy klingelte. Wegen Hope, ihrer Mutter und nun auch Jean-Pierres instabilem Gesundheitszustand ließ sie ihr Smartphone ständig eingeschaltet. Auch weil Morgan und Alex in den Flitterwochen waren und die Nanny ihre Nummer für den Notfall hatte. Sie wollte jederzeit erreichbar sein. Sie griff nach dem Handy, aus friedlichem Schlaf erwachend, und meldete sich murmelnd.

»Hallo … ja?« Sie versuchte wach zu werden und hörte nur jemanden weinen. Sie glaubte, es sei ihre Mutter, die ihr mitteilen wollte, dass Jean-Pierre schon wieder im Krankenhaus war.

»Mom? Bist du das?« Es folgten unverständliche Worte einer ihr nicht bekannten Stimme. Es klang nach einer jungen Frau, nicht nach ihrer Mutter. Die Gedanken rasten in ihrem Kopf. Violet? Hatte sie ihr Baby verloren? »Hallo? Wer ist da? Reden Sie mit mir«, bat sie. Wer immer es auch war, die Person steckte tief in Schwierigkeiten.

»Ich bin's … Phoebe …« Die junge Frau versuchte sich schluchzend zu sammeln. »Es tut mir leid, Sie mitten in der Nacht anzurufen. Sie hatten recht. Er ist verrückt.«

»Wer denn?« Jetzt war Faith hellwach.

»Doug. Er warf mir vor, dass ich mit unserem Nachbarn von nebenan geschlafen hätte. Dabei habe ich den nie gesehen. Ich nehme an, es ist irgendein junger gut aussehender Typ. Er behauptete, ich hätte ihm einen Blowjob gegeben. Er hat den Verstand verloren.«

Faith setzte sich auf und schaltete das Licht ein. »Hat er Sie geschlagen? Ist alles in Ordnung mit Ihnen?«

»Jetzt schon. Ich bin in einem Frauenhaus. Ich glaube, er hätte mich verprügelt, wenn ich geblieben wäre. Er sah wie ein Wahnsinniger aus, als er mir die Vorwürfe machte. Er zitterte vor Wut. Es passierte nicht zum ersten Mal. Seit wir verheiratet sind, ist er so.« Die Hochzeit war genau zwei Monate her. »Er zerrte mich an meinen Haaren aus dem Bett und schleifte mich über den Fußboden zur Haustür. Ich war im Nachthemd, und er warf mich aus der Wohnung. Ich hatte kein Geld, keine Handtasche, keine Schuhe an den Füßen. Ich war praktisch nackt. Ich lief nach unten, und der Portier rief die Polizei. Die Polizisten wollten mit ihm reden, während ich unten wartete. Sie meinten, er sei vollkommen ruhig und ihnen gegenüber sehr höflich gewesen. Er behauptete, wir hätten nur ein Spiel gespielt, und dabei hätte ich mich ausgesperrt. Er wollte mich nicht mehr hineinlassen, damit ich meine Handtasche oder Kleidung holen konnte. Die Polizei brachte mich zu einem Frauenhaus. Das ist jetzt vier Tage her, und er weigert sich immer noch, mir meine Sachen auszuhändigen. Er hat mir auch erneut den Job gekündigt und zahlt mir nicht das, was mir noch zusteht.

Ich will nicht, dass meine Mom erfährt, was passiert ist, es würde sie zu sehr aufregen. Ich habe meine Schwester angerufen, und sie hat mir etwas Geld überwiesen. Wahrscheinlich werde ich zurück nach San Diego gehen. Ich will nicht, dass er mich findet. Ich wollte Ihnen nur sagen, dass Sie mit allem, was Sie gesagt haben, recht hatten. Er schrieb mir vor, was ich anziehen soll, was ich essen soll, und ich durfte mich mit niemandem verabreden. Er drohte mir, mich umzubringen, falls ich meinen Kolleginnen oder sonst wem gegenüber etwas erwähne, außerdem würde mir ohnehin niemand glauben, hat er immer behauptet. Er weiß nicht, wo ich bin. Einmal habe ich etwas über Sie gesagt, dass ich Sie anrufen wollte, um in Kontakt zu bleiben, und er meinte, wenn ich jemals Kontakt zu Ihnen aufnehme, würde er uns beide umbringen.«

»Wie charmant«, sagte Faith und fühlte Wut in sich aufsteigen. Er hatte versucht, diese sanftmütige, freundliche, anständige, wunderschöne junge Frau zu zerstören. »Sie müssen ihn für immer verlassen und sich in Zukunft von ihm fernhalten. Er ist gefährlich, Phoebe. Ich weiß nicht, wie weit er wirklich gehen würde oder ob er bloß ein Tyrann ist, aber Sie dürfen nichts riskieren.«

»Das ist mir inzwischen auch klar. Sobald ich es mir leisten kann, werde ich die Scheidung einreichen. Aber ich weiß nicht, was ich tun soll. Ich habe hier eine Stellenvermittlung für medizinisches Personal angerufen. Er hat mich bei allen in Verruf gebracht. Er hat der Agentur erzählt, dass ich ein ernstes Heroinproblem hätte und Morphium stehlen würde. Einer anderen Arbeitsvermittlung hat er erzählt, ich sei während einer Operation betrunken gewesen und hätte ihm die falschen Instrumente gegeben. Die werden mich nicht vermitteln. Ich habe in San Diego angerufen, aber da gibt es momentan keine freien Stellen, und falls doch, brauche ich Referenzen. Wenn Sie jemanden kennen – ich würde alles machen, Pakete packen, Kartons öffnen, Fußböden schrubben, Hunde ausführen. Ich muss unbedingt etwas Geld verdienen, ehe ich nach Hause fahre. Meine Schwester kann ich nicht schon wieder bitten, die hat mit meiner Mom genug um die Ohren, weil ihr Zustand sich stetig verschlechtert.«

»Ich kann Ihnen Geld leihen«, bot Faith an.

»Ich will kein Geld«, entgegnete Phoebe verlegen. »Ich brauche Arbeit. Ich bin eine ausgebildete OP-Schwester in der plastischen Chirurgie. Er hat dafür gesorgt, dass niemand mich einstellt. Ohne eine Referenz von ihm werde ich in dieser Stadt keinen Job mehr bekommen.«

»Sie müssen sich einen Anwalt nehmen und in Erfahrung bringen, was Sie tun können.«

»Es tut mir leid, dass ich Sie mitten in der Nacht angerufen habe. Ich saß hier und dachte darüber nach, wie es weitergehen soll, und geriet in Panik. Noch nie habe ich mich so allein gefühlt. Ich wohne jetzt in dem Frauenhaus, in das die Polizei mich gebracht hat. Ich habe die Frauen angerufen, mit denen ich früher zusammengewohnt habe, und ihnen alles erzählt. Aber ich kann momentan keine Miete zahlen, daher könnte ich selbst dann nicht zurück in mein altes Zimmer, wenn es noch frei wäre, was natürlich nicht der Fall ist. Außerdem würden sie fürchten, dass er auf der Suche nach mir dort auftaucht und ihnen etwas antut.«

»Ich habe keine Angst vor ihm. Sie können bei mir wohnen.«

»Ich will Ihnen nicht zur Last fallen oder Ihnen irgendwie Ärger einbrocken. Aber wenn Ihnen eine Arbeit einfällt, die ich machen könnte, wäre ich Ihnen wirklich dankbar. Egal was. Ich bin in einer Notunterkunft und kann nicht lange hierbleiben. Die dauerhaften Plätze in den Frauenhäusern gehen an Frauen mit Kindern. Ich könnte mich vielleicht an die Wohlfahrt wenden. Oder als Kellnerin oder so arbeiten.« Sie war derartig aufgewühlt, dass sie nicht mehr klar denken konnte. Sie wusste nur, dass Doug ein schrecklicher, gefährlicher und gestörter Mann war. Er hatte ihr vorgeworfen, ihn nur des Geldes wegen geheiratet zu haben, und die Geschichte von ihrer kranken und mittellosen Mutter sei wahrscheinlich eine Lüge. Dabei hatte sie ihn nie um Geld gebeten.

»Kommen Sie später einfach vorbei, dann lassen wir uns etwas einfallen.« Faith war mittlerweile vollkommen wach. Es war fünf Uhr morgens. »Haben Sie Geld für die U-Bahn?«

»Keine Sorge, das ist kein Problem. Und es tut mir leid. Ich sehe schrecklich aus. Ich habe nur Sachen aus der Unterkunft zum Anziehen.« Prompt sah Faith sie auf ihrer Hochzeit, in dem unbequemen Kleid, das wie eine Rüstung aussah und in dem sie kaum gehen konnte. Doug hatte es ihr gekauft und sie gezwungen, es anzuziehen statt des hübscheren Kleides, das sie viel lieber gehabt hätte. Alle Geschenke von ihm an sie waren wie ein zweischneidiges Schwert.

Nach Phoebes Anruf konnte Faith nicht mehr einschlafen. Sie sagte ihren Ballettkurs ab und saß um sieben geduscht und angezogen in ihrem Büro. Sie überlegte, an wen sie sich wegen Phoebe wenden könnte. Ihr Partyservice, ihr bevorzugter Florist, die Hochzeitstortenbäckerin, einige ihrer ehemaligen Kunden, die zahlreiche Assistentinnen hatten, die oft kamen und gingen. Phoebe war eine intelligente, fähige und gut ausgebildete Krankenschwester und dennoch bereit, jeder Tätigkeit nachzugehen. Faith machte eine Liste. Sie fühlte mit der jungen Frau, die so lieb und anständig war. Sie hatte das nicht verdient. Faith war überzeugt davon, dass Doug sie ausgewählt hatte, weil sie nachgiebig, vertrauensvoll und naiv war und vollkommen allein in New York. Phoebe meinte, er habe es gleich nachdem sie in seiner Klinik angefangen hatte, auf sie abgesehen, und dann sei alles sehr schnell gegangen.

Obendrein war sie wunderschön. Er war ein kranker Typ, aber Faith hatte solche Geschichten schon früher gehört und es bei ihm gleich gemerkt. Phoebe war so entschlossen gewesen, ihn zu heiraten, und wirklich verliebt. Seine Freundlichkeit hatte sie anfangs für ihn eingenommen, bis er sich auf einmal gewandelt hatte.

Als Violet zur Arbeit erschien, standen fast ein Dutzend Leute auf Faiths Liste. Die Schwangerschaft ihrer Assistentin wurde allmählich sichtbar, obwohl sie erst im vierten Monat war, und Faith fragte sich, wie lange sie noch würde arbeiten können. Man hatte sie gewarnt, dass besonders bei Zwillingen Bettruhe nötig werden könnte, möglicherweise schon ab dem vierten Monat. Bis dahin waren es nur noch zwei Wochen. Violet war so engagiert, dass sie schwor, bis zum letzten Tag vor der Entbindung zu arbeiten. Aber vielleicht war das nicht möglich. Faiths Mutter hatte drei Monate vor dem errechneten Entbindungstermin Bettruhe halten müssen, bis Faith und Violet einen Monat zu früh zur Welt gekommen waren. Das kam bei Zwillingen häufig vor, zusammen mit einer Vielzahl anderer Komplikationen. Jetzt fragte Faith sich, wie es weitergehen sollte, falls Violet kurzfristig ausfiel, da doch einige Hochzeiten bevorstanden. Einige weitere Aufträge für Dezember waren inzwischen eingetrudelt, da die Leute gern um Weihnachten oder Silvester herum heirateten. Ohne Violet wäre Faith aufgeschmissen. Sie verließ sich komplett auf sie, und schon jetzt gab es Grund zur Sorge. Da Faith als Gast an Alex' und Morgans Hochzeit teilgenommen hatte, hatte Violet ihren Part übernommen und war bis vier Uhr morgens geblieben. Am nächsten Tag war sie wieder da und hatte den Abbau beaufsichtigt. Anschließend hatte sie tagelang erschöpft und sogar krank ausgesehen. Sie beklagte sich nie, aber es würde unweigerlich bergab gehen, ehe es wieder bergauf ging. Faith wollte keinen negativen Einfluss auf ihre Gesundheit haben oder gar ihre Babys einem Risiko aussetzen.

Sie berichtete ihr von Phoebes Anruf, und Violet war entsetzt. Sie hatte sich vor der Hochzeit ebenso viele Sorgen wie Faith gemacht. Jemand, der Doug nicht verfallen war, konnte leicht erkennen, wie extrem kontrollierend er war. Violet konnte ihn nicht ausstehen und fühlte mit Phoebe.

»Kennst du jemanden, der gerade jemanden einstellen will? Oder der eine Assistentin braucht, für was auch immer? Er hat dafür gesorgt, dass sie keinen Job als Krankenschwester mehr findet. Es ist eine überschaubare Branche, und er hat sie bei sämtlichen Vermittlungen schlecht gemacht. Ich will, dass sie sich an einen Anwalt wendet, um das vielleicht rückgängig zu machen. Aber ohne Referenzen von ihm wird es schwierig. Leute, die gefeuert werden, behaupten stets, ihr Arbeitgeber sei verrückt. In seinem Fall trifft das aber leider zu.«

»Momentan fällt mir nichts ein. Aber manchmal rufen Leute an, um zu fragen, ob wir jemanden kennen, der einen Job sucht.« Violet wirkte angespannt.

Faith rief Hope an, um zu fragen, ob sie eine Idee hatte.

»Wir brauchen im Dezember weitere Unterstützung, aber das ist erst in vier Monaten, und es hört sich an, als müsste sie sofort Geld verdienen. Du bist wirklich eine Hochzeitsplanerin mit Rundumservice. Für manche Bräute spielst du die Mutter, den Vater und die Therapeutin, von der Traumhochzeit, die du ihnen bietest, ganz zu schweigen.«

»Diese Frau hat ihre Albtraumhochzeit bekommen. Das war vorhersehbar, aber sie wollte es nicht wahrhaben. Ich habe versucht, sie zu warnen. Er hatte für eine Weile mit ihr Schluss gemacht, aber sie wollte unbedingt zurück zu ihm.«

»Ich habe gehört, dass viele Opfer von Misshandlungen sich so verhalten, bis sie endlich aufwachen. Manchmal mit tragischem Ausgang«, fügte Hope ernst hinzu.

»Ich will nicht, dass ihr das passiert.«

»Vielleicht sollte sie an die Westküste zurückgehen und dort von vorn anfangen.«

»Sie meint, in San Diego gibt es gerade keine freien Stellen, vielleicht sollte sie es in L.A. versuchen, aber da wäre dann wieder das Problem der fehlenden Referenzen. Ich glaube, sie sollte für eine Weile etwas anderes machen, bis sich diese Sache geklärt hat und sie wieder als Krankenschwester arbeiten kann.«

»Sie tut mir leid«, sagte Hope. Nicht alle Frauen hatten das Glück, einen Mann wie Angus zu haben, der ein großartiger Ehemann und Vater und überhaupt ein guter Mensch war.

»Mir auch«, sagte Faith. Phoebe hatte am Telefon verzweifelt geklungen.

»Wie kommen deine beiden Dads mit ihrem Baby zurecht?«

»Erstaunlich gut. Die Verzichtserklärung ist endgültig, und die Adoption wird im Oktober bestätigt. Sie haben eine tolle englische Nanny eingestellt, die in einer vornehmen Kindermädchenschule ausgebildet wurde und noch dazu eine Greencard hat. Sie war mit einem Amerikaner verheiratet und wurde geschieden. Alex und Morgan sind momentan in den Flitterwochen, auf einem Segelboot in Südfrankreich. Und Baby Nummer zwei, das von der Leihmutter, soll in sieben Monaten zur Welt kommen. Die zwei sind klasse, und sie werden wunderbare Väter werden. Sie finden sich sehr gut in ihre Rollen hinein und lieben den Kleinen sehr.«

»Mit einer vornehmen britischen Nanny käme ich auch gut zurecht«, bemerkte Hope lachend. Ihre Haushälterin verstand sich gut mit den Kindern, aber sie hatten mehrere Nannys gehabt, die unzuverlässig gewesen waren und nicht lange blieben. Auch die letzte hatte sie gerade im Stich gelassen, da sie sich in Connecticut gelangweilt und es sie ins aufregende New York gezogen hatte.

Alex und Morgan hatten eine höchst kompetente, sehr teure professionelle Nanny engagiert. Das war es den beiden wert. Sie hatten beide fordernde Berufe und brauchten jemanden, der verlässlich war und sehr gut im Umgang mit Kindern. »Sie erwägen, aus der Stadt zu ziehen, sobald das zweite Baby da ist. Ihr sehr schickes Apartment platzt aus allen Nähten. Es ist einfach nicht für Kinder gemacht. Es ist eine Maisonette-Wohnung mit einer edlen Marmortreppe. Das ist nicht gut, wenn die Kinder anfangen zu laufen. Zu gefährlich.«

»Deshalb sind wir hierhergezogen. Es ist einfacher mit Kindern, besonders wenn man mehr als eines hat.«

»Was macht die Babyfabrik?« Faith vergaß manchmal, sich nach der Schwangerschaft ihrer Schwester zu erkundigen. Es schien bei ihr immer alles mühelos zu laufen, was bestimmt in Wahrheit nicht der Fall war. Hope beklagte sich nur nie, und sie wusste, dass Faith sich für Babythemen nicht interessierte. Sie hatte eben diese Erfahrung nie gemacht und konnte daher wenig damit anfangen. Das änderte jedoch nichts daran, dass sie ihre Schwester liebte. Hope hatte Angus, mit dem sie über Kinder reden konnte, außerdem gab es Freunde mit Kindern im Alter ihrer Kinder oder eine Freundin, die auch gerade schwanger war. Sie musste nicht mit Faith darüber sprechen und versuchte es auch nie. Babys waren Faiths blinder Fleck, obwohl sie ihre Neffen liebte und Blake süß fand. Aber das Muttersein hatte keinen Reiz für sie.

»Ich werde an deine Krankenschwester denken, wenn ich höre, dass jemand Hilfe braucht«, versprach Hope.

»Danke, Hopie. Bis später.«

Als Phoebe eintraf, sah sie noch schlimmer aus, als Faith es befürchtet hatte. Draußen regnete es in Strömen, und die junge Frau war klitschnass. Sie trug die zusammengewürfelten Sachen aus dem Spendenkarton im Frauenhaus. An den Füßen trug sie Flipflops, und die langen blonden Haare klebten ihr platt am Kopf. Sie war mit der U-Bahn gekommen, dank der MetroCard, die sie im Frauenhaus bekommen hatte. Doch selbst jetzt sah sie noch wunderschön aus, ohne Make-up und mit dem traurigsten Ausdruck in den Augen, den Faith je gesehen hatte. In den vergangenen zwei Monaten, seit der Hochzeit mit Doug, hatte sie eine hässliche Seite des Lebens kennengelernt und Dinge durchgemacht, die niemand durchmachen sollte. Sie wirkte wie am Boden zerstört.

»Tut mir leid, dass ich so fertig aussehe«, sagte sie, während sie tropfend in Faiths Flur stand und eine Papiertüte abstellte, in der sich einige Sachen befanden, die sie vom Frauenhaus erhalten hatte. Es war unglaublich. Doug gestattete ihr nicht einmal, ihr Eigentum abzuholen, und hatte ihr den Ehering und den Verlobungsring vom Finger gerissen, bevor er sie hinausgeworfen hatte. Das hatte er beim ersten Mal schon gemacht, als wäre sie irgendein billiges Flittchen, das den Schmuck verkaufen oder versetzen würde.

»Ich sah mein Spiegelbild in der U-Bahn-Station und habe mich selbst nicht wiedererkannt«, sagte sie, während Faith sie in die Küche führte, um ihr einen Tee zu kochen. Violet gesellte sich zu ihnen. Auch sie war entsetzt darüber, wie Phoebe aussah. Das war alles reparabel, und sie würde schon wieder auf die Füße kommen. Im Augenblick war sie jedoch in einem tiefen Loch und hatte keine Ahnung, wie sie da herauskommen sollte.

Phoebe lächelte Violet an, offenbar froh, sie zu sehen. Sie war nur wenige Jahre älter als Violet und hatte sie bei der Planung der Hochzeit auf Anhieb gemocht.

»Ich habe gehört, Sie bekommen ein Baby«, sagte Phoebe zu ihr. »Glückwunsch.« Das waren wenigstens mal gute Nachrichten, im Gegensatz zur düsteren Seite des Lebens, die sie zuletzt gesehen hatte. Sie erinnerte sich daran, dass Violet kurz vor ihr geheiratet hatte. Faith hatte ihr gerade erzählt, dass Violet schwanger war, bevor diese hereingekommen war.

»Ja, was auch immer. Wir halten das nicht für eine so tolle Nachricht. Eigentlich wollten wir noch warten. Wir hatten einen Fünfjahresplan, und die Schwangerschaft bringt alles durcheinander. Ich habe mich ziemlich darüber aufgeregt. Und dass es Zwillinge sind, macht die Sache noch schlimmer. Ich habe keine Ahnung, wie das wird oder wie wir das hinbekommen sollen.«

»Ich habe gehört, es soll in den ersten ein bis zwei Jahren ziemlich schwierig sein mit Zwillingen, aber danach macht es Spaß«, meinte Phoebe freundlich.

»Meine Schwester und ich haben meiner Mutter viel Spaß gemacht«, sagte Faith und verdrehte die Augen, woraufhin alle drei lachten. »Sie hat es überlebt. Aber sie hat keine weiteren Kinder mehr bekommen. Ich nehme an, davon haben wir sie kuriert.«

»Es tut mir leid, dass Sie eine schwere Zeit hatten, Phoebe«, meinte Violet sanft. Sie wollte weder neugierig noch indiskret sein, aber Phoebe sah so traurig und zerzaust aus, dass diese Bemerkung angebracht zu sein schien. Sie hatte Gewicht verloren und war blass, sie wirkte aufgewühlt und hatte dunkle Ringe unter den Augen. In den vergangenen zwei Monaten hatte sie kaum eine Nacht richtig geschlafen, und im Frauenhaus war es auch nicht besonders erholsam gewesen. Dort hielten sich Opfer verschiedenster Misshandlungen auf und einige Frauen, die kürzlich aus dem Gefängnis entlassen worden waren und schlechte Gewohnheiten hatten. Es war eine Gruppe der Gesellschaft, mit der Phoebe nie zuvor zu tun gehabt hatte und in der sie sich völlig fehl am Platze gefühlt hatte. Diese Frauen hatten schon von Weitem gemerkt, wie naiv sie war, und einige von ihnen hatten versucht, das auszunutzen oder sich ihr gegenüber aggressiv verhalten. Entsprechend erleichtert war sie jetzt darüber, bei Faith zu sein, wo sie sich sicher fühlte. Sie hatte sich seit ihrer Hochzeit nicht mehr sicher gefühlt.

Sie unterhielten sich in der Küche über Phoebes Jobmöglichkeiten. Faith schlug Phoebe vor, einen Termin bei ihrem Anwalt zu arrangieren. Faith fragte sich, ob Phoebe Doug anzeigen und ein Kontaktverbot erwirken sollte.

»Ich kann mir keinen Anwalt leisten, bevor ich einen Job habe«, erinnerte Phoebe sie.

»Reden Sie einfach mit ihm und hören Sie zu, was Sie seiner Einschätzung nach tun können. Ich komme für die Kosten auf«, sagte Faith, und Phoebe dankte ihr überschwänglich. Dann ging sie, um eine weniger durchnässte Jeans anzuziehen, und nahm die Einkaufstüte mit. Die Papiertüte war so nass, dass sie sich fast auflöste. Phoebe war wirklich an einem Tiefpunkt angelangt, seit Faith ihr zuletzt begegnet war. Dies war ein Dienst, den Faith für gewöhnlich nicht in ihrem Portfolio hatte, doch sie tat es gern für Phoebe.

Sie schaute in ihren Terminkalender und stellte fest, dass sie bis um zwei an diesem Nachmittag frei hatte. Als Phoebe wieder herunterkam, rief Faith einen Uber-Wagen an und bat Violet, für Phoebe schnellstmöglich einen Termin beim Anwalt zu vereinbaren. Sie hatte Phoebe das kleine Gästezimmer oben gegeben. Es war ein in fröhlichem Gelb gestrichener Raum mit pinkfarbenem Badezimmer, und Phoebe fand ihn himmlisch. Faith holte einen ihrer Regenmäntel aus dem Schrank und gab ihn Phoebe. Er war ein bisschen zu kurz, aber Phoebe war so schmal geworden, dass er passte und ihr gut stand.

»Fahren wir jetzt zum Anwalt?« Sie machte ein überraschtes Gesicht.

»Noch nicht. Wir haben noch eine kleine Mission vor uns, damit Sie sich wieder wie Phoebe Smith fühlen, und nicht mehr wie das Opfer des berüchtigten Dr. Kirk und Mr. Hyde.« Das Uber traf ein, als sie ihre Mäntel angezogen hatten. Faith nahm einen Regenschirm mit und schob Phoebe zur Tür hinaus. Sie nannte dem Fahrer die Adresse von Bloomingdale's, das nicht weit entfernt war. Zuerst sträubte Phoebe sich, doch Faith wollte davon nichts wissen. In weniger als zwei Stunden hatte sie Sweatshirts, Blusen, T-Shirts, neue Jeans, Laufschuhe, flache Ballerinas sowie ein Paar Pumps für Vorstellungsgespräche. Sie fanden einige hübsche Baumwollkleider im Angebot, eine Jacke, zwei einfache Handtaschen, Unterwäsche, Nachthemden, Make-up und einen Strohhut, der ihr fantastisch stand. Als sie gingen, kamen sie mit ihren Tüten kaum durch die Tür. Sie kehrten in Faiths Haus zurück, wo Phoebe die Arme um sie schlang und an sich drückte.

»Ich zahle alles zurück, sobald ich einen Job habe, das verspreche ich.«

»Nein, das werden Sie nicht.« Sie hatten kein Vermögen ausgegeben, und Phoebe fühlte sich wieder wie ein menschliches Wesen, nachdem sie anständige Kleidung angezogen und etwas Make-up aufgetragen hatte. Sie sah fast wieder wie sie selbst aus, bis auf den traurigen Ausdruck in den Augen. Immerhin lächelte sie wieder. Das war schon ein enormer Fortschritt im Vergleich zu dem Zustand, in dem sie sich bei ihrer Ankunft befunden hatte. Aus dem Frauenhaus hatte sie sich abgemeldet, als sie gegangen war.

Faith hatte um halb drei einen Termin mit einer Kundin wegen einer Neujahrshochzeit. Sie war geschieden und hatte zwei Kinder, und sie wollte für einen Abend eine Jacht chartern, um eine kleine Hochzeit darauf zu feiern. Der Bräutigam hatte drei Kinder, alle bereits Teenager, und sie wollten etwa vierzig Gäste bei einer unvergesslichen Feier bewirten. Faith fand das leicht zu arrangieren. Hinterher ging sie in Violets Büro, wo sich die beiden jungen Frauen gerade unterhielten. Phoebe trug einen lavendelfarbenen weichen Pullover mit V-Ausschnitt, den sie an diesem Morgen gekauft hatten, dazu eine Baumwollhose von der gleichen Farbe und Sandalen mit Gänseblümchen, von denen sie ganz entzückt war.

»Mir ist da eine Idee gekommen. Mal sehen, wie ihr die findet. Madame Violet hier ist momentan eine Art Zeitbombe. Wir hoffen, dass sie imstande sein wird, bis kurz vor der Entbindung zu arbeiten. Ich werde sie dann im letzten Augenblick ins Krankenhaus fahren, damit sie ihr Kind nicht in meinem Büro zur Welt bringt. Leider sieht die Realität anders aus«, erklärte sie und sah ihre Mitarbeiterin an. »Du könntest jederzeit Bettruhe verordnet bekommen, falls diese Zwillinge sich nicht benehmen. Und dazu neigen Zwillinge, in jedem Alter.« Sie grinste, und alle lachten. »Und Phoebe braucht jetzt einen Job. Wenn wir Pech haben, fällt Vi sehr kurzfristig aus, was ein Desaster wäre, wenn wir gut gebucht sind. Da sind schon eine Menge Hochzeiten im Herbst und um Weihnachten herum eine riesige Feier in Locust Valley, Freunde der Alberts. Das wird also eine große Sache. Dazu noch ein paar kleinere Feiern. Und ich bezweifle, dass du bis weit über Weihnachten durchhältst, Vi. Kommt noch hinzu, dass du mindestens vier Wochen Mutterschaftsurlaub machen solltest. Und Sie, Phoebe, haben eine Auszeit als Krankenschwester, bis Ihr Mann hinter Gittern sitzt oder Ihren Ruf reinwäscht. Was haltet ihr beide davon, wenn Phoebe jetzt an Bord kommt und sich einarbeitet, damit wir vorbereitet sind, wenn Vi Bettruhe halten muss? Außerdem nimmt es den Druck auf Vi jetzt, sodass sie vielleicht gar keine Bettruhe brauchen wird. Was haltet ihr davon?«

Die beiden starrten sie an. Phoebe lächelte, und Violet nickte. Sie hatte selbst schon daran gedacht, aber bezweifelt, dass Faith zwei Assistentinnen-Gehälter zahlen wollte, nur »für alle Fälle«.

»Ich finde, es ist eine großartige Idee. Violet?« Faith wollte sichergehen, dass Violet sich nicht hinausgedrängt fühlte. »Es wäre nur bis zum März, sieben Monate also, damit du, Vi, dich auf die Zwillinge konzentrieren und wieder auf die Beine kommen kannst. Und danach hilft Phoebe wieder bei Faceliftings oder Brust-Vergrößerungen oder was immer sie beruflich normalerweise macht und ich dringend brauche, aber wovon ich gar nichts wissen will, also erzähl es mir nicht.« Wieder lachten alle drei und fingen an, alle gleichzeitig zu reden. Faith schrieb eine Zahl auf ein Stück Papier, faltete es zusammen und gab es Phoebe. Das war ihr Gehalt, das Faith zu zahlen bereit war. Phoebe starrte verblüfft auf die Summe, nachdem sie den Zettel entfaltet hatte.

»Damit kann ich mir eine kleine möblierte Wohnung leisten und habe noch genug, um mir etwas zu essen zu kaufen, ein bisschen shoppen zu gehen, zur Maniküre und ins Kino.« Natürlich war es weniger als ihr Gehalt als hochqualifizierte OP-Schwester, aber es war deutlich mehr als angemessen. Und sie brauchte den Job unbedingt. Faith rettete ihr das Leben.

»Ja!«, rief sie und sprang aus ihrem Sessel, um Faith und Violet zu umarmen. »Ja, ja, ja, danke!« Die Frauen hielten sich in den Armen, und Faith lächelte ebenfalls.

»Auf diese Weise profitieren wir alle. Problem gelöst, für jede von uns. Ladys, wir haben einen Deal! Du bist eingestellt«, sagte sie zu Phoebe. Und Violet hatte ihr einen Termin am nächsten Tag beim Anwalt besorgt, um in Erfahrung zu bringen, welche Schritte sie gegen Doug unternehmen konnte, ob sie ihn anzeigen sollte oder nicht und ob die Ehe annulliert werden konnte oder ob sie die Scheidung einreichen musste. Und sie wollte herausfinden, ob er ihr nachhaltig schaden konnte, indem er ihre Fähigkeiten als erfahrene, spezialisierte Krankenschwester weiterhin infrage stellte. Violet hatte ihr auch einen Termin wegen eines neuen Ausweises besorgt.

Phoebe versprach, so schnell sie konnte ein kleines Apartment zu finden. Sie schrieb ihrer Schwester, dass sie vorläufig einen Job als Büroassistentin hatte, einen Anwalt aufsuchen und ihre Angelegenheiten in Ordnung bringen würde. Sie würde das Geld zurückzahlen, das ihre Schwester ihr geliehen hatte. Alles in ihrem Leben hatte sich zum Besseren gewandelt, dank Faith. Selbst Violet sah erleichtert aus und schien nicht um ihre Position zu fürchten. Faith hatte sich große Sorgen gemacht, was wohl geschehen würde, falls Violet plötzlich Bettruhe verordnet bekäme. Sie wusste, dass Violet sie nicht im Stich lassen wollte, aber die äußeren Umstände würden sie womöglich dazu zwingen. Außerdem wäre es doch ganz nett für sie, zur Abwechslung eine weitere Kollegin zu haben. Violet und Phoebe verstanden sich gut.

Edward Phillips, Morgans Bruder, rief Faith an diesem Abend an und lud sie zu einem echten Date ein. Nächste Woche würde er ganz nach New York ziehen und dort die Kanzlei seiner Firma übernehmen. Das wollte er mit ihr feiern. Sie lächelte, als er ein Dinner in einem gut besuchten italienischen Restaurant vorschlug, das sie kannte und mochte, nicht weit von ihr, in der Second Avenue. Er meinte, er würde sie um acht abholen. Und dass er sich auf sie freue. Er hatte eine Textnachricht von Morgan erhalten. Alex und Morgan hielten sich zurzeit in Portofino auf mit ihrem Boot und waren begeistert. Faith war bei einer Italienreise einmal mit Hope dort gewesen, als ihre Schwester als Model in Mailand gearbeitet hatte. Auch sie hatte es damals toll gefunden. Es war eine romantische kleine Hafenstadt mit hübschen kleinen Läden und guten Restaurants, alle auch unglaublich romantisch, dazu eine nachts beleuchtete Burg und eine Kirche oberhalb des Hafens. Sie hatten sich beide vorgenommen, eines Tages mit der Liebe ihres Lebens dorthin zurückzukehren, es aber nie getan. Es war der perfekte Ort für Flitterwochen, und noch besser auf einem Segelboot. Alex und Morgan machten es genau richtig. Dem Baby ging es gut während ihrer Abwesenheit. Faith rief Helen jeden Tag an, um sich zu erkundigen, und Blake entwickelte sich prächtig.

Das Date mit Edward war in zehn Tagen, und sie freute sich darauf.

Phoebes Termin beim Anwalt am nächsten Tag verlief gut. Er war ein erfahrener, sachlicher älterer Herr, der sich seit Jahren um Faiths Verträge und sonstige rechtliche Angelegenheiten kümmerte.

Er erläuterte Phoebe, dass sie bei der Scheidung auf wenig Entschädigung hoffen konnte, da es in New York seit einiger Zeit das Zerrüttungsprinzip nicht mehr gab. Ob sie die Scheidung einreichte oder die Ehe annullieren lassen wollte, würde keinen großen Unterschied machen, höchstens psychologisch, und es läge ganz bei ihr. Er empfahl ihr jedoch, eine Zivilklage wegen des Einkommensverlustes, Rufschädigung, Erpressung, Bedrohung, Tätlichkeit und psychische Beschwerden infolge des Traumas anzustrengen, außerdem wegen des Verlustes all ihres Besitzes, dessen Herausgabe Doug ihr noch immer verweigerte. Zusätzlich wollte der Anwalt ein Kontaktverbot gegen ihn erwirken. Der Polizeibericht von dem Abend, als er sie hinausgeworfen hatte, die Aussage des Portiers und der Mitarbeiterinnen des Frauenhauses sowie Faiths Schilderung würden ihr helfen, zu einer Einigung mit ihm zu kommen. Er würde verhindern wollen, dass die Angelegenheit seinen Ruf schädigte, wenn es herauskäme. Er schlug vor, Doug auf eine Million Dollar zu verklagen und mit der Hälfte zufrieden zu sein. Er arbeitete nicht auf Erfolgsbasis, sondern rechnete wie jeder seriöse Anwalt nach Stunden ab. Er meinte, es sei keine komplizierte Sache, wenn sie Klage einreichen würde, gleichzeitig mit der Scheidung, und er schätzte sein Honorar auf nicht mehr als zwanzigtausend Dollar. Er tippte darauf, dass Doug die Geschichte rasch würde abwickeln wollen, bevor alles an die Öffentlichkeit gelangen konnte.

Phoebe war sehr froh, das alles zu hören, und unterschrieb einen Mandatsvertrag, bevor sie seine Kanzlei verließ, damit er mit der Arbeit beginnen konnte. Jetzt hatte sie noch mehr Schulden bei Faith. Aber was Faith in dieser Sache für sie tat, bedeutete ihr viel mehr als die Hochzeit mit einem Verrückten. Sie wünschte, sie hätte auf Faith gehört, aber alles, was der Anwalt ihr gesagt hatte, tröstete sie. Inzwischen hatte sie das Gefühl, dass am Ende doch noch die Gerechtigkeit siegen würde.

14. Kapitel

Charles Allbright, der Anwalt, bei dem Phoebe gewesen war, setzte die Unterlagen gegen Doug schnell auf und schickte sie an dessen Büro. Danach erhielt sie wütende Anrufe und Textnachrichten. In den Nachrichten drohte er ihr mit physischer Gewalt, und sie schickte Screenshots davon an ihren Anwalt. Doug wusste nicht, wo sie wohnte, daher konnte er sich ihr nicht nähern. Außerdem war das Kontaktverbot in Kraft, was sie beruhigte.

In der Zivilklage hatte Charles als Teil der Beweisführung die Zeugen aufgelistet, die gegen Doug aussagen würden, einschließlich der Polizei. Charles hatte Phoebe gewarnt, dass eine Reaktion erfolgen würde. Aber Dougs Anwalt würde ihn rasch in die Schranken weisen angesichts der Millionen-Dollar-Zivilklage und der Zeugen, die bereit waren, gegen Doug auszusagen. Charles prophezeite einen raschen Einigungsvorschlag der Gegenseite. Phoebe war erfreut.

Sie hatte eine möblierte Wohnung gefunden, nicht weit von Faith entfernt, gleich am Wochenende nachdem Faith sie eingestellt hatte. Sie war sofort eingezogen, mithilfe eines Gehaltsvorschusses. Sie war dankbar für den sicheren Hafen, den Faith ihr geboten hatte, für den Anwalt und den Job. Die Arbeit gefiel ihr, und sie und Violet arbeiteten gern zusammen. Sie hatten viel zu tun, da zum Ende des Sommers hin neue Hochzeiten gebucht worden waren. Einige sollten erst im nächsten Sommer stattfinden, andere früher, im Herbst oder am Ende des Jahres. Einige um die Weihnachtszeit.

Am Abend des Dates mit Edward wählte Faith ihre Kleidung mit Bedacht. Es war ein warmer Abend, und sie freute sich darauf, ihn zu sehen. Es waren die letzten warmen, sonnigen Sommertage. Bald kam der September, in dem sie stets viel zu tun hatte. Bis jetzt hielt es sich in Grenzen, und bei zwei Assistentinnen, die beide sehr effizient arbeiteten, war ihr Büro tadellos in Ordnung. Sie war also weder zu erschöpft noch gestresst. Als Edward sie abholte, war sie in Feierlaune. Er trug ein blaues Oxford-Hemd und eine Khakihose, dazu einen dunkelblauen Leinenblazer. Faith trug ein weißes Eyelet-Baumwollkleid und hochhackige Sandaletten, die langen blonden Haare offen, was nur selten vorkam. Hope meinte immer, sie behandle ihre Haare wie einen Feind, denn sie befestigte sie mit Nadeln zu einem Dutt. Faith musste darüber lachen und zugeben, dass sie damit nicht ganz falschlag. Sie hatte wunderschönes langes seidiges Haar, das nie jemand sah. Edward bewunderte es, als er sie abholte. Es war ein herrlicher Abend und schön, ihn zu sehen.

»Wie ist dein Umzug gelaufen?«, erkundigte sie sich auf dem Weg in einem Uber-Wagen zum Restaurant, in dem viel Betrieb herrschte, als sie dort ankamen. Draußen auf dem Gehsteig standen ebenfalls Tische. Edward hatte einen davon reserviert. Es war eines seiner Lieblingsrestaurants, und ihres auch. Nach dem Kuss waren sie wie von selbst dazu übergegangen, sich zu duzen.

»Es lief ziemlich gut«, antwortete er. »Nichts ging kaputt oder verloren. Ein paar Bilder muss ich noch aufhängen. Es ist aufregend, nach New York zu ziehen. Ich habe schon nach dem Studium daran gedacht, bin jedoch in Chicago geblieben. Und jetzt bin ich hier.«

Sie wussten genug vom Job des anderen, aber das Private interessierte sie beide. Er erzählte ihr von der einen gescheiterten Ehe mit neunzehn, die ihn für lange Zeit von dem Wunsch nach Heirat kuriert hatte. Als er endlich darüber hinweg war, zehn Jahre später, und sich langsam wieder für die Idee erwärmte, hatte er sich in Julie verliebt, eine Anwaltskollegin aus der Kanzlei, eine wunderbare Frau. Sie sprachen schon über die Ehe, als bei ihr Hodgkin-Lymphom diagnostiziert wurde. Er wollte sie trotzdem heiraten, doch sie wollte ihm das nicht zumuten. Die Zukunft war zu unsicher. Drei Jahre später starb sie mit nur zweiunddreißig Jahren. Es hatte weitere Frauen in seinem Leben gegeben, aber er hatte nie mehr den Wunsch verspürt zu heiraten. Mittlerweile glaubte er, dieser Zug sei für ihn abgefahren. Das war jetzt zwölf Jahre her. Er war vierundvierzig, und die Ehe kam ihm »überflüssig« vor. Er hatte einen Sohn, dem er inzwischen nahestand; er hatte zu viel von dessen Kindheit verpasst, weil er damals für die Vaterschaft noch nicht bereit gewesen war. Und heute drängte ihn nichts mehr dazu, verheiratet zu sein.

»Falls ich die Liebe meines Lebens nicht doch noch treffe. Die Wahrheit lautet, dass ich mittlerweile vielleicht ein wenig zu eigenbrötlerisch geworden bin. Ich mag, was ich tue. Ich spiele viel Tennis und treffe meine Freunde, wenn ich Lust dazu habe. Ich liebe meinen Job. Ich freue mich, Zeit mit Morgan und Alex zu verbringen, jetzt, da ich hier bin. Mein Bruder ist zehn Jahre jünger als ich und war eine späte Überraschung für meine Eltern. Er war noch ein Kind, als ich das College beendete, deshalb hatte ich auch nicht viel Anteil an seinem Leben. Es macht Spaß, das nachzuholen. In den wichtigen Beziehungen in meinem Leben war ich eine Art Spätentwickler, nach einem zu frühen Start in manchen Dingen, wie zum Beispiel die Vaterschaft. Heute lasse ich alles auf mich zukommen und genieße es. Es wäre schön, das Leben mit jemandem zu teilen, aber wenn das nicht passiert, ist es auch okay für mich. Ich habe keine drängenden Wünsche und führe ein gutes Leben.«

»Geht mir genauso. Auch ich habe irgendwie den Zug verpasst, aber jetzt ist es mir egal. Vermutlich bin ich auch eine Spätentwicklerin. Und ein Workaholic, laut meiner Schwester. Aber ich liebe, was ich tue.«

»Und du bist fantastisch darin, der absolut tollen und eleganten Hochzeit meines Bruders nach zu urteilen.« Er sah sie lächelnd an.

»Danke. Zwei gelöste Verlobungen haben mich von der Ehe kuriert. Danach schien mir das nicht mehr so erstrebenswert zu sein. Falsche Wahl, Pech, schlechtes Karma, blöde Typen. Der zweite zumindest. Der erste war schwul und meinte, er habe es erst eine Woche vor der Hochzeit gemerkt. Da sei ihm klar geworden, dass er mich nicht heiraten kann, denn er hatte sich in einen russischen Balletttänzer verliebt. Solchen Mist kann man sich nicht ausdenken«, sagte sie, und er lachte. »Das war ein Klassiker. Ich war lange verletzt. Der andere Kerl, den ich fast geheiratet hätte, entpuppte sich als Kontrollfreak, daher ergriff ich die Flucht. Ich machte meinen Weg allein und stellte eines Tages fest, dass mir mein Leben so gefiel und es mir nichts ausmachte, allein zu sein. Ich hatte ein paar kürzere Beziehungen, aber nichts richtig Ernstes. Ich machte mir nicht wirklich etwas daraus und merkte irgendwann, dass der Zug für mich abgefahren war, wie du das nennst. Noahs Arche mit allen Paaren darauf war weg, und ich war nicht dabei, und es störte mich nicht. Vermutlich wäre ich ohnehin seekrank geworden. Die Vorstellung, Kinder zu haben, jagte mir immer Angst ein. Es ist eine riesige Verantwortung. Wie schaffen Leute das, ohne ständig Angst zu haben, es zu vermasseln? Es braucht Mut dazu, und den habe ich nicht, zumindest nicht für Kinder oder die Ehe.«

»Mir ging es genauso. Ich habe es mit einem Kind nicht hinbekommen, indem ich mit einundzwanzig weggelaufen bin, und das wollte ich kein zweites Mal erleben. Ich befürchtete, es erneut in den Sand zu setzen. Mit neunzehn erklärte mir meine achtzehnjährige Frau, ich sei ein lausiger Ehemann, und ich glaubte ihr. Das einzige Mal, als ich es noch einmal versucht hätte, war mit der Frau, die dann gestorben ist. Die letzten zwölf Jahre vergingen wie im Flug. Ich mag diese Kühlschrankmagneten, auf denen steht: *Ups, ich habe vergessen zu heiraten.*«

Faith lachte. »Ich auch. So einen habe ich meiner Mutter geschickt.«

»Ich glaube, nach Julie habe ich mich nicht mehr verliebt. Vielleicht passiert es nur so und so oft im Leben. Möglicherweise hat man nur einen echten Versuch, obwohl mir diese Vorstellung nicht behagt. Ich mag die Idee, dass man die Glocken läuten hört, aber bisher ist es mir nur ein Mal passiert. Die anderen Male habe ich nichts gehört.«

»Meine Mutter hat vor einigen Monaten zum vierten Mal geheiratet. Diesmal ist es der Richtige, der, bei dem sie die Glocken läuten hörte, und sie sind sehr glücklich zusammen. Sie ist siebenundsechzig, er ist siebenundsiebzig, und sie genießen jeden Moment. Davor waren ihre Ehen alle nichts, einschließlich die mit meinem Vater. Aber diesmal ist es eine Freude, sie mit ihrem Partner zusammen zu erleben. Also ist der Zug für uns vielleicht noch gar nicht abgefahren. Vielleicht kommt er für einige nur etwas später. Ich erwische lieber den letzten Zug, als in den falschen früheren zu steigen. Möglicherweise gibt es einen Sonderzug für Leute wie uns, der später in den Bahnhof einfährt, nachdem der Pöbel die ersten Züge gestürmt hat.«

Ihm gefiel die Art, wie sie das formulierte, und ihre Einstellung zum Leben. Sie war nicht verzweifelt auf der Suche nach einem Mann, im Gegenteil, sie stand der Ehe äußerst skeptisch gegenüber, was sie noch anziehender machte. Sie wirkte wie jemand, dem es egal wäre, wenn der Richtige nicht bis siebenundsechzig auftauchte, wie bei ihrer Mutter. Und falls er nie auftauchte, würde das auch okay für sie sein. Auch Edward hatte die Lücke mit Arbeit gefüllt und betrachtete sich als Workaholic. Zumindest vertrödelten sie beide nicht ihre Zeit.

Er genoss es, sich mit ihr zu unterhalten, und der Abend verging wie im Flug. Er sprach davon, wie sehr er seinen Bruder dafür bewunderte, dass er sich geoutet hatte und offen gegenüber seiner Familie war. Er bedauerte Alex, dessen Familie grausam zu ihm gewesen war und ihn verstoßen hatte. Es war kaum zu glauben, dass Leute das heutzutage noch ihren Kindern antaten, aber es kam doch immer wieder vor. Es hatte Alex sehr getroffen und verletzt, doch Morgan und seine Familie hatten diese Wunden mit der Zeit geheilt. Edward fand es großartig, dass die zwei ein Baby durch eine Leihmutter bekommen würden und den Mut gehabt hatten, Blake zu adoptieren, als sich die Möglichkeit ergab. »Mein Bruder ist ein echter Mann«, sagte er stolz, »im besten Sinne des Wortes. Die beiden werden großartige Väter, nicht so einer, wie ich es war.« Er fühlte sich deshalb immer noch schuldig und übernahm die ganze Verantwortung dafür, was Faith gefiel. Er war kein Feigling, der anderen die Schuld für seine Fehler gab.

»Ich kenne niemanden, der mit neunzehn oder zwanzig ein großartiger Vater wäre.« Sie sah ihm seine Fehler der Vergangenheit nach. Er schien ein sehr anständiger, aufrichtiger, offener und warmherziger Mann zu sein, sehr wie Morgan, nur ein bisschen altmodischer, weil er ein Jahrzehnt älter war, was ihr jedoch gefiel. Sie mochte, wie traditionell er war. Er war kein wilder, unrasierter Kerl mit Tattoos, der alle traditionellen Werte ablehnte und weder Ehre noch Integrität besaß, einer, der sich seine Schwächen und Fehler nicht eingestehen konnte. Denn Menschen waren nun einmal unvollkommen. Faith hatte ihre Fehler nie versteckt, was ein weiterer Grund für ihre Unsicherheit im Hinblick auf Kinder war. Sie fühlte sich nicht selbstgerecht genug, um welche zu haben. Es hörte sich an, als hätte Edward inzwischen ein gutes Verhältnis zu seinem Sohn. Er war bescheiden, offen und geradlinig, was Faith für ihn einnahm. Diese Eigenschaften waren selten genug bei einem Mann. Morgan war seinem Bruder darin ganz ähnlich. Eine Art moralische Aufrichtigkeit und gleichzeitige Lebensunsicherheit, die sie auch empfand. Sie akzeptierte ihre Schwächen, und das tat Edward auch.

Zu ihrem Haus war es nicht weit, daher entschieden sie, an diesem lauen Augustabend zu Fuß zu gehen.

»Danke für das Abendessen. Es war köstlich. Und es war schön, sich zu unterhalten. Es gibt so viel Falschheit und Blödsinn in der Welt. Ich mag ehrliche Gespräche und aufrichtige Leute. Ich glaube, das ist es, was ich vor allem an

Morgan und Alex mag. Ich hasse unechte Leute. In meinem Beruf erlebe ich die häufig genug. Typen, die mit einer schicken Hochzeit angeben wollen, denen die Ehe und all die wichtigen Dinge aber egal sind«, sagte sie, während sie nebeneinanderher liefen.

»Das mit den Hochzeiten hast du jedenfalls drauf«, meinte er lobend, und sie lächelte. »Ich hatte noch nie so viel Spaß auf einer Hochzeit wie auf der von den beiden.«

»Ich bekomme es umso besser hin, wenn mir die Leute wirklich am Herzen liegen, wie Alex und dein Bruder. Das sind großartige Menschen. Es gab in diesem Sommer ein paar heikle Situationen einige Paare betreffend, deren Hochzeiten ich ausgerichtet habe.« Sie dachte dabei an Phoebe, während sie ihre Haustür erreichten. Plötzlich flog etwas an ihrem Kopf vorbei, und Edward zog sie blitzschnell an sich. Es war ein mittelgroßer Stein, der an ihr vorbeizischte und in eines der Fenster im Erdgeschoss ihres Hauses krachte. Sie drehte sich erschrocken um und wollte sehen, wer dafür verantwortlich war. Douglas Kirk kam hinter einem Wagen hervor auf sie zugerannt und schrie: »Sie Miststück! Ich habe Ihren Namen auf der Zeugenliste dieser Hure gesehen, mit der ich verheiratet war. Sie sind genauso schlimm wie die.« Er versuchte an Faith heranzukommen, wurde jedoch von Edward aufgehalten.

»Hey, sofort aufhören! Zurück oder Sie werden diese Geschichte aus dem Gefängnis erzählen.« Edward hielt Doug an einem Arm wie in einem Schraubstock, aber mit dem anderen holte Doug zum Schlag aus. In weniger als einer Minute hatte Edward ihn zu Boden geworfen und wies Faith mit ruhiger, fester Stimme an, die Polizei zu rufen. Durch das Gewicht des größeren, schwereren Mannes auf ihm konnte

Doug sich nicht mehr bewegen. Allerdings schrie er Edward an: »Für wen halten Sie sich?«

»Ich bin Gesetzeshüter«, erklärte Edward ruhig, und Faith sah ihn verblüfft an.

Sie schilderte der Polizei, dass sie von einem Mann auf der Straße angegriffen worden waren. Fünf Minuten später tauchte ein Streifenwagen auf, und zwei Polizisten sprangen heraus. Einer packte Doug, zerrte ihn hoch und verfrachtete ihn auf den Rücksitz des Streifenwagens. Doug schrie immer noch »Miststück« und »Hure«, während Faith dem anderen Polizisten die näheren Umstände erläuterte. Edward erfuhr auf diese Weise ebenfalls die ganze Geschichte.

Nachdem die Polizisten mit Doug abgefahren waren, ging sie mit Edward ins Haus und sah ihn fragend an. »Du bist Gesetzeshüter?«

Er grinste. »Ich war Freiwilliger bei der Campus-Security in meinem letzten Jahr auf der Northwestern«, erklärte er. »Das zählt ja wohl, oder?«

»Offensichtlich. Du hast ihn verdammt schnell zu Boden geworfen. Danke. Die arme Frau, die ihn geheiratet hat, musste ganz schön leiden. Wir haben versucht, sie zu warnen, aber sie hat nicht auf uns gehört. Er ist sogar noch schlimmer, als wir dachten.« Sie war aufgewühlt, aber dank Edward war es nicht so schlimm.

»Das hier wird seine Situation nicht besser machen«, meinte Edward. Er war während des Angriffs und Dougs verbalen Attacken völlig ruhig geblieben. Es war nicht schlecht, ihn um sich zu haben. Sie fühlte sich vollkommen sicher in seiner Nähe.

»Das war eine ziemlich beeindruckende Vorstellung von dir.«

»Ich bin bloß größer als er«, erwiderte er, den Vorfall herunterspielend. »Ich wollte ihn auf keinen Fall in deine Nähe kommen lassen.«

»Das habe ich gemerkt.« Es war ein gutes Gefühl und ein Glücksfall, ihn dabeigehabt zu haben. »Möchtest du ein Glas Wein?« Er nickte. Es war eine Möglichkeit, ihre Gegenwart noch ein wenig länger zu genießen. Von dort, wo sie standen, konnten sie das zerbrochene Fenster sehen. Faith holte eine Flasche Wein, zwei Gläser und einen Korkenzieher. Edward öffnete die Flasche und schenkte jedem ein, dann setzten sie sich ins Wohnzimmer.

»Ich wäre nie darauf gekommen, dass Hochzeiten zu planen derartig riskant sein kann.« Er lächelte ironisch. »Außer für Braut und Bräutigam.«

»Für gewöhnlich ist das auch nicht der Fall.« Lächelnd sah sie ihn an. »Dem Himmel sei Dank, dass du da warst.« Er nickte mit ernster Miene. Er kam ihr vor wie ein Fels, an den sie sich anlehnen, auf dem sie stehen oder hinter dem sie Schutz suchen konnte, wenn nötig. Er betrachtete sie lächelnd, dann beugte er sich zu ihr hinüber und küsste sie, als wären sie wie magisch zueinander hingezogen. Erneut küsste er sie, legte die Arme um sie und hielt sie fest. Faith fühlte sich in seiner Umarmung geborgen.

»Ich werde niemals zulassen, dass jemand dir wehtut, Faith«, flüsterte er. Er war ihr selbst ernannter Beschützer, und sie konnte nicht aufhören, ihn zu küssen, und wollte es auch nicht. Ihm ging es genauso. Eine Leidenschaft erwachte in ihnen beiden, die sie lange vergessen und von der sie behauptet hatten, sie gar nicht zu wollen. Doch nun wurden sie davon überwältigt, stärker, als Faith es je zuvor erlebt hatte. Er löste sich für einen Moment von ihr und sah sie an.

»Ist das okay für dich?«, erkundigte er sich leise. »Das hier, meine ich.«

»Sehr sogar«, flüsterte sie.

»Gut, für mich nämlich auch«, flüsterte er zurück und fuhr fort, sie zu küssen. Der Wein war vergessen, und irgendwie hatte Dougs Angriff sie zusammengebracht und die Ketten der Vergangenheit zerrissen. Später konnte sie sich nicht mehr genau erinnern, wann und wie es passiert war, im Rausch der Lust, aber Edward war ihr nach oben ins Schlafzimmer gefolgt. Die Kleider waren wie von selbst auf dem Boden gelandet, und dann hatten sie sich wie ausgehungert geliebt, bis die Sonne aufging. Er betrachtete Faith lächelnd und sprach mit heiserer Stimme, rau von der Liebesnacht.

»Ich glaube, der Zug ist gerade wieder in den Bahnhof eingefahren. Wir haben ihn anscheinend gar nicht verpasst.« Lächelnd streckte sie sich, an seinen Körper geschmiegt, während er sie in den Armen hielt, drauf und dran, ihr seine Liebe zu gestehen, aber dann schliefen sie beide ein.

15. Kapitel

Douglas Kirks Anwalt nahm Kontakt zu Charles Allbright auf, gleich nach Dougs Steinwurf in das Fenster von Faiths Haus, der Verbalattacke und der Verhaftung. Sein Anwalt meinte, der Arzt wolle Wiedergutmachung leisten und für den Schaden an Miss Fergusons Haus aufkommen. Er habe unter großem emotionalem Stress gestanden wegen der Scheidung und Mrs. Kirks »aggressiver Haltung«, die ihre Zivilklage belege. Mit anderen Worten, Doug bekam es mit der Angst zu tun, und sein Anwalt hatte ihm wohl die Hölle heiß gemacht wegen seines Angriffs auf eine Zeugin der Nebenklägerin in einem Zivilverfahren und wegen der mutwilligen Beschädigung ihres Hauses. Charles vermutete, dass Dougs Anwalt ihm geraten hatte, schnellstmöglich eine Einigung herbeizuführen, da er nach einem solchen Vorfall das Gerichtsverfahren mit Sicherheit verlieren würde. Keine Jury würde Mitleid mit ihm haben. Doug hatte eindeutig psychische Probleme und zeigte alle Anzeichen eines Soziopathen. Faith war inzwischen mehr denn je überzeugt davon, und eine Jury würde es nicht anders sehen.

Zwei Tage später unterbreitete Dougs Anwalt Phoebes Anwalt ein Angebot zur außergerichtlichen Einigung in Höhe von hunderttausend Dollar. Charles konsultierte seine Mandantin, beriet sich mit ihr und lehnte das Angebot ab.

Das nächste Angebot, zwei Tage später, belief sich auf zweihundertfünfzigtausend, das Phoebe nach Rücksprache mit dem Anwalt erneut ablehnte. Sie hatte ein mulmiges Gefühl dabei, diese Summe abzulehnen, während sie das Geld doch gut hätte gebrauchen können.

Charles ließ Dougs Anwalt wissen, dass sie weiterhin den Zivilprozess anstrengen würden, um die gesamte Klagesumme von einer Million Dollar zu erstreiten.

Eine Woche nachdem Doug das Fenster in Faiths Haus zerbrochen hatte, bot sein Anwalt Phoebe fünfhunderttausend Dollar an, die sie gnädig akzeptierte. Das Kontaktverbot blieb in Kraft. Phoebe hatte für die Misshandlungen und Torturen durch Doug eine halbe Million Dollar erhalten. Das machte die Erfahrung nicht erträglicher oder weniger schmerzlich, aber es verschaffte ihr das wohltuende Gefühl, sich gerächt zu haben; das Geld gab ihr außerdem einige Freiheit und Sicherheit. Etwas von dem Geld schickte sie ihrer Mutter und ihrer Schwester, und Faith half ihr, den Rest in einem Aktiendepot anzulegen, damit es sich vermehrte. Der juristische Beistand war von so kurzer Dauer gewesen, dass Charles Allbright ihr lediglich zwölftausend Dollar berechnete. Die ganze Operation war äußerst wirkungsvoll. Am wichtigsten aber war, neben dem Geld, dass Doug alle Krankenschwesternvermittlungen kontaktieren und erklären musste, es habe ein schreckliches Missverständnis und eine Fehleinschätzung seinerseits gegeben, was die Fähigkeiten und das Verhalten Phoebe Smiths betraf, seiner OP-Schwester. Er entschuldigte sich für diese vollkommen unbeabsichtigte Schädigung ihres Rufes. Damit war sie rehabilitiert und konnte wieder überall als Krankenschwester arbeiten. Allerdings machte ihr die Arbeit für Faith so viel Spaß, dass sie ihr versprach, die gesamte Zeit zu bleiben, bis Violet im März nach der Geburt der Zwillinge zurückkäme. Faith war froh, das zu hören, und freute sich, dass Phoebe mit der Klageandrohung gegen Doug erfolgreich gewesen war.

Die letzten Augusttage waren magisch für Faith und Edward. Sie beschlossen, niemandem zu erzählen, was passiert war, dieses eine Mal auch nicht einmal Morgan oder Hope. Sie wollten ihr Glück schützen und für sich bewahren wie ein kostbares Geheimnis. Wie ein ungeborenes Kind vor Luft und Licht, wollten sie es vor Kommentaren, Meinungen und Ratschlägen schützen. Sie telefonierten und schrieben sich mehrmals täglich und verbrachten die Nächte zusammen. Er ging, bevor Violet morgens eintraf, und kehrte zurück, sobald Faith abends allein war. Sie schliefen in den Armen des anderen ein, nachdem sie sich stundenlang geliebt hatten. Er konnte es kaum erwarten, abends zu ihr nach Hause zu kommen, und fühlte sich wie ein liebeskranker Junge. Sie brachten sich gegenseitig zum Lachen, kochten zusammen oder schauten fern, gingen ins Kino und unternahmen an den Wochenenden lange Spaziergänge im Park. Sie wollte, dass er Hope und ihre Mutter und Jean-Pierre kennenlernte, aber jetzt noch nicht. Sie wollte, dass das, was sie hatten, so lange wie möglich nur ihnen allein gehörte. Später würden sie sich dann den neugierigen Blicken der Welt aussetzen, den Bemerkungen der anderen und den Bedenken.

Er war immer noch dabei, sich in die Kanzlei in New York einzugewöhnen, und der September brachte eine Flut an neuen Kunden für Faith. Sie brauchte ihre beiden Assistentinnen Violet und Phoebe, um alles bewältigen zu können. Phoebe hatte sich erstaunlich schnell eingearbeitet und war ihr wirklich eine riesige Hilfe. Violet hielt durch, wurde mit jedem Tag runder, fühlte sich jedoch gut.

Obwohl sie im September erst im vierten Monat schwanger war, schien ihr Körper rapide an Umfang zuzunehmen. Was wohl damit zusammenhing, dass sie Zwillinge zur Welt bringen würde. Allmählich freundete sie sich mit der Vorstellung an; sie war immer noch nicht besonders glücklich, aber zumindest auch nicht mehr zutiefst deprimiert, wie es zu Anfang der Fall gewesen war.

Die Ergebnisse des Bluttests kamen, und man sagte ihnen, dass es zwei Mädchen waren. Von der Ultraschalluntersuchung wussten sie, dass es eine Fruchtblase war, und somit würden es eineiige Zwillinge werden. Faith und Hope fanden es fantastisch, dass Violet Zwillinge bekam, aber noch konnte Violet diese Begeisterung nicht teilen. Stattdessen musste sie an die Nachteile denken, von denen es ihrer Meinung nach eine ganze Menge gab. Sie versuchte, sich von ihren Sorgen abzulenken, indem sie sich ganz auf ihre Arbeit konzentrierte. Faith bemühte sich, ihr Aufgaben zuzuteilen, die sie sitzend erledigen konnte, Schreibtischarbeit eben. Phoebe bekam die körperlich anstrengenderen Dinge zugewiesen. Violet wollte mehr tun, doch Phoebe und Faith ließen sie nicht. Manchmal kam sie abends frustriert nach Hause, aber eigentlich war sie dankbar, dass sie noch auf den Beinen war und jeden Tag zur Arbeit durfte. Sie fürchtete sich davor, Bettruhe verordnet zu bekommen und dann Monate nicht mehr herauszukommen. Wenn sie ans Bett gefesselt wäre, würde sie noch wütender auf die Zwillinge werden, als sie es ohnehin schon war, aber ihnen allen war klar, dass das passieren konnte.

Nach dem Labour Day bekam Faith eine Flut neuer Aufträge. Sie war bereits mit der großen Hochzeit im Dezember beschäftigt, die vor Monaten gebucht worden war. Für das Dinner der Hochzeitshelfer sollte eigens auf dem Grundstück auf Long Island, wo die Feier stattfinden sollte, eine Eislaufbahn gebaut werden. Professionelle Eiskunstläufer würden die Gäste mit ihrem Können unterhalten, und wer sich selbst auf dem Eis ausprobieren wollte, dem standen Schlittschuhe zur Verfügung. Die Kulisse sollte wie das Paris vor dem Beginn des zwanzigsten Jahrhunderts aussehen. Und auf der Hochzeit selbst würde alles aussehen wie der Winterpalast in St. Petersburg, eines Zaren und einer Zarin würdig. Die Braut würde ein weißes Samtkleid mit winzigen Sternen darauf tragen, mit einer Borte aus weißem Zobel sowie bei ihrer Ankunft ein Zobel-Cape, das sie für die Trauung ablegen würde. Faith wollte mit Bühnenbildausstattern vom Broadway zusammenarbeiten, die ihr bei der Kulisse helfen würden. Die wurde bereits bemalt. Außerdem sollte es überall Eisskulpturen geben und Kaviarstationen alle paar Meter. Der Vater der Braut war Russe, ihre Mutter eine polnische Schönheit. Die Braut war bildschön, und sie heiratete einen gut aussehenden jungen Russen, der für ihren Vater arbeitete. Die Hochzeit sollte zwei Tage vor Weihnachten stattfinden, mit fünfhundert Gästen. Silvester war Faith für eine ebenso große traditionelle Hochzeit der Tochter eines Senators gebucht. Die Terminerinnerungen waren heute verschickt worden. Dann kam noch eine kleinere Hochzeit auf einer gecharterten Jacht.

Hinzu kamen die vielen Hochzeiten im üblichen Maßstab, junge amerikanische Paare mit aufgeregten Eltern, anspruchsvollen Müttern, zänkischen Bräuten und deren eifersüchtigen

Schwestern. Die zwei großen Hochzeiten allein hätten Faith das ganze Jahr über beschäftigen können, daher war sie mit den zusätzlichen anderen Veranstaltungen gut ausgelastet.

Die Presse wollte über das Ereignis vor Weihnachten berichten, aber der Vater der Braut lehnte das rigoros ab. Von der Familie der Braut ging eine gewisse Gefahr aus. Doch der Preis, den der Vater der Braut dafür zu zahlen bereit war, dass Faith die Hochzeit ausrichtete, entschädigte dafür. Es war nichts Illegales dabei, aber ganz offensichtlich hatte der Vater der Braut sehr ungewöhnliche, interessante Kontakte. Als Faith den Veranstaltungsort besuchte, standen überall mit Maschinenpistolen bewaffnete Sicherheitsleute. Die Familie entsprach nicht Faiths typischen Kunden, und das Samtkleid mit dem Zobel-Cape war von Chanel für eine Million Dollar genäht worden. Die Braut war sehr nett, und der Bräutigam ein äußerst freundlicher junger Mann. Trotzdem war Faith überzeugt davon, dass der Vater der Braut Dreck am Stecken hatte.

Faith erzählte Edward von den aufwendigen Hochzeiten und verschiedenen Kunden, ohne indiskret zu sein.

»Dein Job ist viel interessanter als die Wall Street.« Er war erstaunt, wie viel sie mit ihrer Tätigkeit verdiente. Offenbar handelte es sich um ein höchst lukratives Unternehmen, immer schon, und überdies ein Glück bringendes, wenn auch stressiges. Faith war schlau genug, sich niemals in Streitereien zwischen Müttern und Töchtern einzumischen. Egal für wen man Partei ergriff, als Außenseiter würde man verlieren, und in eine solche Position wollte sie sich nicht bringen. Sie wandte stets geschickte Diplomatie an, um eine solche Situation zu vermeiden.

Edward und Faith war es wochenlang gelungen, ihre Beziehung vor neugierigen Blicken und Klatsch zu schützen, trotz der offensichtlichen Freude, die sie beide ausstrahlten. Violet sagte ihr ständig, wie gut und erholt sie aussah, was schon komisch war, da sie kaum schlief. Allerdings waren Edward und sie sehr glücklich. Faith konnte sich nicht erinnern, jemals so glücklich gewesen zu sein, und Edward wusste genau, dass er es zuvor nie gewesen war. Sein mit Arbeit ausgefülltes Leben hatte ihm jahrelang vollkommen genügt. Aber mit Faith zusammen zu sein war besser. Sie gab ihm all das, was er so lange vernachlässigt hatte, während er ihr neue Horizonte eröffnete, Ausblicke des Herzens, wie blauer Himmel an einem Sommertag.

Morgan und Alex kamen einen Tag nach Labour Day aus ihren Flitterwochen zurück, rechtzeitig genug, damit Morgan mit der Arbeit an der Fashion Week beginnen konnte. Die Zeit auf dem riesigen Segelboot war traumhaft gewesen, mit einer gut ausgebildeten, sehr effizienten Crew, die sich Tag und Nacht um die beiden gekümmert hatte. Das Wetter war perfekt zum Angeln und Schwimmen, und unterwegs hatten sie in lauter malerischen kleinen Häfen haltgemacht oder den Anker in friedlichen Buchten ausgeworfen. Das letzte Wochenende hatten sie im Hôtel du Cap-Eden-Roc verbracht. Von Nizza aus waren sie dann nach Hause geflogen.

Sie waren entzückt, Blake wachsend und gedeihend vorzufinden. Er war jetzt zwei Monate alt und lächelte die ganze Zeit. Er hatte kleine knubbelige Beinchen und ein Doppelkinn und sah aus wie ein Baby aus der Werbung. Er gluckste und gurrte unentwegt. Helen hatte sich tadellos um ihn gekümmert und schwärmte von dem Jungen. Alex konnte nicht vergessen, wie seine Mutter ausgesehen hatte, als sie von dem Baby Abschied genommen hatte, aber Morgan war schon darüber hinweggekommen. Blake war nun ihr Kind. Er dachte nie an die Vergangenheit, sondern lebte ganz in der Gegenwart. Das war einer der Unterschiede zwischen den beiden Männern. Morgan war stets euphorisch und positiv und sah nach vorn. Alex verfiel von Zeit zu Zeit in melancholische Stimmung und war allgemein in sich gekehrter. Doch sie ergänzten sich prima.

Sie freuten sich darauf, Faith und Edward wiederzusehen, und hatten keine Ahnung, wie es zwischen ihnen gelaufen war oder von der Liebe, die wie riesige Sonnenblumen erblüht war, während sie unterwegs gewesen waren. Alex und Morgan luden sie zum Abendessen ein, und Faith und Edward nahmen die Einladung an. Am Abend vorher fragte Faith sich, ob das eine kluge Entscheidung gewesen war, wenn sie ihr Geheimnis wahren wollten. Sie glaubte, dass Morgan es sofort bemerken würde.

»Und wenn schon?« Edward zuckte mit den Schultern, während sie nackt im Bett lagen und er bewundernd ihren Körper betrachtete. Sie war in Topform durch ihr beinahe tägliches Balletttraining via Skype. Edward ging so oft er konnte ins Fitnessstudio, trainierte aber nicht annähernd so regelmäßig wie Faith. Er war beeindruckt von ihrer Disziplin. Wenn sie sagte, sie würde etwas tun, dann tat sie es.

»Ich will bloß nicht, dass alle über uns reden und uns mitteilen, was sie denken«, sagte Faith.

»Wovor hast du Angst?«, fragte er sanft. Er verstand sich darauf, stets zum Kern einer Sache vorzudringen.

»Ich weiß nicht … vielleicht werden sie dir sagen, dass du eine bessere Frau finden könntest oder eine jüngere. Oder sie sagen, dass ich komisch sei, weil ich nie geheiratet habe. Möglicherweise bin ich ja wirklich seltsam«, räumte sie ein und sah ihn mit großen Augen an. »Aber ich liebe dich. Ich will nicht, dass irgendwer uns Steine in den Weg legt.«

»Das können sie nicht. Was wir haben, gehört uns. Das können sie uns nicht nehmen. Abgesehen davon will ich weder eine Frau, die jünger ist, noch eine, die älter ist.« Er war zwei Jahre älter als Faith, sie befanden sich in der Hinsicht also auf dem gleichen Level. »Ich will *dich*. Ich habe noch nie jemanden so geliebt wie dich, und nichts wird daran etwas ändern. Ich will dich nicht ändern, und du liebst mich, wie ich bin. Es ist mir egal, was irgendwer denkt und wer unsere Beziehung gutheißt oder nicht«, erklärte er selbstbewusst.

»Dann werden sie alle anfangen, uns zur Heirat zu drängen, und das wird alles ruinieren«, sagte Faith besorgt.

»Würde es wirklich alles ruinieren?«, fragte er. »Warum? Ich hätte nichts dagegen, dich zu heiraten. Ich glaube, es würde mir sogar gefallen.« Er hatte in letzter Zeit darüber nachgedacht und sich gefragt, ob sie diesen Schritt nicht irgendwann wagen sollten. Er war sich zumindest sicher, dass er für immer mit ihr zusammenbleiben wollte. »Aber so, wie es momentan zwischen uns ist, bin ich auch vollkommen glücklich, wenn es dir lieber ist, nicht zu heiraten.«

»Ich habe Angst vor der Ehe. Es verdirbt alles.«

Er lachte. »Und das aus dem Mund der Nummer eins unter den Hochzeitsplanerinnen auf der Welt?«

»Jedes Mal wenn meine Mutter heiratete, zerstörte es die Beziehung. Machte alles kaputt. Und die Hälfte der Leute, für die ich Hochzeiten organisiere, bleibt nicht verheiratet. Manche von ihnen lassen mich ihre zweite oder dritte Trauung organisieren.«

»Warum glaubst du, dass diese Beziehungen länger gehalten hätten, wenn die Leute nicht geheiratet hätten? Vielleicht stimmte von vornherein etwas nicht. Ich finde, das trifft auf uns nicht zu.«

»Das sehe ich genauso. Belassen wir es jedoch dabei und bleiben für immer Liebende«, schlug sie vor und küsste ihn.

»Solange du niemand anderes heiratest und mich als Liebhaber behältst. Das würde ich nicht akzeptieren.« Er küsste ihren Hals, was sie wohlig erschauern ließ. Es war Magie zwischen ihnen im Bett, wie keiner der beiden es je zuvor erlebt hatte. Aber sie liebten auch alles andere, was sie miteinander teilten. Manchmal lachten sie wie Kinder. Edward fand es erstaunlich, wie viel Angst sie vor der Ehe hatte und wie sehr sie dagegen war. Ihm war es stets ähnlich ergangen, aber mit ihr hatte er keine Angst mehr. Er war bereit zu tun, was immer sie wollte, und sei es, die Beziehung vor seinem Bruder geheim zu halten. Wie er Morgan kannte, würde das ohnehin nicht lange möglich sein. Der hatte einen sechsten Sinn, was Menschen betraf, und er kannte Edward gut, der noch nie so glücklich gewesen war wie jetzt. Das zu verbergen würde schwierig sein. Und warum sollte er? Nur ihr zuliebe erklärte er sich einverstanden.

Zwei Tage nach Alex' und Morgans Rückkehr waren Faith und Edward bei ihnen zum Essen eingeladen. Morgan rief seinen Bruder an, und Alex rief Faith an. Es würde ein schlichtes Pasta-Dinner in ihrer Küche geben, nur sie vier, was immer angenehm war.

Sie trafen zur verabredeten Stunde getrennt voneinander ein, Edward fünf Minuten nach Faith. Sie sahen überrascht und erfreut aus, sich zu sehen. Alex und Morgan waren noch voller Eindrücke von ihrer Reise und zeigten ihnen begeistert Fotos von all den kleinen Orten, in denen sie gewesen waren. Sie waren bis nach Sardinien gesegelt und wieder die Küste hinauf, waren auf Korsika zum Fischen und Schwimmen gewesen. Häufig waren sie nachts gesegelt, um keinen Tag zu verlieren. Es klang nach einer fantastischen Reise.

Während des Essens erkundigte Morgan sich bei seinem Bruder, was er so getrieben hatte, und Edward erzählte, er habe sich in der Kanzlei eingearbeitet, es sei stets spannend, wenn ein neuer Seniorpartner übernehme. Er langweilte ihn zu Tode mit den Einzelheiten von der Arbeit und machte dazu ein unschuldiges Gesicht. Unterdessen erzählte Faith Alex von den Hochzeiten, die anstanden, besonders von den extravaganten.

Edward aß ganz unschuldig seine Pasta Carbonara, die Alex und Morgan zubereitet hatten, weil sie wussten, dass es sein Lieblingsessen war. Plötzlich sah Morgan seinen Bruder misstrauisch an. »Du lügst!«, behauptete er.

»Sei nicht albern«, erwiderte Edward lachend. »Was soll das heißen, ich lüge? Ich habe dir gerade gesagt, dass deine Pasta köstlich ist, und das ist keine Lüge.« Er wagte es nicht, Faith anzusehen. Auch sie lachte. Morgan war unheimlich. Er witterte ein Geheimnis schneller als jeder andere Mensch, und er kannte Edward einfach zu gut.

»Du hast dein Ohr berührt. Du berührst immer dein linkes Ohr, wenn du lügst. Das hast du schon gemacht, als ich noch ein Kind war. Du verschweigst etwas«, warf er seinem älteren Bruder mit einem Sherlock-Holmes-Blick vor, entschlossen herauszufinden, was es war.

»Mal überlegen, was könnte ich wohl verschweigen? Dass die Arbeit gerade ein bisschen langweilig ist? Das ist keine

Lüge. Leider entspricht es der Wahrheit … und das Essen heute Abend ist ausgezeichnet, du bist ein guter Koch … das ist also auch keine Lüge …«

»Was hast du in letzter Zeit so gemacht?«, erkundigte sich Morgan, der sich nicht von der Fährte abbringen ließ.

»Nicht viel. Ich war jeden Abend zu Hause. Ich habe hier noch keine Freunde, außer euch beide.« Während er das sagte, berührte er sein linkes Ohr, und Faith verschluckte sich fast an ihrem Essen. Morgan hatte recht. Edward hatte einen Tick, der ihm gar nicht bewusst war. Morgan schrie auf und zeigte mit dem Finger auf ihn.

»Da, schon wieder! Du lügst! In Wahrheit warst du jeden Abend unterwegs und hast dich flachlegen lassen. Wer ist es?«

»Zunächst einmal habe ich mich nicht ›flachlegen lassen‹, und zweitens«, fügte Edward grinsend hinzu, »geht dich das nichts an.«

»Dann habe ich also recht!« Alle lachten. »Bist du etwa verliebt?« Morgan wusste zu gern über alles genau Bescheid und wollte immer die Geheimnisse der anderen kennen. Das war Faith und Edward klar.

»Nein«, antwortete Edward mit Bestimmtheit, schüttelte den Kopf und berührte sein rechtes Ohr. Morgan schrie noch lauter.

»Du hast dein rechtes Ohr berührt, und das bedeutet, es ist eine *große* Lüge. Du bist verliebt! Sag mir, in wen.« Edward versuchte keine Miene zu verziehen, während Faith fast einen Lachkrampf bekam. Sie hatte nicht erwartet, dass Morgan Spanische Inquisition betreiben würde. Sie hatte gedacht, er sei neugierig, nicht hartnäckig wie ein Terrier, der sich in einen Knochen verbissen hat.

»Ich bin nicht verliebt«, behauptete Edward und hob beide Hände, um seine Ohren nicht zu berühren, doch während er das tat, schaute er schuldbewusst zu Faith. Morgan sprang vom Tisch auf und starrte ihn an. »Männer in meinem Alter verlieben sich nicht«, erklärte Edward mit Entschiedenheit, und Morgan verdrehte die Augen.

»Für diese Lüge kannst du getrost deine beiden Ohren anfassen, es ist nämlich die größte Lüge von allen. Du bist nur zehn Jahre älter als ich. Das ist nichts.« Er sah Faith und Edward abwechselnd durchdringend an, ehe er sich wieder setzte und beide misstrauisch im Auge behielt. »Ach du liebe Zeit … was habt ihr zwei angestellt, während wir unterwegs waren?«

»Nichts«, sagten beide gleichzeitig, worauf Morgan sie noch prüfender ansah. Und wieder fingen alle vier an zu lachen.

»Oh mein Gott! Ihr seid zusammen. Oder schlaft ihr nur miteinander? Was macht ihr? Ihr habt was miteinander, ich weiß es.« Edward und Faith tauschten einen Blick, und sie sahen beide glücklich schuldbewusst aus, als sie Edwards Hand nahm.

»Okay, Sherlock. Du hast gewonnen. Ich bin in deinen Bruder verliebt. Bist du jetzt zufrieden?«

»Und wie!« Er strahlte, und Alex war perplex. Morgan hatte recht. »Wann heiratet ihr?«

»Nie«, sagte sie entschieden. »Ich liebe deinen Bruder, aber ich werde ihn niemals heiraten, gerade *weil* ich ihn liebe. Und das ist keine Lüge, weil ich es nämlich gesagt habe.«

»Warum nicht?« Morgan sah enttäuscht aus.

»Weil ich nicht an die Ehe glaube«, erklärte sie.

»Wie bitte? Du hörst dich an wie einer dieser Drogendealer, die das Zeug verkaufen, aber selbst nicht konsumieren. Du richtest die tollsten Hochzeiten des Planeten aus und glaubst nicht an die Ehe?«

»Nö.«

»Du bist echt verrückt … und grausam. Er ist mein Bruder. Er ist ein respektabler Mann. Er stammt aus einer respektablen Familie. Du schläfst mit ihm und willst ihn nicht heiraten? Was bist du für eine Frau? Du benutzt ihn nur für Sex und nimmst es auf die leichte Schulter? Ich bin schockiert.«

»So sieht's aus.« Sie grinste ihre Freunde an, und Edward lächelte breit; es machte ihm Spaß. Morgan hatte seine Meisterin gefunden. »Er ist mein Sexsklave.«

»Du bist ein ziemlich loses Weibsstück. Wenn ich gewusst hätte, dass du nur mit meinem Bruder spielst, hätte ich nicht meine beste Carbonara für dich gekocht. Dann hättest du Hamburger bekommen. Oder Hundefutter.« Er stand auf, ging um den Tisch und umarmte die beiden. »Ich liebe euch. Ihr seid mir die liebsten Menschen auf der Welt. Bitte heiratet und bekommt Kinder. Dann können wir alle zusammen in den Park gehen.«

»Keine Kinder«, entgegneten sie synchron.

»Na schön, ihr könnt trotzdem mit uns in den Park kommen. Wir sind auf der Suche nach einem Haus in Connecticut und spielen mit dem Gedanken, das Haus in den Hamptons aufzugeben, obwohl wir es vermissen würden«, erklärte Morgan, das Thema wechselnd. »Ich hasse das Pendeln, aber ich glaube, für die Kinder wäre es gut.« Alex stimmte ihm zu. »Ihr solltet wirklich heiraten. Wenn ihr es nicht tut, werden deine Kunden dich für ein Flittchen halten«, sagte Morgan zu Faith.

»Nur wenn du es ihnen verrätst«, erwiderte sie grinsend.

Er umarmte sie noch einmal, als sie sich verabschiedeten,

und versicherte ihnen, wie sehr er sich freue, dass sie sich gefunden hatten. Alex pflichtete ihm bei.

Während der Heimfahrt im Taxi sagte Faith zu Edward: »Siehst du, was ich meinte? Jeder drängt uns zu heiraten.«

»Nein, nur Morgan. Er ist ein bisschen verrückt in dem Punkt. Er wollte seit seiner Kindheit heiraten und Kinder haben. Ich bin froh, dass er das alles jetzt hat. Er findet darin Erfüllung.«

Sie sah ihn an und flüsterte: »Du erfüllst mich.« Er küsste sie, und kaum waren sie bei ihr zu Hause angelangt, rannten sie die Treppe zu ihrem Schlafzimmer hinauf, zogen sich aus und schliefen miteinander. Hinterher lachten sie erneut über Morgan.

»In vierunddreißig Jahren hat er mir nie erzählt, dass ich einen verräterischen Tic habe, sobald ich lüge. Ich hoffe, dass niemand es im Job herausgefunden hat.«

Sie rollte sich herum und küsste ihn. »Es gefällt mir, die liederliche Frau in deinem Leben zu sein.«

»Ist mir schon aufgefallen.« Er grinste. Morgan und Alex wussten also über sie Bescheid. Früher oder später wäre es ohnehin herausgekommen. Hope wusste ebenfalls über Edward Bescheid und dass Faith in ihn verliebt war. Ihre Mutter wusste es nicht. Faith fühlte sich noch nicht bereit dazu, es ihr zu erzählen. Marianne würde auch wollen, dass sie heirateten.

Alex und Morgan ließen Blake im September taufen. Es war schön für Faith und Edward, Paten zu werden, und sie empfanden es als umso passender, da sie jetzt zusammen waren. Trotzdem gelang es ihnen weiterhin, ihr Geheimnis zu hüten. Blake sah wunderhübsch aus in seinem langen Taufkleidchen aus Spitze, das aus Morgans Familie stammte. Das Paar hatte einige Freunde zum Mittagessen in einem nahe gelegenen Restaurant eingeladen, und Helen brachte den Kleinen zum Mittagsschlaf nach Hause. Der Junge hatte einen ereignisreichen Vormittag gehabt und sich sehr gut benommen. Die Taufe verschlief er, weil Helen ihn vorher gefüttert hatte.

Marianne und Jean-Pierre gingen Ende September auf Kreuzfahrt, und Faith aß am Tag vor der Abreise mit ihnen zu Abend. Hope kam ebenfalls in die Stadt. Sie war mittlerweile im sechsten Monat schwanger und sah entsprechend rund aus. Sie bekam stets große, gesunde Babys. Faith gestand ihrer Mutter, dass sie sich mit jemandem »treffe«, verschwieg jedoch, dass es sich um die Liebe ihres Lebens handelte. Das schien ihr zu bedeutsam zu sein, um es schon jemandem anzuvertrauen, und sie wollte die Beziehung weiterhin schützen.

Marianne stellte ihr ein paar Fragen dazu, ließ das Thema nach wenigen Minuten aber wieder fallen. Sie war leichter davon zu überzeugen als Morgan, dass es nichts Ernstes war. Faith wollte nicht, dass ihre Mutter ihr wegen einer Heirat auch noch im Nacken saß.

Jean-Pierre schien es gut zu gehen. Er sah gesund und ausgeruht aus. Sein Herz war in Ordnung. Marianne und er würden eine vierwöchige Kreuzfahrt in Südamerika machen. Dort war jetzt Frühling, und sie freuten sich darauf.

Als sie sich nach dem Dinner verabschiedeten und Hope und Faith ihnen eine gute Reise wünschten, umarmten sich alle. Und als Jean-Pierre Faith umarmte, flüsterte er: »Ich weiß ja nicht, wer er ist, aber du siehst glücklich aus … halt ihn fest … lass ihn nicht gehen.« Er lächelte ihr noch einmal über die Schulter zu, als sie gingen. Faith fragte sich, woher er es wusste. Es war, als hätte er einen sechsten Sinn.

16. Kapitel

Faith war im Herbst mit einigen kleineren Hochzeiten beschäftigt, alle sehr traditionell und elegant. Ein paar ältere Leute, ein paar jüngere, keiner von ihnen wollte eine große Hochzeit, aber dafür eine schöne. Manchmal bereiteten die kleineren Hochzeiten fast so viel Arbeit wie die großen.

Faith konzentrierte sich auf die beiden größeren im Dezember. Violet und Phoebe kümmerten sich gemeinsam um die kleineren Veranstaltungen. Violet erledigte die Schreibtischarbeit, Phoebe die Laufarbeit, und das funktionierte gut. Sie hatte nach wie vor Spaß an der Arbeit.

Violet schien jeden Tag runder zu werden. Der Arzt meinte, beide Zwillinge seien gesund, und sie hatte sich mittlerweile in ihr Schicksal gefügt. Jordan war ganz aufgeregt, zwei kleine Mädchen zu bekommen, und er wollte bei der Geburt dabei sein. Er hatte einiges darüber gelesen, daher wusste er, was ihn erwartete. Violet wollte noch gar nicht daran denken, und sie gestand Phoebe, dass sie Angst hatte. Wenigstens arbeitete sie noch.

September und Oktober vergingen rasch. Es kam Faith so vor, als wären ihre Mutter und Jean-Pierre nur für ein paar Tage fort gewesen. Sie kehrten Ende Oktober zurück und berichteten von ihrer tollen Reise und den Menschen, die sie kennengelernt hatten. Jean-Pierre sah ebenso erholt und gesund aus wie Marianne.

Hope hatte sich erboten, im November Thanksgiving bei sich zu Hause feiern. Faith würde Weihnachten ausrichten. Hopes Baby sollte am ersten Weihnachtstag zur Welt kommen, daher war nicht sicher, ob sie dabei sein würde. Sie würde es in der Stadt bekommen, genau wie ihre anderen Kinder; falls sie also beim Familienessen am ersten Weihnachtstag Wehen bekäme, würde sie es nicht allzu weit haben.

Die große Neuigkeit zu Thanksgiving war, dass Faith Edward eingeladen hatte, sie zu begleiten. Zum ersten Mal würde er ihre Familie treffen. Sie war nervös und er auch. Er hatte so viele Geschichten über sie gehört, dass er das Gefühl hatte, sie alle schon zu kennen. Wenn es gut lief, wollte Faith ihn auch zum Weihnachtsessen in ihrem Haus einladen. Für Hope würde es bis dahin zu viel sein, als Gastgeberin zu fungieren, und ihre Mutter lud nicht gern Leute zum Essen ein oder kochte, obwohl Jean-Pierre angeboten hatte, Lammkeule zuzubereiten, mit grünen Bohnen und viel Knoblauch, die französische Variante. Faith würde das Essen von einem Partyservice liefern lassen, mit dem sie zusammenarbeitete.

Heiligabend würde sie mit Edward bei Morgan und Alex verbringen. Edwards Sohn würde bei seiner Mutter in Aspen sein. Wesley feierte Weihnachten nie mit ihm. Alte Gewohnheiten legte man nur schwer ab. Edward war froh, die Feiertage mit Faith verbringen zu können, und passte sich ihren Traditionen an. Da er selbst keine Familie gegründet hatte, musste er seine Familie über Weihnachten auch nicht bewirten. Außerdem waren sowohl seine Mutter als auch Morgan wundervolle Köche. Ihre Eltern waren über Weihnachten zu Besuch bei Freunden in Chicago und kamen nicht nach New York. Aber die Brüder würden zusammen sein, dazu mit Alex und Faith, und nun auch mit Blake. Dem Mädchen, das im März kommen sollte, ging es gut im Bauch der Leihmutter. Bislang verlief die Schwangerschaft ohne Komplikationen, und sie erwarteten auch keine. Die Leihmutter war jung und gesund, und es war ihre fünfte Schwangerschaft. Sie meinte, sie spüre keinen Unterschied zu den vorangegangenen Schwangerschaften. Morgan und Alex überwiesen ihr jeden Monat Geld, und sie schickte ihnen alle Ultraschallbilder und medizinischen Berichte.

Faith steckte mitten in den Vorbereitungen für die beiden großen Hochzeiten im Dezember, während Phoebe und Violet sich um die anderen kümmerten, wobei Faith stets ein Auge auf alles hatte. Eine der kleineren Hochzeiten, für die Violet verantwortlich war, sollte Anfang November stattfinden, und Phoebe hatte sich hervorragend eingewöhnt und arbeitete schon recht selbstständig. Faith betreute die Hochzeit auf dem gecharterten Boot.

Sie kamen morgens zusammen, um den Aufbau der November-Hochzeit zu beaufsichtigen. Bis zum frühen Nachmittag war alles fertig. Faith prüfte alles noch einmal, um sicherzustellen, dass es auch wirklich so aussah, wie es sein sollte, und sie nichts vergessen hatten. Sie dankte den beiden für die gute Arbeit und wollte gerade gehen, als sie sah, wie Violet zusammenzuckte und sich krümmte. Sie beobachtete sie einen Moment, und es passierte erneut. Violet setzte sich hin und versuchte so zu tun, als wäre nichts gewesen. Faith trat zu ihr, um mit ihr zu reden.

»Was ist los?«

»Nichts, es geht mir gut.« Violet sah lächelnd zu ihr auf und zuckte wieder zusammen. Sie war den ganzen Tag auf den Beinen gewesen, zu lange offenbar, und die Babys wogen inzwischen schwer. Sie war im sechsten Monat schwanger, daher wären sie noch nicht lebensfähig, wenn sie jetzt schon zur Welt kämen, besonders da es sich um Zwillinge handelte und sie sehr klein sein würden. Ihr Gewicht zusammengenommen war beeindruckend, trotzdem würden sie zu unterentwickelt sein, um außerhalb des Mutterleibs überleben zu können.

»Violet, sag mir die Wahrheit«, bat Faith sie und musterte sie besorgt. »Was ist los?«

»Ich habe Krämpfe«, gestand Violet und wirkte panisch. »Ich dachte, sie würden aufhören, aber das tun sie nicht.«

»Wie lange hast du die schon?«, erkundigte sich Faith.

»Ein paar Stunden«, gab Violet mit schwacher Stimme zu. »Aber wir hatten doch viel zu tun.«

»Du liebe Zeit. Das war's, Vi. Du bist raus.« Faith machte sich auf die Suche nach Phoebe und berichtete ihr, was geschehen war. »Das bedeutet, du bist für die restliche Zeit allein verantwortlich. Schaffst du das?« Phoebe sah ängstlich aus, aber sie wollte Faith beweisen, dass sie es konnte. Sie war sich ziemlich sicher, dass sie es hinbekommen würde. Sie wollte Faith und Violet nicht im Stich lassen.

»Ich schaffe es«, versicherte sie Faith.

»Soll ich noch mal zurückkommen?«

Phoebe schüttelte grinsend den Kopf. »Wenn ich Hilfe brauche, rufe ich dich an.« Der Job tat ihrem Selbstbewusstsein gut, nachdem Doug es fast zerstört hatte.

»Ruf mich an, falls du mich brauchst«, wiederholte Faith eindringlich. Die Hochzeit fand in einem exklusiven Club statt. Faith bat die Managerin des Partyservice, ihr ein Taxi zu rufen, dann half sie Violet, die einen verängstigten Eindruck machte, hinaus. Faith hatte ebenfalls Angst. Wenn im Taxi etwas passierte, würde sie nicht wissen, was zu tun war. »Soll ich lieber einen Krankenwagen kommen lassen?«

»Nein, bring mich einfach nur zum Krankenhaus, das reicht schon.«

Vom Taxi aus riefen sie Jordan und Violets Arzt an. Sie versprachen dem Fahrer ein großzügiges Trinkgeld, wenn er sie schnell zum Krankenhaus brachte, und das tat er. Bei der Ankunft wurde Violet bereits am Eingang der Notaufnahme erwartet. Man brachte sie eilig nach oben, und Faith rannte dem Tross hinterher. Violet wurde ein Krankenhausbett zugewiesen und erhielt eine Infusion, um die Wehen zu stoppen. Ärzte kamen und gingen, die sie wiederholt untersuchten. Sie und Jordan waren in Tränen aufgelöst und wirkten äußerst angespannt. Die Krämpfe hörten innerhalb einer Stunde auf, und ihre Fruchtblase war nicht geplatzt. Der Arzt gab ihr klare Anweisungen. Violet musste ab sofort bis zur Geburt das Bett hüten. Die nächste Woche sollte sie noch im Krankenhaus bleiben, danach strikt zu Hause im Bett mit einer Bettpfanne. Sie brach in Tränen aus, als der Arzt ihr das eröffnete, und Jordan meinte, sie müsse es jetzt ernst nehmen, sonst würden sie die Zwillinge verlieren. Bis zwei Wochen vor dem Geburtstermin durfte sie das Bett nicht mehr verlassen, und möglicherweise müssten die Zwillinge per Kaiserschnitt geholt werden.

Das alles war hart für Violet. Sie war sechs Monate lang auf den Beinen gewesen, und nun war der Spaß vorbei. Faith umarmte sie, und sie weinte immer noch, als sie ging. Sie versprach Violet, sie zu besuchen, und sie wusste, dass Phoebe auch kommen würde, wenn sie gerade nicht beschäftigt war. Violet musste ab sofort tun, was man ihr sagte, andernfalls bestand die Gefahr, dass sie die Zwillinge verlor oder dass sie zu früh auf die Welt kommen und ernste Schäden erleiden würden, weil sie noch zu unterentwickelt waren. Und das wäre fast noch schlimmer. Die Zwillinge brauchten mindestens noch einen weiteren Monat im Bauch der Mutter. Violet würde also auch über die Weihnachtsfeiertage im Bett bleiben müssen, genau genommen bis Mitte Januar, denn der Geburtstermin lag Anfang Februar.

Faith hatte tiefes Mitgefühl mit ihr, als sie das Krankenhaus verließ. Sie rief Phoebe im Club an, um zu hören, ob sie Hilfe bräuchte, aber Phoebe meinte, sie komme gut zurecht. Faith fühlte sich schuldig, dass sie Violet noch so lange hatte arbeiten lassen, aber sie hatte die Hilfe gebraucht, und Violet hatte nicht zu Hause bleiben und sich erholen wollen. Nun aber ging es darum, die Babys nicht zu verlieren. Bettruhe für fast drei Monate kam Violet vor wie eine Gefängnisstrafe. Das schien ein hoher Preis für eine Schwangerschaft zu sein. Faiths Mutter hatte es ebenfalls durchmachen müssen.

Zwei Wochen später, kurz vor Thanksgiving, rief Annabelle Albert an, um Faith mitzuteilen, dass sie einen Jungen zur Welt gebracht hatte. Er wog zehn Pfund, und es war ein Kaiserschnitt nötig gewesen. Sie war begeistert. Sie sagte, er sehe aus wie Jeremy, und ihre Eltern seien ganz verrückt nach ihm. Sie erzählte, ihre Eltern seien nach wie vor zusammen, ihre Mutter habe ihren Dad im Blick, und er benehme sich. Annabelle war glücklich, das Baby zur Welt gebracht zu haben und dass es gesund war und ihre Eltern weiterhin ein Paar waren. Faith beauftragte Phoebe, ihr Blumen ins Krankenhaus zu schicken. Annabelles Hochzeit gehörte zu den spektakulärsten, die Faith je organisiert hatte. Aber die Hochzeit, die sie für die Russen organisierte, würde dem nahekommen, und wie sich zeigte, war sie sogar noch teurer. Millionen teure Hochzeiten schienen bei den Superreichen zum Standard geworden zu sein. Es gab nicht viele Menschen, die sich das leisten konnten, aber so rar wie früher waren sie auch nicht mehr. Bei vierzig Prozent Provision für große Hochzeiten und fünfundzwanzig bis dreißig für kleinere Veranstaltungen, sammelte Faith allmählich ein beachtliches Vermögen an, das sie verantwortungsbewusst zu investieren versuchte. Sie hatte einen Finanzberater, dem sie vertraute. Gelegentlich sprach sie auch mit Edward über Investitionen, der sich damit auskannte. Er war immer wieder erstaunt darüber, wie viel sie an einer Hochzeit verdiente, aber eigentlich war es ja auch kein Wunder, dass es sich um größere Beträge handelte, angesichts des Reichtums einiger ihrer Kunden. Es war ein sehr lukratives Geschäft, und Faith die gefragteste Hochzeitsplanerin in New York.

Sie riefen Violet jeden Tag an, und sie klang deprimiert, weil sie noch im Krankenhaus bleiben musste. Man behielt sie zwei Wochen dort, erst dann durfte sie nach Hause, wo sie Bettruhe halten musste. Sie sagte, wenn sie nur aufstehe, um zur Toilette zu gehen, bekomme sie wieder Krämpfe, daher würde sie ab jetzt liegen müssen. Es war schon eine Freude für sie, wenn sie sich für eine kleine Weile im Bett aufsetzen durfte. Phoebe hatte sie schon häufiger besucht und Faith bislang nur einmal, da sie viel zu tun hatte mit den Hochzeiten um Weihnachten herum, und ohne Vi fehlte eine Arbeitskraft.

Es war schwierig genug, wenigstens an Thanksgiving eine Pause einzulegen, denn zwei Tage später sollte eine große Hochzeit stattfinden. Aber Faith gelang es, wenigstens am Tag von Thanksgiving freizunehmen, da ohnehin niemand sonst arbeitete. Am nächsten Morgen würde sie gleich wieder an die Arbeit gehen.

Sie und Edward fuhren morgens los nach Connecticut, zu Hopes Farm. Dort würde er der Familie vorgestellt werden, und Faith fragte sich nervös, was sie von ihm halten würden. Allerdings hatte er sie bisher noch nie enttäuscht. Er und Angus verstanden sich auf Anhieb. Edward war von Hope begeistert, besonders da sie Faiths Zwillingschwester war und er wusste, wie nah sich die beiden standen. Und Hope fand ihn toll. Faith half ihr in der Küche, während Angus den Truthahn tranchierte, und Hope flüsterte ihr zu: »Heirate ihn. Er ist fantastisch. Wir lieben ihn.«

»Ich liebe ihn auch, aber ich werde nicht heiraten. Müssen wir nicht. Wir wollen keine Kinder. Er hat bereits einen Sohn, und ich bin zu alt.«

»Bist du nicht«, widersprach Hope. »Wir sind gleich alt, und ich bekomme gerade ein Kind.«

»Es ist dein viertes. Ich würde mein erstes mit dreiundvierzig bekommen, frühestens. Das will ich nicht, und er auch nicht. Wir lieben uns, warum müssen wir dann heiraten?«

»Damit er bleibt«, antwortete Hope schlicht.

»Das bedeutet doch nichts. Dad ist auch nicht geblieben. Er hat Mom mit uns allein gelassen. Wenn er mich liebt, wird er bleiben, und wenn nicht, wird er gehen. Ich muss ihm keine Leine anlegen oder ein Baby von ihm bekommen, um ihn zu halten. Das funktioniert sowieso nicht.«

»Wie geht es übrigens Violet?«, erkundigte Hope sich.

»Sie ist deprimiert. Sie hasst es, ans Bett gefesselt zu sein. Sie darf nicht einmal aufstehen, um aufs Klo zu gehen. Lustig ist das bestimmt nicht. Ich habe keine Ahnung, wie Mom das mit uns hinbekommen hat. Kinder kriegen ist eine ernste Angelegenheit.«

»Wem sagst du das«, erwiderte Hope und tätschelte ihren enormen Bauch. »Hoffentlich ist es diesmal ein Mädchen. Angus meint, wenn nicht, will er es noch einmal versuchen. Der hat gut reden.« Sie grinste Faith an. »Wir könnten zusammen schwanger sein.«

»Nie im Leben.« Faith lachte. »Ich kann nicht glauben, dass du bereit bist, fünf Kinder zu haben.«

»Durchaus vorstellbar. Angus will sogar sechs. Hat er jedenfalls immer gesagt. Vielleicht werden es beim nächsten Mal Zwillinge, dann wäre ich damit durch.«

»Wenn nicht, würdest du dein letztes Kind mit fünfundvierzig bekommen«, erinnerte Faith sie. Das klang schrecklich in ihren Ohren, aber nicht für Hope. Sie waren eben doch unterschiedlich, obwohl sie Zwillinge waren.

Edward genoss es, sich mit Jean-Pierre zu unterhalten, auch mit Faiths Mutter. Er fand Jean-Pierre sehr interessant, und Angus hielt er für einen großartigen Kerl. Die Kinder saßen mit am Tisch. Das Thanksgiving-Essen war köstlich, die Atmosphäre am Tisch fröhlich und angenehm. Edward sagte, er habe es genossen, und er finde ihre Familie nicht so verrückt, wie sie behauptet hatte.

»Die können Außenstehenden gut etwas vorspielen«, sagte Faith. »Alle waren angetan von dir. Natürlich finden sie, dass wir heiraten sollten. Und Hope will, dass wir ein Baby bekommen. Angus will sogar noch ein oder zwei weitere. Ich habe keine Ahnung, wie sie das macht. Ich kann mir kaum etwas Schlimmeres vorstellen, als mit fünfundvierzig ein Baby zu bekommen, aber ihr macht das nichts aus.«

»Sie scheinen glücklich zu sein«, meinte Edward, während sie zurück in die Stadt fuhren.

»Das sind sie«, bestätigte Faith. »Es war ein netter Zug von Hope, dass sie heute das Essen gemacht hat. Sie liebt ihr Landleben als Ehefrau und Mutter. Es fällt mir manchmal schwer, mich daran zu erinnern, dass sie ein gefragtes Model mit glamourösem Leben war. Das hat sie alles für Angus aufgegeben und nie zurückgeschaut. Inzwischen ist sie ohnehin zu alt dafür.«

»Sie sieht fantastisch aus, genau wie du.« Er sah sie lächelnd an. »Es war schön, alle kennenzulernen. Jetzt weiß ich wenigstens, über wen du redest.«

Sie erwiderte sein Lächeln, beugte sich zu ihm hinüber und küsste ihn. Sie gingen früh zu Bett, und am nächsten Tag stand sie wegen ihres Balletttrainings um sechs Uhr auf. Anschließend fuhr sie ins Büro. Am Tag darauf sollte eine Hochzeit stattfinden, und sie musste gemeinsam mit Phoebe noch sämtliche Vorbereitungen treffen. Sie vermissten beide Violets Hilfe, aber sie schafften es auch ohne sie, außerdem hatte Faith zwei zusätzliche Assistentinnen für die aktuelle Hochzeit engagiert. Sie würden Phoebes Anweisungen folgen. Faith war beeindruckt, wie effizient Phoebe arbeitete. Am Samstag, dem Tag der Hochzeit, kam Faith um zwei Uhr morgens nach Hause und fiel neben Edward ins Bett. Er wachte auf, als sie sich an ihn kuschelte. Er rollte sich auf die Seite, öffnete die Augen und lächelte.

»Hat alles gut geklappt?«

»Ja, nur dass der sechsjährige Ringträger die Ringe nicht finden konnte. Wir fanden sie schließlich. Er hatte sie im

Badezimmer liegen gelassen. Seine Mom hatte ihn vor der Trauung noch einmal auf die Toilette geschickt, und da hatte er sie vergessen. Er war der Neffe der Braut.«

»Kein Wunder, dass du Hochzeiten hasst«, sagte er. »Ich würde genauso empfinden, wenn ich pro Woche zu einer oder zwei gehen und jedes Mal bis zum Schluss bleiben müsste.«

»Ach, es ist auch immer ganz süß. Egal, wie oft man dabei ist, es gibt immer einen Moment der Rührung, für den sich all die Mühe gelohnt hat. Der Ausdruck in den Augen des Bräutigams, ein besonderes Lächeln zwischen den Brautleuten, eine Träne auf der Wange der Braut, wenn sie das Eheversprechen gibt, eine Mutter, die ihre Tochter ansieht, die Tränen eines Vaters, wenn er die Braut zum Altar geführt hat.«

»Es ist gut, dass du das noch immer so siehst«, sagte er.

»In drei Wochen vielleicht nicht mehr, nach der großen Party der Russen. Das sind die echt harten Veranstaltungen, weil man eine Million Details im Auge behalten muss und dann doch irgendein Depp den Brautstrauß zu übergeben vergisst und niemand es bemerkt.«

»Falls wir doch noch heiraten sollten, dann am besten in der Elvis Chapel in Las Vegas, damit du nicht die ganze Arbeit machen musst«, schlug er grinsend vor.

»Ich mag die Arbeit«, sagte sie verschlafen. »Die Arbeit ist der beste Teil, denn die macht es perfekt. Ich habe Hopes und Angus' Hochzeit organisiert. Er trug einen Kilt, mit dem Schottenmuster seiner Familie. Er sah toll aus. Ich mag ihn wirklich sehr.« Sie küsste Edward und freute sich darüber, dass sie ihn in ihrem Bett vorgefunden hatte, als wäre es selbstverständlich. Morgen wollten sie sich den Weihnachtsbaum am Rockefeller Center ansehen. Er war noch nicht beleuchtet, aber schon geschmückt, und sie liebte es stets, ihn sich anzusehen. Edward wollte Schlittschuhlaufen. Er hatte ihrem Leben eine ganz neue Dimension verliehen, zusätzlich zur Arbeit. Irgendwie gelang es ihnen, alles unter einen Hut zu bringen, und die Beziehung zu ihm bereicherte ihr Leben.

Eng an ihn gekuschelt schlief sie ein. Es war schön zu wissen, dass er morgen früh da sein würde. In gewisser Weise war er wie Angus, ein großer umgänglicher Kerl, beschützend wie ein Bär, wenn es sein musste, und wild wie ein Löwe, wenn nötig. Die übrige Zeit war er sanft wie ein Teddy zum Kuscheln.

Am darauffolgenden Wochenende fand eine weitere Hochzeit statt, die Faith Phoebe allein zu betreuen überließ. Es sollte eine große komplizierte Lightshow statt Blumendekorationen geben. Phoebe erklärte, wo alles aufgebaut werden sollte, aber die Techniker meinten, es sei unmöglich. Dort, wo Phoebe es haben wollte, gab es keine Steckdosen. Am Ende lösten sie das Problem mit Verlängerungskabeln. Bevor die Trauung begann, kam der Cheftechniker zu ihr, um sich für die Hilfe zu bedanken. Er hatte rote Haare und Sommersprossen und ein rotes Herz auf den Arm tätowiert.

»Dafür bin ich hier«, sagte sie erfreut.

Sie fand ihn süß, aber wahrscheinlich noch sehr jung. Seit Doug hatte sie nicht einmal an Dating gedacht. Sie war seit den schrecklichen Ereignissen mit niemandem mehr zusammen gewesen und hatte das Gefühl, es irgendwie verlernt zu haben. Eigentlich wollte sie auch gar nicht. Die Erfahrung mit Doug war so traumatisch gewesen, dass sie nicht den Wunsch verspürte, es noch einmal zu riskieren. Faith meinte, sie würde darüber hinwegkommen, aber so sicher war Phoebe sich da nicht. Es hatte tiefe Spuren hinterlassen und sie sehr verletzt.

»Sie sind Elektriker?«, fragte sie, und er lächelte.

»Genau genommen bin ich Ingenieur. Ich habe auf dem MIT studiert, habe aber momentan keinen Job, deshalb mache ich nebenbei Licht auf Partys. Es ist ziemlich lukrativ. Henrik«, stellte er sich vor und gab ihr die Hand. »Mein Vater ist Holländer.«

»Da sitzen wir ja in gewisser Weise im selben Boot. Ich bin OP-Schwester in der plastischen Chirurgie und auch ohne Job, deshalb mache ich das hier bis März als Aushilfe.«

»Manchmal ist es ganz schön, etwas Neues zu lernen. Aber ich mag, was ich studiert habe, deshalb bin ich weiter auf der Suche.«

»Mir ergeht es ähnlich«, pflichtete sie ihm bei.

»Möchten Sie nach der Hochzeit noch etwas trinken? Ich muss bis zum Ende der Trauung bleiben, danach kann ich gehen«, sagte er. Er war freundlich und ein angenehmer Gesprächspartner.

»Ich muss während des ganzen Abbaus bleiben, bis die Lastwagen beladen sind. Das wird bis vier oder fünf Uhr morgens dauern«, erklärte sie.

»Dann ein andermal?« Er sah hoffnungsvoll aus, und sie lächelte. Sie wollte gern etwas mit ihm trinken, nur war es an diesem Abend nicht möglich. Sie schrieb ihm ihre Nummer auf und hoffte, dass er sie anrufen würde. Er hatte eine sympathische Art und war offenbar klug, wenn er auf dem MIT studiert hatte. Davon war sie beeindruckt.

Er kam nach der Trauung noch einmal zu ihr, um sich zu verabschieden. »Schade, dass Sie noch bleiben müssen. Ich werde Sie diese Woche anrufen. Vielleicht können wir zusammen zu Mittag essen?«

Die Idee gefiel ihr, und er schien ein netter Typ zu sein. Sie stand lächelnd da, nachdem er gegangen war. Vielleicht war sie doch wieder bereit für ein Date, ob er nun anrufen würde oder nicht. Und vielleicht hatte Faith recht, dass der menschliche Geist stärker war und widerstandsfähiger, als man annehmen sollte. Faith sagte das oft, und Phoebe glaubte es inzwischen auch.

Eine Woche später rief Violet Faith im Büro an. Sie befand sich erneut im Krankenhaus. Die Wehen hatten wieder eingesetzt. Sie hatte nichts getan, was der Auslöser dafür gewesen sein könnte. Diesmal war die Fruchtblase geplatzt, daher mussten die Zwillinge innerhalb der nächsten vierundzwanzig Stunden zur Welt kommen, sonst konnte sie sich eine schlimme Infektion zuziehen. Es war immer noch sehr früh. Die Krämpfe waren heftig, und Violet war wegen der Babys in Sorge. Sie war inzwischen im siebten Monat schwanger, also konnte sie die Zwillinge zur Welt bringen, auch wenn es alles andere als ideal war. Der Arzt meinte, die Babys seien klein und man würde es mit einer herkömmlichen Geburt versuchen, zumindest bei einem Zwilling, um dann eventuell einen Kaiserschnitt vorzunehmen, um den zweiten zu holen. Violet hatte eine Spritze bekommen, um die Lungen der Babys wegen der verfrühten Geburt aufs Atmen vorzubereiten.

Faith rief sie mehrmals an diesem Tag an und erkundigte sich nach ihr. Es gab keine besonderen Vorkommnisse, aber ein Zurück war nicht mehr möglich. Würden innerhalb von vierundzwanzig Stunden nach dem Platzen der Fruchtblase nicht starke Wehen einsetzen, wollte man die Zwillinge per Kaiserschnitt auf die Welt holen. Bei ihrem letzten Telefonat waren noch ein paar Stunden bis zum Verstreichen dieser Frist verblieben, und dann versuchte Phoebe noch einmal, sie zu erreichen, und es meldete sich eine Krankenschwester, die ihr mitteilte, Violet habe Wehen und sei in den Kreißsaal gebracht worden. Sofort berichtete sie Faith von den neuen Entwicklungen, und sie waren beide in Sorge. Für Violet ging es jetzt los.

Jordan war bei ihr, und man hatte ihr gerade eine Epiduralanästhesie gelegt, was die Schmerzen rasch lindern sollte. Die Wirkung setzte allmählich ein, und einige Minuten später wies der Arzt Violet an, zu pressen. Es war härter als alles, was sie in ihrem ganzen bisherigen Leben getan hatte, und sie war bereits erschöpft von den Krämpfen, die sie den gesamten Tag über gehabt hatte. Sie war müde und litt Schmerzen und sorgte sich wegen der Babys. Jetzt fühlte sie sich schuldig, weil sie zuvor über die Zwillinge gejammert und sich über die Bettruhe beklagt hatte, die sie den letzten Monat einhalten musste. Was, wenn eine oder beide starben? Vielleicht wussten sie, dass sie ungewollt waren, und wollten Violet daher auch nicht?

Sie schluchzte, während ihr gesagt wurde, sie solle weiter pressen. Nach einer Weile konnte sie einfach nicht mehr. Man hatte ihr erklärt, die Babys seien klein, aber sie kamen trotzdem nicht heraus. Eine der Krankenschwestern bewegte etwas in ihr, was sich wie ein enormer Druck anfühlte, und beim nächsten Pressen, rutschte das erste Baby langsam durch den Geburtskanal hinaus. Man legte Violet eine Sauerstoffmaske an, und ihr wurde schwindelig, aber dann hörte sie einen kleinen Babyschrei. Der erste Zwilling war geboren. Es waren zwei Geburtshelferinnen und zwei Kinderärzte mit im Raum, außerdem ein halbes Dutzend Krankenschwestern. Das Baby wurde in einem Inkubator auf die Frühgeborenenstation gebracht. Violet hatte es nicht einmal gesehen. Sie war bereits erneut mit Pressen beschäftigt und wurde von allen angefeuert. Zwischen den Wehen hatte sie das Gefühl zu ertrinken, als befände sie sich unter Wasser und würde dort festgehalten. Dann hörte sie, wie jemand etwas vom Querliegen sagte, und jemand anderes sagte, man würde einen Kaiserschnitt machen, um das Baby zu holen. Rasch wurde sie in den OP gebracht. Violet wollte fragen, ob mit dem Baby alles in Ordnung sei, ob es noch lebte, aber man wies sie an, von neun rückwärts zu zählen, und bei acht verlor sie das Bewusstsein.

Sie hatten Jordan angewiesen, Violet nicht zu folgen, und er blieb weinend zurück. Man brachte das zweite Kind schnellstmöglich zur Welt, und dann eilten sie an Jordan mit dem Inkubator vorbei auf die Frühgeborenenstation. Er hatte keine Ahnung, wie es seinen Töchtern ging oder seiner Frau, und niemand informierte ihn. Alle hatten zu tun. Er fragte sich, ob Violet sterben würde. Man hatte ihr eine Infusion gegeben. So hatten sie sich das alles nicht vorgestellt. Es hätte leicht und wundervoll und sehr bewegend sein sollen. Stattdessen war es beängstigend. Was, wenn er alle drei verlor? Er ging ins Wartezimmer und wartete darauf, dass jemand kam und ihm sagte, was los war. Irgendwann ging er zur Rezeption und erkundigte sich bei der Dienst habenden Krankenschwester. Er fragte, ob seine Frau und Töchter lebten, und er tat ihr leid. Man hatte ihn völlig vergessen.

»Selbstverständlich. Ihre Frau befindet sich im Aufwachraum. Sie wird noch ein paar Stunden schlafen, und wenn sie wach ist, bringen wir sie in ihr Zimmer. Ihre Töchter sind zur Beobachtung auf der Frühgeborenenstation. Sie liegen zusammen in einem Inkubator, weil sie Frühchen sind und wir Zwillinge immer zusammen lassen. Aber sie haben eine anständige Größe und wiegen jede vier Pfund. Möchten Sie sie sehen?«

Er nickte blass und benommen und folgte der Krankenschwester auf die Neugeborenen-Intensivstation. Er trug noch die Kleidung aus dem Kreißsaal, und sie zog eine Schürze darüber, die sie für ihn am Rücken zuband, wie bei einem Chirurgen. Sie gingen hinein, und die Schwester gab ihm Gummihandschuhe. Dann sah er die Zwillinge. Sie lagen beide in einem Inkubator, genau wie die Schwester gesagt hatte. Beide trugen nichts außer Miniwindeln, wie für eine Puppe, und wurden von einer Wärmelampe beschienen. Sie waren winzig, aber perfekt geformt, und sie sahen identisch aus. Sie schliefen beide, und eine nuckelte am Daumen. Sie lebten und waren wunderschön. Jordan konnte nicht aufhören zu weinen, während er sie betrachtete. Er wollte sie berühren, aber er wagte es nicht. Er wollte Vi sehen und ihr erzählen, wie schön die Babys waren.

»Sind sie gesund?«, fragte er die Krankenschwester, die bei ihm geblieben war, und sie nickte.

»Klein, aber gesund. Sie müssen noch ein bisschen gepäppelt werden, da sie acht Wochen zu früh gekommen sind. Aber es geht ihnen gut.« Sie lächelte. Er sah aus wie von einem Bus überrollt, und so fühlte er sich auch. Aber die Babys lebten. Jetzt wollte er zu Violet, um sich zu vergewissern, dass sie ebenfalls noch lebte.

Drei Stunden später wurde Violet in ihr Zimmer gebracht, und sie war immer noch nicht ganz wach. Er küsste sie, und sie kam ein wenig zu sich, döste beim Reden mit ihm aber immer wieder ein.

»Geht es ihnen gut?«

»Sie sind wundervoll, und sie sehen perfekt aus.« Sie nickte lächelnd, dann schlief sie wieder fest ein. Jordan setzte sich neben sie und betrachtete sie. Er wollte sie nicht verlassen.

Was, wenn sie in der Nacht starb, indem sie verblutete oder erstickte? Sie waren jetzt Eltern, und er brauchte sie. Er würde das alles ohne sie nicht schaffen. Im Kreißsaal hatte er geglaubt, sie würde sterben, und sie hatte es auch geglaubt.

Er schlief auf dem Stuhl neben ihrem Bett ein. Es war alles viel härter, als man ihnen vorher gesagt hatte, am Tag der Hochzeit und als sie sich das Eheversprechen gaben. Da hatte alles noch ganz einfach ausgesehen, aber das war es nicht. Dies war die nächste Stufe. Einer der großen Schritte. Vielleicht der größte, denn sie waren jetzt Eltern. Als er einschlief, sah er die kleinen Gesichter wieder vor sich. Sie sahen aus wie Püppchen. Und ihm wurde klar, dass er endlich wusste, was Liebe war – das, was er für seine Töchter und für seine Frau empfand. Genau dies hatte er gemeint, als er schwor, sie für immer zu lieben. Jetzt verstand er, was zu lieben und zu ehren bedeutete … Es bedeutete, Violet und ihre gemeinsamen Kinder für immer zu schützen und dafür zu sorgen, dass es ihnen gut ging.

17. Kapitel

Weihnachten war in diesem Jahr ein Rennen gegen die Zeit, besonders ohne Violet, auf die Faith sich immer hatte verlassen können. Aber Phoebe machte ihre Arbeit auch gut, und seit dem Sommer hatte sie viel gelernt.

Faith hatte Violet im Krankenhaus besucht. Sie sah ziemlich mitgenommen aus und hatte drei Infusionen erhalten nach einer normalen Geburt und einem Kaiserschnitt. Aber den Babys ging es gut. Ihre Lungen arbeiteten, und für Frühchen hatten sie eine gute Größe. Sie würden noch acht Wochen im Krankenhaus bleiben, bis zum ursprünglich prognostizierten Geburtstermin. Violet konnte den ganzen Tag im Krankenhaus sein, um sie zu füttern. Sie wollte versuchen, die Babys zu stillen. Sie wirkte immer noch ziemlich erschöpft und besorgt. Die Babys sahen sehr zerbrechlich aus, aber Violets Mutter meinte, Babys seien widerstandsfähiger als sie aussähen. Faith konnte kaum glauben, wie winzig sie waren.

»Die arme Vi sieht schrecklich aus. Es ist bewundernswert, wie Frauen das durchmachen können. Du bist unfassbar tapfer«, sagte Faith, als sie mit Hope sprach.

»Manchmal ist es gar nicht so schlimm. Vi musste einiges durchstehen, aber sie wird sich erholen. Sie ist jung und wird im Nu wieder auf den Beinen sein. Und dem Himmel sei Dank, die Babys sind wohlauf.« Bei Hope würde es nun auch nicht mehr lange dauern. Der Geburtstermin war in zehn Tagen, am ersten Weihnachtstag, und sie behauptete, sich bestens zu fühlen. Allerdings führte sie auch ein gesundes Leben und hatte stets unkomplizierte Schwangerschaften gehabt. Kinder zur Welt zu bringen, schien für sie einfach zu sein, falls es so etwas überhaupt gab. Faith konnte nur staunen. Sie hätte lieber einem Nashorn gegenübergestanden, als ein Kind zu gebären. Etwas Schlimmeres konnte sie sich kaum vorstellen. Und so sah Violet momentan auch aus. Verglichen mit ihrer Schwester kam Faith sich wie ein Feigling vor. Hope dagegen hätte lieber zehn Kinder hintereinander zur Welt gebracht, als eine Hochzeit zu planen. Sie waren beide auf ganz eigene Weise mutig.

Faith sah Edward im Augenblick kaum, da sie mit der russischen Hochzeit so viel zu tun hatte. Sie hatten den perfekten Kunstschnee gefunden. Er sah wie echter aus, nur dass er nicht kalt war, wenn man ihn anfasste, und er war so fein, dass er unter den Schuhen knirschte, wenn man darauf ging. Sie hatten ihn getestet und für gut befunden.

Die Hochzeit sollte am dreiundzwanzigsten stattfinden, und alles war bereit. Das Dinner für die Hochzeitshelfer würde am zweiundzwanzigsten sein. Faith würde Heiligabend mit ihrer Familie verbringen. Danach wollte sie eventuell noch einen weiteren Tag freimachen, ehe die nächste große Hochzeit am Silvesterabend stattfinden würde, für die Tochter des Senators, auf dem Boot. Anschließend würde sie mit Edward irgendwo Urlaub machen, wo die Sonne schien.

Den Urlaub organisierte er ganz allein. Sie hatte ihn gebeten, sie zu überraschen. Dann würden im Januar alle neuen Buchungen für die Hochzeiten im Sommer eintrudeln. Es war ein nie endender Kreislauf organisierter Freude auf den

Traumhochzeiten, die Bräute sich als kleine Mädchen ausgemalt hatten, mit hübschen Kleidern und langen Schleppen, Schleiern aus Spitze oder sexy hochgeschlitzten Slipdresses, dazu eine große Hochzeitstorte und ein gut aussehender Prinz, der am Altar auf die Braut wartete. Einmal war eine Braut ohne Sattel auf einem weißen Pferd hereingeritten, wie eine mittelalterliche Königin.

Faith war die Hüterin der Träume, die Wünsche in Erfüllung gehen ließ, die Zauberin, die alles ermöglichte. Manchmal war es eine schwere Last, aber sobald der Traum Wirklichkeit wurde und die Glücklichen davonschwebten, fand sie für einen Augenblick, dass es sich doch gelohnt hatte.

Jetzt aber wollte sie ihre eigenen Träume wahr werden lassen und ein bisschen Realität. Darauf hatte sie lange gewartet. Edward kam dem Prinzen ihrer eigenen Fantasien am nächsten. Er war der Retter, der Partner, von dem sie geträumt hatte, außerdem ein Mann, an dessen Seite sie sich auch schweigend wohlfühlen konnte. Oder wenn sie in der Dunkelheit der Nacht miteinander redeten. Er kam allem nahe, was sie je gewollt und nie gefunden hatte. Bis jetzt. Sie brauchte ihn nicht einzusperren oder ihn zu fesseln. Sie wusste, er würde stets an ihrer Seite sein, weil er das aus freien Stücken so wollte, so wie sie mit ihm zusammen sein wollte. Das war Bindung genug, mehr brauchte es nicht. Das Band zwischen ihnen war stark.

Das Dinner mit den Hochzeitshelfern und der Eislaufbahn war so magisch, wie sie es sich erhofft hatte. Die Gäste glitten über das Eis, zusammen mit professionellen Eiskunstläufern, die ihnen halfen. Der Kunstschnee war erstaunlich. Sie hatten zwei Lastwagenladungen bestellt. Am Abend der Hochzeit stellte der Palast der Zarin eine weitere Fantasie dar, mit Eisengeln überall und sich aufbäumenden Hengsten aus Eis. Außerdem gab es Löwen und Tiger aus Eis, Stände mit Kaviar auf Blinis und Toastscheibchen. Sie hatten für die Hochzeit die letzten prachtvollen Tage des Zaren und der Zarin nachgestellt. Es war geradezu filmreif, und der Vater der Braut ließ tatsächlich einen Film drehen. Jeder Gast ging mit einer Dose Kaviar statt Hochzeitstorte. Faith hatte sich selbst übertroffen. Manche Leute bekamen Babys. Sie hatte ihre Hochzeiten. Sie ließ die Fantasien junger Frauen wahr werden, sodass sie sich in harten Zeiten immer daran erinnern konnten. Faith vergaß keine von ihnen je. Die jungen Frauen, die in Yogapants und mit Tattoos zu ihr kamen und sich in Prinzessinnen ihrer selbst ausgedachten Märchen verwandelten. Die letzten beiden Hochzeiten des Jahres waren die bisher außergewöhnlichsten. Und die Albert-Hochzeit im Juli war beinahe ebenso extravagant.

Am nächsten Tag schlief sie fast bis mittags. Es war Heiligabend, und Edward weckte sie sanft, damit sie nicht den ganzen Tag verschlief.

Ihr eigener Partyservice war eingetroffen. Das Weihnachtsessen sollte bei ihnen stattfinden, zusammen mit Faiths Mutter und Jean-Pierre, Angus und Hope sowie deren drei Jungen, außerdem würde Edward da sein. Das Essen am ersten Weihnachtstag würde bei Alex und Morgan stattfinden.

Am Heiligabend trug sie ein schwarzes Samtkleid mit dazu passenden Pumps, schlichten Diamantohrringen und hatte die Haare zu einem Knoten gebunden. Faith sah elegant aus, und auf Edwards Gesicht erschien ein Lächeln, als er sie erblickte. Er trug einen schwarzen Samtblazer, dazu eine schwarze Hose. Sie gaben ein attraktives Paar ab, als sie Faiths

Mutter und Jean-Pierre begrüßten, während ein Kellner ihnen Champagner servierte. Angus trug den Kilt, in dem er auch geheiratet hatte, dazu seine wunderbare traditionelle Jacke, während Hope ein enormes rotes Oberteil trug sowie die einzige schwarze Schwangerschaftshose, in die sie noch hineinpasste. Die drei Jungen trugen kurze schwarze Samthosen und rote Pullover. Hope war es gelungen, sie alle anzuziehen und in kleinen roten Jacken in den Wagen zu verfrachten, bevor sie aus Connecticut aufbrachen. Sie waren eine feierlich aussehende Gruppe vor dem Weihnachtsbaum, den Edward besorgt und allein geschmückt hatte, weil Faith die Zeit dafür fehlte. Edward kümmerte sich um ihr Zuhause, was genau das war, was sie brauchte, und er verstand es. Als er die Fotos der Hochzeit sah, die sie organisiert hatte, wurde ihm einiges klar. Faith war eine Zauberin für Leute mit grenzenloser Vorstellungskraft und sehr viel Geld. Für das, was sie von Faith erwarteten, gab es kein Limit. Sie erfüllte die Träume ihrer Töchter. Es war eine Art heiliges Vertrauen in den magischsten Tag in ihrem Leben. Alle Hoffnungen ruhten auf ihr, und sie durfte sie auf keinen Fall enttäuschen. Sie tauchte im Leben dieser Leute rund um einen einzigen, ganz besonderen Tag auf, wie die Märchenfee aus *Cinderella.*

Die Familien verbrachten einen schönen Heiligabend zusammen. Hope stand ein paarmal auf und ging umher, da sie nicht das ganze Essen über sitzen konnte. Das Baby bewegte sich ständig und nahm unangenehme Positionen ein. Die Jungs wurden später in Faiths Gästezimmer ins Bett gebracht, und dann öffneten die Erwachsenen Geschenke, tranken Wein und plauderten fröhlich miteinander. Jean-Pierre schien sich bester Gesundheit zu erfreuen, und das Paar wollte im Januar eine weitere Kreuzfahrt unternehmen. Wieder würden sie für einen oder zwei Monate an exotische Ort reisen, neue Leute kennenlernen, sich verwöhnen lassen, kurz nach Hause kommen und bald wieder in ein neues Abenteuer aufbrechen. Es war ihr liebster Zeitvertreib geworden. Zwischen den Kreuzfahrten besuchten sie in Paris Jean-Pierres Mutter.

Violet und Jordan verbrachten Heiligabend mit ihren Töchtern. Sie hatten die Mädchen Lily und Rose genannt. Und Henrik hatte Phoebe zum Essen eingeladen, da er ebenfalls keine Familie in New York hatte. Nach dem Essen besuchten sie die Mitternachtsmesse. Annabelle Albert war mit Jeremy, ihrem Baby, ihrer Schwester und deren Kind sowie ihren Eltern in Mexiko.

Edward, der Faith am Tisch gegenübersaß, sah sie lächelnd und bewundernd an, und sie lächelte zurück. Er sah sehr gut aus in seinem Samtblazer. Hope verließ den Tisch bereits zum vierten Mal, und Faith folgte ihr in die Küche. Die Mitarbeitenden des Partyservice hatten gerade den Schokoladenkuchen serviert und räumten auf.

»Ist alles in Ordnung mit dir?«, erkundigte sich Faith, denn sie hatte ein ungutes Gefühl. Als spürte sie genau wie Hope selbst, wie sie sich fühlte. Das gehörte zum Zwillingsdasein dazu.

»Ich glaube schon. Ich habe Rückenschmerzen, aber das ist gegen Ende der Schwangerschaft immer so. Man findet keine bequeme Position mehr.«

»Es war nett von dir, dass du heute Abend gekommen bist«, sagte Faith, denn es war eine lange Fahrt in die Stadt und zurück. Hopes Arzt hatte ihr geraten, in der Stadt zu bleiben, doch sie hatte Weihnachten mit Angus und den Jungen auf ihrer Farm verbringen wollen. Sobald die Wehen einsetzten, würden sie in die Stadt fahren.

Faith massierte Hope die Schultern, und Hope lächelte; dann zuckte sie plötzlich zusammen und krümmte sich. Sie stand auf und sah Faith an. »Mein Rücken fühlt sich komisch an, und da ist ein enormer Druck«, sagte sie.

»Könnten es die Wehen sein?«

»Nein, das ist es nicht. Es war ein scharfer Schmerz, der leicht anfing und stärker wurde, ein Stechen, als würde ein Schwert in mich hineinfahren.«

»Na, das klingt ja nicht so gut«, meinte Faith besorgt.

»Als würde ein Elefant herauswollen und seinen Fuß auf meinen Rücken stellen.«

»Oh oh. Hast du Krämpfe?«

»Die habe ich jetzt ständig. Es bedeutet aber nur, dass es bald so weit ist. Vielleicht morgen schon oder übermorgen.«

»Du solltest heute Nacht in der Stadt bleiben«, meinte Faith.

»Die Jungs würden sehr enttäuscht sein. Alle ihre Geschenke sind daheim. Lass uns wieder an den Tisch zurückkehren, es geht mir gut.« Sie wirkte überzeugend, also gingen sie zurück zum Tisch. Die Männer genossen den Wein, und Marianne flüsterte mit Jean-Pierre, als die Zwillinge sich wieder setzten. Faith fiel auf, dass Hope sich mit niemandem unterhielt und einige Male zusammenzuckte, aber dann ging es gleich wieder vorbei. Sie behielt ihre Schwester im Auge, und als die anderen das Esszimmer verließen, krümmte Hope sich erneut.

»Ich glaube, du hast Wehen«, sagte Faith zu ihr.

»Nein, das ist es nicht.«

»Vielleicht fühlt es sich diesmal anders an.«

»Ich habe schon drei zur Welt gebracht, ich sollte es also wissen«, fuhr sie Faith an. Aber dann sah sie plötzlich panisch aus, lief zum nächsten Badezimmer und übergab sich. Faith folgte ihr. »Ich fürchte, es ist etwas, was ich gegessen habe«, erklärte Hope. »Tut mir leid.« Und noch während sie das sagte, durchfuhr sie ein heftiger Schmerz, sodass sie nicht mehr aufrecht stehen konnte. Faith hielt sie fest, klappte den Toilettendeckel herunter und half ihr, sich zu setzen, damit sie nicht umfiel. »Ich glaube, der Elefant hat sich gerade befreit.«

»Ich glaube, es ist das Baby«, sagte Faith, und Hope nickte.

»Ich glaube, du hast recht.« Eine weitere Schmerzwelle überrollte sie, sodass Hope nicht sprechen konnte. Faith steckte den Kopf aus dem Badezimmer und bat jemanden vom Partyservice, der gerade vorbeikam, den Mann im Kilt zu holen. Kurz darauf tauchte Angus im Türrahmen auf und sah seine Frau überrascht an. Während des Essens schien es ihr noch gut gegangen zu sein, doch jetzt wirkte sie benommen und klammerte sich an den Arm ihrer Schwester.

»Was ist los? Bist du okay?«

»Ich weiß nicht. Ich glaube, es liegt an etwas, das ich gegessen habe. Oder es ist das Baby.« Zwei weitere Male krümmte sie sich mit verzerrtem Gesicht zusammen, und Faith und Angus tauschten einen Blick.

»Wir sollten uns lieber auf den Weg machen«, sagte Angus, und Faith lief los, um den Mantel ihrer Schwester zu holen. Sie hatte den Eindruck, dass das, was immer passieren würde, sehr bald passierte. Hope war innerhalb weniger Minuten in einen völlig anderen Zustand geraten. Sie wirkte bereits leicht abwesend und widersprach nicht, als sie ihr den Mantel umhängten. Sie musste sich an Angus lehnen, der sie nach draußen zum Auto führte. Faith eilte ins Wohnzimmer, um die anderen darüber zu informieren, dass sie schnell zum

Krankenhaus fahren würden. Edward fragte, ob er mitkommen sollte.

»Wenn du willst. Es könnte aber sein, dass sie uns nach Hause schicken.«

»Passt du auf die Kinder auf?«, wandte Hope sich an ihre Mutter.

»Selbstverständlich macht sie das. Keine Sorge, sie wird zurechtkommen«, versicherte Faith ihr.

»Ich werde auf den Wein achtgeben«, bot Jean-Pierre an, und alle lachten. Edward und Faith eilten hinaus zum Wagen. Hope hielt sich am Armaturenbrett fest und verzog das Gesicht vor Schmerz. Angus startete den Wagen und raste los. Das Krankenhaus lag nicht weit von Faiths Haus entfernt, und als sie in die Einfahrt einbogen, fing Hope an zu schreien.

»Oh Gott … Angus … ich weiß nicht, was mit mir los ist.« Sie fühlte sich, als würde es sie zerreißen. Faith sprang aus dem Wagen und lief in die Notaufnahme, um eine Krankenschwester zu holen. Die beiden Frauen rannten zum Wagen.

»Ich glaube, meine Schwester bekommt ihr Baby. Es ist das vierte, und sie meint, diesmal sei es anders als sonst. Sie verspürt einen enormen Druck und heftige Schmerzen.«

»Danke«, sagte die Krankenschwester und wies einen Security-Mann an, einen Rollstuhl zu holen. Dann drehte sie sich zu Faith um, die am Wagen stand. Edward war inzwischen ebenfalls ausgestiegen. Angus war bei Hope, die nach vorn gebeugt im Wagen saß, mit dem Kopf auf dem Armaturenbrett und unablässig stöhnend. »Wie ist ihr Name?«, fragte die Krankenschwester Faith.

»Hope.« Keiner von ihnen wusste, ob der Zustand ihrer Schwester auf etwas Schlimmes schließen ließ oder normal war. Angus hatte das jedoch nie zuvor bei ihr erlebt, ebenso wenig Hope.

»Hi, Hope, wollen wir mal versuchen, Sie da herauszubekommen? Sie haben sich ja ziemlich hineingequetscht, und das sieht überhaupt nicht bequem aus.« Angus drückte einen Knopf, um den Sitz nach hinten fahren zu lassen, und gemeinsam mit der Krankenschwester gelang es ihm, Hope aus dem Wagen zu hieven und in den Rollstuhl zu verfrachten. Hope schien nicht in der Lage zu sein, irgendwie mitzuhelfen.

»Oh mein Gott, ich kann nicht sitzen, etwas drückt in mir.« Die Schwester ahnte, was das war. Sie schob Hope in vollem Tempo zu einem Untersuchungsraum, gefolgt von Angus in seinem rot karierten Kilt. Gemeinsam hoben sie Hope auf die Untersuchungsliege, wobei sie einen Schrei ausstieß. Die Krankenschwester zog ihr so rasch wie möglich die Hose aus, deckte ein Tuch über sie und begann mit der Untersuchung.

Während sie das machte, bat sie Angus: »Könnten Sie bitte schnell zur Rezeption gehen und dort Bescheid sagen, dass ich eine weitere Krankenschwester hier brauche und einen Arzt? Ich habe einen Querliegenden über zehn kommend«, erklärte sie, und er fragte nicht, was das bedeutete. Eine der Krankenschwestern gab die Meldung jedenfalls exakt weiter, und eine andere Schwester kam in das Untersuchungszimmer gerannt, während die Krankenschwester an der Rezeption einen Arzt informierte. Angus eilte zurück ins Untersuchungszimmer, nach wie vor im Dunkeln tappend, was eigentlich los war. Die Schwester, die seit ihrer Ankunft bei ihnen war, erklärte Hope, was sie ertastete.

»Ich werde versuchen, das Baby wieder hinaufzuschieben, Hope. Es liegt seitlich und versucht herauszukommen, aber wir müssen es drehen. Daher der Druck, den Sie am Rücken verspüren.« Sie nickte der anderen Krankenschwester zu und versuchte dann mit aller Kraft, das Baby in Hope zu bewegen. Zuerst rührte es sich nicht, und Hope schrie, während die Schwestern äußerlich und innerlich drückten, um die Position des Babys zu verändern. Der Arzt kam hereingeeilt, sah, was die Schwestern taten, und wartete.

»Das Kind liegt quer«, informierte die erste Krankenschwester ihn.

»Das sehe ich. Tut sich was?«, fragte der Arzt. Sie wollte schon verneinen, doch plötzlich veränderte Hopes ganzer Bauch seine Form, als würde sich ein kleiner Elefant darin bewegen.

»Wir haben es fast geschafft«, sagte die Schwester zum Arzt und wies Hope an, nicht zu pressen. Erneut schoben sie mit ganzer Kraft, sowohl von außen als auch von innen. Hope sah zu Angus und schrie, und er fühlte sich völlig hilflos, weil er nur zuschauen konnte. Die erste Krankenschwester trat zurück und nickte dem Arzt zu. Er ging zu Hope und sprach mit ihr. Dann führte er einen Dammschnitt durch, mit den Instrumenten, die ihm gereicht wurden, und gab Hope die Anweisung zu pressen. Sie flehte um Erleichterung und dass das Baby heraussolle, und noch während sie diese Worte sprach, tauchte der Kopf des Kindes auf. Es stieß einen Jammerton aus, und innerhalb weniger Sekunden kam es auf die Welt. Das Baby sah empört aus, und Hope schluchzte. Es war alles so schnell gegangen. Das Baby war gesund. Der Arzt durchtrennte die Nabelschnur, und das Baby hörte auf zu schreien. Es sah sich um, während eine der Krankenschwestern es in eine Decke wickelte und Angus gab. Das Mädchen sah hoch zu seinem Vater, der weinte und sich zu Hope hinunterbeugte, um ihr die gemeinsame Tochter zu zeigen.

»Was ist passiert?«, fragte sie, noch immer ganz durcheinander, und der Arzt erklärte ihr, dass das Baby quer gelegen und versucht hatte, einen Weg hinauszufinden, daher die Krämpfe. Hätte Hope zu früh gepresst, hätte sie dem Baby das Schlüsselbein gebrochen, außerdem die Schulter und wahrscheinlich den Arm, und es wäre trotzdem noch nicht herausgekommen. Deshalb hatten die Schwestern es gedreht und der Arzt den Dammschnitt gemacht. Wenn das nicht funktioniert hätte, wäre der nächste Schritt ein Notfall-Kaiserschnitt gewesen. Hopes frühere Geburten waren leicht gewesen, aber diese lief schnell und beängstigend ab, und auch quälend. Faith hatte recht gehabt, bei Hope hatten die Wehen eingesetzt, nur war es ihr nicht klar gewesen.

Hope wurde sorgfältig zugedeckt, dann wurde das Baby gewogen. Angus versicherte seiner Frau, wie tapfer sie sei. Faith schaute einmal kurz herein, um sich zu vergewissern, dass es ihrer Zwillingsschwester gut ging. Hope lächelte.

»Zehn Pfund, siebenundfünfzig Gramm«, verkündete die Krankenschwester, die das Baby wog, und alle lachten.

»Sie hatten recht«, meinte die Krankenschwester. »Da versuchte ein Elefant herauszukommen. Deshalb war sie so schwer zu bewegen. Wir bringen Ihre Frau und das Baby gleich nach oben in ein Zimmer«, erklärte sie Angus. »Wenn Sie möchten, können Sie dann nachkommen.« Angus nickte, noch immer ganz benommen. Faith stand neben ihrer Schwester und küsste sie.

»Ich bin froh, dass du sie nicht zu Hause zur Welt gebracht hast. Wir hätten nicht gewusst, was wir tun sollen.« Hope lächelte. Die Krise war vorüber, das Drama kurz gewesen, und nun hatten sie die Tochter, auf die sie gehofft hatten. Als Hope nach oben gebracht wurde, kehrte Faith zu Edward zurück und berichtete ihm, was geschehen war. Eine Minute später gesellte sich Angus zu ihnen.

»Wow, das war heftig. Sie mussten das Baby drehen, während es noch in ihr war, um es herauszubekommen. Und die Kleine ist riesig. Arme Hope.«

»Wie gut, dass wir ins Krankenhaus gefahren sind. Zu Hause wäre es ein Albtraum geworden«, sagte Faith. Hope hatte das Baby zweiundzwanzig Minuten nachdem sie das Haus verlassen hatten bekommen.

»Ich werde mit euch nach Hause fahren«, sagte Angus. »Ich will normale Klamotten anziehen. Kann ich die Jungs bei euch lassen? Ich will mich umziehen, und dann komme ich zurück.«

»Natürlich«, entgegnete Faith. Auf der Heimfahrt redeten sie immer noch davon, was passiert war. Angus zog sich um. Marianne und Jean-Pierre fuhren nach Hause und waren erleichtert darüber, dass sich alles zum Guten gewendet hatte. Fünf Minuten später brach Angus wieder auf zum Krankenhaus. Edward und Faith sahen sich an.

»Aufregend«, sagte er.

»Und furchterregend wie nur was. Keine Babys«, stellte sie klar, und er schloss sie in seine Arme.

»Keine Babys, versprochen. Nur wir beide. Ich liebe dich, Faith. Ich würde sterben, wenn dir etwas geschähe.« Es klang, als meinte er das ernst.

»Nein, würdest du nicht. Du würdest hoffentlich eine neue Frau finden, eine jüngere.«

»Ich liebe dich und will nur dich.«

»Ich will auch nur dich«, sagte sie zärtlich, während er sie in den Armen hielt, und sie dachte an ihre Zwillingsschwester, an das, was sie gerade durchgemacht hatte, und sie war dankbar, dass es gut ausgegangen war, wenn auch traumatisierend.

Am Abend des ersten Weihnachtstages fuhren Edward und Faith zu Alex und Morgan. Helen war dort, die Blake auf dem Arm hielt, der jetzt ein strammer fünf Monate alter Junge war. Der Weihnachtsbaum war beleuchtet, und sie spielten Weihnachtslieder. Die Atmosphäre war angenehm und friedvoll. Edward und Faith erzählten, was am Abend zuvor passiert war, und die beiden waren ebenfalls erschüttert.

Edward und Faith hatten Hope an diesem Nachmittag besucht, und da hatte sie schon wieder recht gut ausgesehen. Sie bekam etwas gegen die Schmerzen, und sie wirkte glücklich und entspannt. Sie klagte zwar, es tue noch weh, aber sie freute sich über ihre Tochter. Und die Qualen des Abends zuvor erwähnte sie nur beiläufig. Es war fast, als hätte sie das schon vergessen. Als hätte die Ankunft des Babys die Erinnerung daran gelöscht. Angus sah hingegen nicht so aus, als hätte er irgendetwas davon vergessen. Morgen früh würde Hope entlassen werden, da das Baby vollkommen gesund war. Die Nanny war an diesem Morgen aus Connecticut gekommen, um die Jungen nach Hause zu holen. Wenn die Familie am nächsten Tag wieder zusammen war, würden sie die Geschenke auspacken. Es gab also nur einen Tag Verspätung. Angus erzählte den Kindern, der Weihnachtsmann habe in einem Schneesturm gesteckt und würde am Abend kommen.

»Das war wirklich aufregend«, sagte Faith, noch immer erschrocken über die Geschehnisse, aber auch erleichtert. Hope hatte es tapfer durchgestanden und war auf dem Weg der Besserung.

Es wurde ein ruhiger Abend mit Morgan und Alex und einem köstlichen Essen. Faith gehörte nun mit zur Familie, und alle fühlten sich miteinander wohl.

Die Tochter der beiden würde in einigen Monaten zur Welt kommen und wurde mit Spannung erwartet. Sie hatten gerade ein Haus in Purchase, New York, gekauft und wollten im April einziehen. Das Apartment in der Stadt würden sie aufgeben. Ihr Haus in den Hamptons wollten sie vorläufig behalten und überlegten, die Sommer dort zu verbringen. Das Haus in Purchase befand sich weniger als eine Stunde außerhalb der Stadt, was ermöglichte zu pendeln. Morgan freute sich schon darauf, es einzurichten. Alle hatten etwas, worauf sie sich freuen konnten. Neue Babys, neue Abenteuer, ein neues Zuhause. Edward und Faith hatten einander, und das war alles, was sie brauchten und wollten. Vor Faith lag ein neues Jahr voller Hochzeiten und mit Bräuten, die sie noch nicht kennengelernt hatte.

Es gab so viel zu tun, zu sagen und zu entdecken. Zeit, die sie mit den Leuten verbringen wollten, die sie liebten. Nach dem Abendessen saßen sie noch lange zusammen auf dem Sofa und unterhielten sich, die Wärme ihrer Liebe und Freundschaft genießend. Es war der perfekte Weihnachtsausklang, mit dem am Tag zuvor geborenen Baby und einem weiteren, das bald in Alex' und Morgans Leben kommen würde, einer Schwester für Blake. Sie wussten, dass sie das Richtige getan hatten, als sie den Jungen adoptierten. Sie liebten ihn sehr.

Als Edward und Faith aufbrachen, wünschten sich alle noch einmal frohe Weihnachten. Edward legte einen Arm um Faith und winkte ein Taxi herbei. Dann fuhren sie zu dem Haus, in dem sie jetzt gemeinsam wohnten. Edward würde seine Wohnung kündigen, denn er brauchte sie nicht mehr.

Sie hatten alles, was sie sich je gewünscht hatten, zu Weihnachten und an jedem anderen Tag des Jahres.

18. Kapitel

An einem herrlichen sonnigen Tag im Mai mit strahlend blauem Himmel ließ Faith alle zusammenkommen. Es gab so viel zu feiern, und um sie waren die Menschen, die ihr am meisten am Herzen lagen. Hope mit ihren drei Jungen und dem neuen Baby Daphne, das jetzt vier Monate alt war, und Angus, der denkbar beste Schwager und wieder einmal stolzer Dad. Es war Jordans und Violets erster Hochzeitstag, den sie mit den viereinhalb Monate alten Zwillingen Lily und Rose feierten. Violet war vor zwei Monaten wieder an ihren Arbeitsplatz zurückgekehrt. Phoebe hatte Henrik mitgebracht. Sie war nach wie vor für Faith tätig und sich nicht sicher, ob sie bleiben oder wieder als Krankenschwester arbeiten wollte. Aber sie hatte es nicht eilig mit dieser Entscheidung. Die beiden waren gerade von einem Besuch bei Phoebes Mutter und Schwester in San Diego zurückgekehrt.

Marianne und Jean-Pierre hatten eine weitere Kreuzfahrt hinter sich und würden in diesem Sommer schon die nächste machen. Annabelle und Jeremy waren ebenfalls da, mit ihrem fünf Monate alten Sohn Dylan. In zwei Monaten würden sie ihren ersten Hochzeitstag begehen. Morgan und Alex zehrten immer noch von der Erinnerung an ihre Hochzeit, und ihr erster Hochzeitstag war in drei Monaten. Ihre beiden Kinder Blake, zehn Monate, und Alexia, zwei Monate, gediehen prächtig. Faith hatte inzwischen Wesley mehrmals getroffen, und auch er war heute dabei. Er war glücklich, dass sein Vater eine Frau gefunden hatte, die er liebte und die verrückt nach ihm war.

So viele Menschen, so viele Träume, so viele Kinder, so viele Liebesgeschichten und Hochzeiten und Geburten hatten sich im vergangenen Jahr ereignet. Alte Bindungen waren zerbrochen, neue entstanden. Faith wollte alle feiern. Es schien der perfekte Moment dafür zu sein. Für den Rest des Sommers würden alle vollauf beschäftigt sein, das galt auch für Faith mit den zahlreichen Hochzeiten, die sie ausrichten würde.

»Habt ihr uns etwas mitzuteilen?«, fragte Morgan. Eine gespannte Erwartung lag in der Luft, auf gute Dinge, die kommen würden, und gute Zeiten, mutige Handlungen und Lektionen, die daraus gelernt würden.

»Ja, haben wir.« Faith sah lächelnd zu Edward, der stolz dastand. »Ihr wollt alle, dass wir heiraten. Hochzeiten sind mein Job, nicht mein Traum. Sie sind das, was ich mir für andere wünsche, nicht für mich selbst. Werden wir also heiraten? Nein, werden wir nicht! Ich sehe täglich Bräute. Ich muss keine sein. Das war nicht mein Traum als kleines Mädchen. Edward war mein Traum.« Sie sah ihn zärtlich an. »Daher haben wir beschlossen, gleich zum spaßigen Teil überzugehen. Die Planung, den Stress und die Sorge, ob die Torte toll aussehen, das Kleid passen wird oder ob die Blumen welken, falls es zu heiß ist, lassen wir einfach aus. Wir brauchen weder ein Zelt noch eine Band, um mit euch zu feiern. Aber wir fahren in die Flitterwochen. Das ist unser Traum. Wir reisen nächste Woche nach Paris, Portofino und Venedig. Wir werden drei Wochen unterwegs sein. Violet und Phoebe kümmern sich um alles, während wir weg sind. Also, alles Gute zum Hochzeitstag und Happy Birthday an alle Kleinen. Wir werden zurückkommen, damit ich noch viele Hochzeiten organisieren kann … nur nicht meine eigene. Wir lieben euch.« Sie sah die anderen strahlend an, die sich in ihrem Garten eingefunden hatten an diesem perfekten Tag.

»Wir lieben uns so, wie wir sind«, sagte sie und küsste Edward, der sie an sich zog. Faith schmiegte sich an ihn, glücklicher und verliebter als jede Braut. Es war mehr als genug für sie beide. Jetzt und hoffentlich für immer. Wie sich gezeigt hatte, war ihr echtes Leben besser als jeder Traum.

– ENDE –